わたしを呪ったアレ殺し

角川ホラー文庫
24552

目次

【参考資料 f-1，月刊怪奇ジャーナル××月号掲載
「都市伝説の新たなる息吹《いぶき》」より抜粋】

都市伝説が、死んで久しい。

都市伝説の伝播《でんぱ》に新たな力学をもたらしたインターネットの普及というファクターも、ことそれが個々人のポケットに収まる携帯性を得、一個の発信が膨大な数の目に晒《さら》されるようになった現代、都市伝説にとっては転じて毒となった。

この時代には、都市伝説における万能の情報源、顔の知れない〝友だちの友だち〟という存在が、許容されなくなってしまったのだ。

衛星写真に写った、海を泳ぐ巨大な人型の影。

存在しない駅に迷いこんだ人間による、ネット上の書きこみ。

目にした者を狂気に誘う、黒く塗りつぶされただけの絵画。

以上のような例をあげて、広義な都市伝説が日々発見されていることを指摘する声は多いだろう。しかし、我々が求めるのは荒唐無稽《こうとうむけい》なこじつけでもなければ、人外異形《じんがいいぎょう》の跋扈《ばっこ》するファンタジーでもない。それがどんなに恐ろしげで、クリエイティビティにあふれていようとも。

我々が求めているのは、現実そこにあり得る怪異。真実を偏愛する無数の監視者がネットから目を光らせる昨今においてさえ、よもや、とその実存を信じさせる怪異！

そう、つまり彼女だ。既にその存在を聞き及んでいる読者も多いことだろう。夏の終わり頃から××××大学の東京キャンパスを中心に目撃情報が相次いでいる怪異で、各種SNS上には彼女を撮影したとされる画像が無数に投稿されている。

とはいえ、それらのほとんどには何も写っていない。彼女は人間の目を通してでないとその存在を見ることができない怪異で、写真や動画には本来写らず、その姿と思《おぼ》しきものの撮影に成功したという素材は、全て偽物か錯覚とされている。

多くの人が指摘するように、そうした特徴のせいで彼女の目撃談には、流行に乗っただけの偽情報も大量に含まれているだろう。それは否定できない。しかし、だからといって彼女の実存そのものに疑いの目を向けるのは早い。この怪異に起因する実際の事故が、同大学では多発している。

一連の事故で最も古いものといえば、ネットでもたびたび言及されているように、××××大学東京キャンパスで九月初頭に起きた例の転落事故だが――

〝アレ〟

1

九月とはいえ月も変わったばかりで、外はまだ真夏の気温だった。講義室後方の壁、天井付近にあるおおきな窓からは、肌に痛いくらいの日差しが差し込んで、学生たちの背中を焼いていた。一方で室内は、肥満体型の暑がりな教授に合わせて、空調が効きすぎている。

宮間《みやま》芽衣《めい》は膝《ひざ》を覆っていたブランケットを肩に掛けなおし、うなじを日の光から守った。

昨夜は一睡もできなかった。肌寒さと、皮膚を刺す日光の不快感で眠気はなかったが、頭はまったく働いてくれない。

青井《あおい》恭一《きょういち》の背中に視線を移す。講義室の中央あたりで、友人たちと数人でかたまって座っている。彼のうなじも夏の日差しに照らされて、そのまぶしさが妙に生々しい。

ふと、恭一がとなりの男子と短く言葉を交わした。一瞬だけ見えた横顔に、前日の光景が浮かぶ。昼に待ち合わせをして、終電までずっといっしょにいた。そのあいだに、何度も見つめた横顔だ。

一生のうちで、きのうのような日があと何回あったとしても、多すぎるなんてことはない。完璧《かんぺき》とまではいわないまでも、最高に好きな一日だった。

〝アレ〟さえ、いなければ――

細く、長い指。ぬらぬらと汚らしく光る肌。脳裏に浮かんだ〝アレ〟の手に、芽衣は思わず身震いした。寒さのせいを装って、あわてて腕をさする。

芽衣は目を強くつぶって、〝アレ〟のことを忘れようとした。しかし、まぶたの裏の暗闇に浮かぶのは、より鮮明な昨夜の光景だった。

恭一と別れてアパートに帰りつき、手を洗おうと洗面台の前に立ったとき。

何ヶ月もほったらかしにした水槽のような、吐き気をもよおす臭いが鼻をついた。それと同時、視界の隅に、動くものをとらえた。脱衣所と浴室を隔てる扉のすりガラスを、〝アレ〟の手が、撫《な》でていた。

背筋が凍りつき、恐怖に全身の筋肉がこわばって、息を吸うこともできなくなる。視線だけそちらに向けると、〝アレ〟は粘液を塗りつけるようにして、すりガラスをまさぐっていた。その指が、少しずつドアノブに近づいているのに気づいた瞬間、金縛りが解けた。玄関に脱いであった靴をつかんでアパートを飛び出し、近所のコンビニまで全力疾走した。

駐車場にへたりこみ、ふるえる手でスニーカーを履く。スカートのポケットに入っていたスマートフォンを取り出して、恭一に電話をかけようとするが、指が思いどおりに動かない。そうしているうちに思いなおして、電話をあきらめた。

〝アレ〟のことで、むやみに心配をかけたくない。差し迫った危機感が薄れると、恐怖は孤独に変わった。芽衣はスマートフォンをにぎりしめ、膝に顔をうずめて泣いた。

けっきょく芽衣はコンビニの明かりに守られながら朝を待ち、恐る恐る部屋に帰って、一睡もせずにすぐ家を出た。

あまり疲れた顔をしていると、また〝アレ〟に遭遇したと恭一に悟られてしまう。どうせ集中できないのなら、この講義中に少しでも寝ておこうか。恭一の後頭部に視線を置いたままそんな物思いにふけっていると、耳がある音をとらえて、一瞬で目が覚めた。

悲鳴だった。

壁を隔てたちいさな声だったが、それでも声の出どころを目で追って、講義室にいたほとんどの人間が顔をあげた。講義をしていた教授も話を止めて、講義室の扉をふり返った。

「ちょっと失礼」

教授がそう断って講義室から姿を消すと、わっと、雑多な声があたりを満たした。

「え、いまの悲鳴だよね？」

「事件？　こわ。ここにいて大丈夫？」

「なんだろ、あたしも見てこようかな」

講義室を見回して周りの反応をうかがっていると、恭一の声が耳に飛びこんできた。

「いや、声だけじゃわからないけど。でも、ふつうじゃなかった」

となりに座っている男子と、なにか話している。

「おれも様子見てくる。男手が必要かもしれないし」

そう言うや否や席を立ち、教授を追うように外に飛び出していく。

「ああいうときにすぐ助けにいくところ、恭一らしいよな」

芽衣は顔をあげないまま、声のほうに意識を向けた。さっき恭一と話していた男子の声だ。ふだんから恭一とよくいっしょにいるグループのひとりだった。

芽衣は特に用もないSNSのアプリを起動して、必要以上にいそがしく指先をさまよわせながら、画面に流れてくる投稿に夢中なふりをした。

「でも野次馬根性とか、人によく見られようとか、一切ないんだよな。あいつのああいうとこ鼻につくわー」

そのひと言で、男女混じった笑い声があがった。鼻につくとはいっても、それが本気でないのは表情を見ないでもわかった。じんわりと、誇らしさが胸に広がった。

ふと、読むともなくつらつらと画面に流していたSNSの投稿のならびに目がとまった。入学時のオリエンテーションで知りあった、別の学部の学生が投稿したものだ。

『あれ、なに？不審者、ってことでいいのかな？それとも、動物かなにか？』

テキストでそうあって、画像が添付されている。写っていたのは、芽衣がいまいる七号館に面した中庭だった。

　芽衣は窓の外、画像に写っている中庭をふり返った。がらんとした芝生の広場と、通り沿いに茂る低木の生け垣が見える。その向こうにちらほらと通行人の姿はあるが、不審者だの動物だのといった影は見当たらなかった。

　画像に視線をもどすが、いくら目をこらしても、中庭の景色以外にはなにも見つけることはできない。投稿に付けられたほかのユーザーからのコメントを読んで、どうやらそこに不審な点を見出《みいだ》せないのが、自分だけではないらしいとわかった。

『どれ？なにも写ってなくない？』

『ごめん、画像確認しないであわててアップしちゃったんだけど、ここには写ってないみたい。撮ったと思ったんだけど』

　あとになってから芽衣は、その投稿がネット上において事態の兆候を知らせる最初のひとつだったことに気がつくが、アップロードから五分後に投稿者自身の手で削除されたそれを目にすることができたのは、そのときが最初で最後だった。

2

　第三食堂のテラス席、低木を挟んで大通りに面したその場所で、芽衣はアヒポキ丼とにらみあっていた。好きでよく食べているメニューだったが、寝不足の体には重いと注文してから気づいた。室内の席は学外の一般利用客も多く満席で、今いる屋外の席はいちおう木陰になっているものの、食欲が失《う》せるには十分な蒸し暑さだった。

ため息をついてスプーンを置くと、自分のことを呼ぶ声が聞こえた。顔をあげると、低木の向こうに荒い息を吐く恭一がいた。彼はさっと手をあげると、通りをさらに少し進んで食堂の入り口に消えた。

同じ学部に通う彼と恋人として付き合いだしてから、もう半年が経っていた。

入学してじきに一年が経とうというころ、ほかの学生たちは友人関係もかたまり、どの講義をのぞいても、おおよそ同じメンツで集まっていた。そんななかで芽衣は常にひとりだった。そのことを気に病んではいなかったし、むしろ、いつもひとりでいるという状況が、高校時代に比べて大学でははるかに目立たないということに、居心地の良さを感じていた。

対照的に、いつも華やかな輪の中心にいる恭一は学部内でもよく目立っていて、一年の終わりになってもまだ顔と名前の一致している学生がほとんどいなかった芽衣でさえ、彼のことははっきりと記憶していた。

だから、デパ地下にあるバイト先のパン屋に、偶然恭一が客として訪れたとき、彼がすぐ「宮間さん？」と声をかけてきたことには驚かされた。まず、あの青井恭一が自分の顔と名前を覚えていたということが意外だったし、それまでに言葉を交わしたことさえなかったのに、気さくにあいさつしてくれたことにも面食らった。

翌日、大学で声をかけられ、連絡先を交換した。春休みに入り、食事に誘われ、なんとなく会っているうちに、付きあってほしいと告げられた。

芽衣はその告白に対して、しどろもどろしたあと、「なんで?」と答えてしまう。

「『好きなんだ、付きあってほしい』に対して、『なんで?』はないだろ、いくらなんでも」

恭一はそのときのことについて、そうしていまでもからかってきた。

食堂内とテラスとを繋《つな》ぐガラス戸から恭一があらわれ、日差しに目を細めた。

「恭一、ちょうどよかった。これ、半分食べない？　思いのほか量が多くて」

恭一は丸テーブルの向かいに腰を下ろして、短いため息をついた。

「それはいいけどさ、スマホ見てないだろ」

スマートフォンを確認すると、恭一からの着信を知らせる通知が並んでいた。

「ごめん、気づかなかった」

恭一がしかめ面でアヒポキ丼を自分のほうに引き寄せ、スプーンの上のひと口をほおばる。

「そういえば、さっきなにがあったの？　大丈夫だった?」

恭一が出ていったあと、十分ほどして教授は講義室にもどってきて、ひと言「すみません」といったきり説明はなく、講義は再開された。しかし恭一は、あれきりもどってこなかった。

「女の子が、転んでた」

口のなかが空《から》になるのを待ってから、恭一は答えた。

「転んで、あの悲鳴？　ケガは？」

「ケガはしてたけど、大したことなかったよ。そのことで、芽衣に用があるんだ」

「え、なに。わたしのせいとか言わないよね」

完全に冗談でそう口にしたが、恭一はにこりともしなかった。

なにかを探しているのか、人目を気にしているのか、恭一は周囲に視線をめぐらせてから、少し芽衣のほうへ顔を寄せた。

「その子、おかしなものに追いかけられて、それから逃げてたっていったんだ。それで、転んだって」

心臓が跳ねた。

「おかしなものって？」

そうたずねながら、しかし脳裏にはひとつの影が浮かんでいた。まさか、とは思いつつも、動悸《どうき》を抑えることができない。

「なにに追いかけられたのかきいたら、怪物だっていうんだ。それで」

恭一が一瞬口ごもる。

「説明を聞くかぎり、〝アレ〟と似てるんだよ、姿が」

「やめてよ」

反射的に、恭一の言葉をさえぎった。おおきくなってしまった声に自分でおどろいた芽衣は、あたりの耳目を集めてはいないかと視線をめぐらせた。

思わず、二階のバルコニー席にまで顔を向ける。

「〝アレ〟は――だって、違うよ。わたしにしか見えないものだよ。わたしの頭のなかにいるものだよ」

「いや、芽衣のせいだって言ってるわけじゃないんだ。同じ症状の、そういう、病気？みたいなものかもしれない。芽衣だけじゃなかったんだよ」

芽衣はおおきく首をふり、背もたれに体をあずけた。

「恭一には話したでしょ。どうして〝アレ〟が見えるようになったのか。病気とか、そういうんじゃないの。だって、そうでしょ？」

恭一は曖昧《あいまい》にうなずいて、あごを指でさすった。

「芽衣は、つまり、信じてるんだな」

おずおずと、恭一は口をひらく。

「〝アレ〟が、呪いだって」

「わかんないよ」

芽衣はため息をついた。九歳のあの日からこれまで、何度も、何度も、くり返し考えては、そのたびに結論が変わっていた。

「呪いとか、霊とか、そんなのが実在するって、信じたくない。でも、〝アレ〟が病気とも思えない」

〝アレ〟は、いったいなんなのか。自分は呪われているのか。なにかに取り憑《つ》かれているのか。心を病んでいるのか。そのどれもがそれらしく、しかしそのどれもを信じたくはなかった。

自分ひとりの胸の内に秘めておけば、〝アレ〟はこの世にないのと同じ。そう信じて、母にさえ〝アレ〟のことは秘密にしてきた。〝アレ〟についてのいきさつをくわしく知っているのは、芽衣自身を別にすれば、この世に二人だけだった。ひとりは恭一、そして、もうひとりは父方の祖母だ。

──〝アレ〟のことは、決してだれにも話しちゃいけない。でないとあんた、ひどい死に方をするよ

まるで、いまこの瞬間耳元でささやかれたように、幼いあの日の祖母の言葉が蘇《よみがえ》った。全身に鳥肌が立ち、思わず耳元を手で払った。

「いちおう知らせておいたほうがいいって、そう思っただけなんだ」

テーブルの上に視線を泳がせながら、恭一が言った。

「きっと偶然か、かん違いだ。あの子はたしかになにか見たのかもしれない。でも、そ

のなにかを実際に見たのはあの子だけだし、彼女の言葉から思い描いたなにかが〝アレ〟の姿に似てると思ったのも、おれの主観だし——そもそも〝アレ〟の姿にしたって、おれは芽衣から聞いてイメージしてるだけだしね」

肩をすくめて、鼻で笑う。

「できの悪い伝言ゲームだよ。芽衣にとってすごくデリケートな話題だってわかってたのに、こんな不確かなことを伝えるべきじゃなかった。ごめん」

そう、かん違いだ。ふつうに考えればそうなのだ。なにを苛立《いらだ》っているんだろう。感情的になってしまった自分が、芽衣は恥ずかしくなった。

なおせわしなく脈打つ胸に手を当てて、恭一に悟られぬよう深く呼吸した。少しずつ心臓は落ち着きを取りもどし、そのあいだ恭一は、気まずげに押し黙っていた。

「ねえ、そろそろ返してくれる？　わたしのランチ」

恭一をにらみながらアヒポキ丼を引き寄せると、安心したような笑顔を見せてくれた。

「おれもなんか買ってくるよ。まだ昼飯食べてないんだ」恭一が席を立つ。「芽衣にもコーヒーかなにか、買ってこようか」

それじゃあ、お願いしようかな。そう答えようとした、その時だった。

頭上から叫び声がした。芽衣は息をのみ、背に冷水をかけられたような感覚に身をこわばらせた。

恭一をふくめた周囲の人々の視線が二階バルコニーへと向いて、芽衣も少し遅れてそこを見あげた。

取り乱した声だったし、ひどくおどろいたというのもあって、その叫び声が意味のある言葉だと理解したのは、一瞬あとだった。

叫び声は、こう言っていた。

くるな。

バルコニーにいる人々の顔の向きから、叫び声の主がすぐに判別できた。視線の集まる先にいるひとりの男子学生。芽衣がその姿を認めたとき、彼はバルコニーの手すりに背をあずけるかたちで立っていた。

恭一が走りだしたのが見えた。思わず自分も席を立ったのは、恭一と同じ理由か、それとも恭一を止めるためか、わからない。ただ、直後に目を強くつぶったのは、そのあとに起きる事態を避けられないと悟ったからだった。

まぶたの裏の暗闇に、大勢の悲鳴が響いた。

「そこの青いシャツの人、保健センターに連絡して。番号がわからないなら走って！食堂出て右手すぐの建物」

恭一の声が、なおもつづく悲鳴と、ざわめきのあいだから聞こえた。

「そこのロングスカートの人、すぐに救急車呼んでください。ちょっと待って、頭を打ってるかもしれないから、下手に動かさないほうがいい」

目をひらくと、しゃがみこんだ恭一と、その周辺に集まる数人の姿が見えた。彼らのあいだから、床に倒れている人影もうかがえる。

芽衣はふたたびバルコニーを仰ぎ見た。口を押さえ、目を見ひらいてテラスを見下ろす女子学生たち。どこかに電話をかけながら、おおげさな身振りをまじえてなにか相談している男子グループ。顔を隠すようにして、眼前にスマートフォンを掲げている人々。手すりから身を乗り出して怒鳴るように容態をたずねているのは、食堂のスタッフだろうか。

そうした人々の背後に、芽衣は見た。

闇夜のように黒く、長い髪。それが、柱かと見紛《みまが》うほどのおおきな影となって、不自然に高い位置で揺れていた。

3

【参考資料 b-11, ××××大学在学生限定オンラインコミュニティでの会話】

〈○○ミク@理学部〉「二週間くらい前に、第三食堂のバルコニーから学生が落ちてケガした事故あったじゃないですか。彼が落ちた原因も、そのオバケらしいですよ」
〈っっっっっp@文学部〉「くわしく」

〈○○ミク@理学部〉「落ちたあと、全身血まみれで『くるな、くるな』って叫んでたとか。あとになって落ちた本人が語ったところによると、異様に背の高い女に迫られたって。三メートルはあったって話ですよ」
〈っっっっp@文学部〉「背の高い女の怪異っていうと、八尺様《はつしやくさま》が思いつくな。でも三メートルってなると八尺様よりおおきい。あとはスレンダーマン？　あれはスーツ姿だし〝マン〟だから男性的すぎるか」
〈AtergatisFloridus @経済学部〉「横からすみません。俺、落ちて骨折った奴といつもつるんでます。事故のときもいっしょにいました。少し正確な話、書けるかもしれません」
〈っっっっp@文学部〉「まじか！　落ちた学生って自殺願望あったりした？　ふだんから幻覚症状あったりとかは？　気持ち良くなるタイプのお薬やってたりしなかった？」
〈AtergatisFloridus @経済学部〉「俺が知ってるかぎり、クスリも幻覚も自殺願望もナシです」
〈○○ミク@理学部〉「事故のとき、AtergatisFloridus さんはオバケを見てないんですか？」
〈AtergatisFloridus @経済学部〉「見てません。何人かでふつうに飯食ってたら、あいつがいきなり悲鳴あげて、イスから転げ落ちたんです。それからなにもないところ指差して、くるな、とか、怪物だ、とかわめきだして」
〈っっっっっp@文学部〉「事故のこと、あとになってから本人はなにかいってなかった？」
〈AtergatisFloridus @経済学部〉「かん違いだとか、見まちがいだなんてふうにはぜったいに思えないっていってました。ぜったいに怪物はいたし、だからこそ、可能性はどっちかしかないって。取り憑かれたか、心の病気にかかったか」
〈○○ミク@理学部〉「でも、病気の可能性はもう疑わなくて平気ですよね？ ほら、もうこういう状況なんだから」
〈っっっっっp@文学部〉「まあ、そうだよな。事故った彼だけの問題じゃなくなってるからな」
〈○○ミク@理学部〉「てことは、やっぱりオバケ？」
〈っっっっっp@文学部〉「○○ミクさん、オバケってのやめない？ なんか気が抜けるわｗ」
〈○○ミク@理学部〉「え、すみませんｗ『怪物』で合わせたほうがいいですか？」
〈AtergatisFloridus @経済学部〉「だれが考えたのかわからないですけど、一部ではもう通称があるみたいですよ、あの怪物」
〈○○ミク@理学部〉「なんて呼ばれてるんですか？」
〈AtergatisFloridus @経済学部〉「蛞蝓女《なめくじおんな》です」

【参考資料e-8、キーワード「蛞蝓女」をふくむ
ソーシャル・ネットワーキング・サービス「××××」上の投稿の一部】

［投稿：1］
「××××大学うろついてたら、まじでウワサの怪物『蛞蝓女』出た。画像左端の白い影がソレ」（添付画像有り。Fig.9参照）
［以下、投稿：1に対するコメントの抜粋（時系列）］
「大学に関係のない人間が構内をうろついた挙句、無許可で撮影というのもどうかと思いますよ」
「最近キャンパスで学生っぽくない人間よく見かけると思ったら、こういう手合いが湧いてんのね。ほんと迷惑」
「蛞蝓女は写真にも動画にも写りませんよー。偽造お疲れ様です」

［投稿：2］
「12：38、例の蛞蝓女と遭遇。××××大学から150mの距離にある空きテナントの前。自分以外、周りの人には見えていない様子。話通り、写真にも動画にも写らない。一応アップしとく」（添付画像有り。Fig.10参照）

［以下、投稿：2に対するコメントの抜粋（時系列）］
「蛞蝓女撮ったっていってただの風景画像あげんのが流行《はや》ってんの？」
「蛞蝓女の写真って、普通の心霊写真よりタチが悪い。なにかが写ってたら偽物、なにも写ってないのが本物だなんて、なんでもアリになってしまう」
「最初にこのシステム考えたやつズルがしこすぎｗ」

［投稿：3］
「蛞蝓女に二度目の遭遇！　写真に写らないのでイラストで再現します」（添付画像有り。Fig.11参照）
［以下、投稿：3に対するコメントの抜粋（時系列）］
「私の友だちの友だちが直接蛞蝓女を目撃しているのですが、投稿者様のイラストは、彼女から聞いている蛞蝓女の姿とはずいぶんかけ離れているようです。ほんとうに蛞蝓女と遭遇されたのでしょうか？」
（投稿者より）「友だちの友だちｗｗｗｗ」
「なにかおかしいですか？」
（投稿者より）「それデマ語るときの枕詞《まくらことば》だから」

【参考資料「1」月刊怪奇ジャーナル××月号掲載
「都市伝説の新たなる息吹《いぶき》」より抜粋】

――一連の事故で最も古いものといえば、ネットでもたびたび言及されているように、××××大学東京キャンパスで九月初頭に起きた例の転落事故だが、その事故の同日、事故よりも早い時刻に、ひとりの女子学生がキャンパス内で転倒事故を起こしている。女子学生は事故の原因について、怪しい影に追い回されたのだと証言した。

その日以降、同大学で相次いでいる事故の一部を紹介しよう。

同大学の准教授が自身の研究室で彼女と遭遇し、転倒。その時に持っていたコーヒーで火傷《やけど》を負い、加えて、手の甲を三針縫う傷を負った。

敷地内にある寮内で卒業論文の執筆中だった学生が、彼女を見て失神。その際に頭を強く打ち、救急搬送された。

キャンパスのトイレで彼女と出くわした男子学生は、放尿のさなかにあった彼自身の〝モノ〟を剝《む》き出したままトイレの外に逃げだし、それをほかの学生に目撃されたせいで重大な心の傷を負った。

キャンパスの外でも、同大学周辺では不可解な事故が起きている。

九月一日からの当該地域における交通事故の発生件数は、前年比3・7倍。死者、重傷者数こそ例年と比べて際立った変動はなかったものの、これはいささか不自然な数値と考えざるを得ない。

　事故当事者のうちで、現時点までに直接話を聞くことができたのはほんの一部に過ぎないが、コンタクトに成功した8名のうち5名が、事故の原因について共通の証言をした。彼らは皆、車道に進入した〝あるもの〟を避《よ》けようとして事故を起こしたという。

　そう、蛞蝓女だ。

　この怪異と遭遇しているのは、顔も知れない友だちの友だちではない。彼女の目撃者たち（あるいは被害者たちと呼ぶべきか）、彼らは人づてでなくみずからの口でその体験を生々しく語る。その点で蛞蝓女はもう、都市伝説という定義を外れてしまったともいえる。しかし、彼女がもたらす高揚と恐怖は、紛れもなくかつて我々が幼心に刻んだ懐かしいそれと一致する。

4

　秋晴れの澄んだ空に、吹かれればすぐに消えてしまいそうな弱々しい雲だけがあった。両脇を背の高いイチョウに挟まれた、大講堂と国際情報センターをつなぐキャンパス中央の大通り。そこにたたずんだまま、芽衣は空を見あげていた。あと一歩ふみ出したら、力が抜けて倒れこんでしまいそうだった。

芽衣を追い越していく学生たちの声が、否《いや》が応《おう》でも耳に届く。

「構内でパシャパシャ写真撮ってるやつら、なんとかならないのかな。蛞蝓女目当てだろ？」

「一応、キャンパスには関係者以外入っちゃいけないってことにはなってるらしいよ。でも、いままで食堂とか図書館とか一般の人も使ってたし、いまさら強く禁止できないとか聞いた」

近くのイチョウの木陰では、ふたりの女子学生がそれぞれ視線だけスマートフォンに注ぎながら、器用に談笑していた。

「蛞蝓女の話だけどさ、こないだ私、名刺もらったよ」

「蛞蝓女から？」

「なんでだよ、人間からだよ。蛞蝓女のこと聞きたいんですけどって。月刊怪奇ジャーナルっていう雑誌の人」

芽衣を避けてすれ違った学生が、電話で話している声が聞こえてくる。

「構内を案内するのはいいですけど、蛞蝓女なんてまじでただのイタズラだと思いますよ。おれ、かなり霊感あるほうですけど、なにか感じたことないですもん」

イヤホンでも買おうかなと考える。音楽は、家にいるあいだにスピーカーで聴いていた。でも、自然に外の音を遮断できるなら、十二分に価値はある。

「あのう、すみません」

声をかけられたのかと思って、息が止まった。ぎこちない動きでふりむくと、男性に声をかけられている女子学生の姿があった。その男性は、撮影をしているのか、録音をしているのか、胸のあたりにスマートフォンを構えていた。

「このあたりの道路で起きてる、交通事故件数の不自然な増加について調査している者なんですけども、少しお時間いただけませんかね」

男性は名乗ったあとにそう切りだしたが、すげなく無視されていた。それでもしつこく学生の背中を追っていた視線が、たまたま近くにいた芽衣に移った。

芽衣はあわててその場から逃げだした。危惧《きぐ》していたとおりに膝《ひざ》から力が抜けて、あやうく転びそうになる。

大学中が、蛞蝓女の話題で持ちきりだった。どこで見たのか。どんな見てくれだったか。そしてなにが起きたのか。その正体はなんなのか。

あの日、第三食堂のバルコニーから学生が落ちた事故を目撃して以来、芽衣は常に怯《おび》えていた。

あそこで見た影。あの影はたしかに、〝アレ〟の姿をしていた。

ぜったいに隠しておかなければならない忌まわしい秘密が、声高にその存在を叫びながら、人前を闊歩《かっぽ》している。衆人環視で裸に剝かれているような心地だった。

バッグのなかでスマートフォンが鳴って、芽衣はちいさく悲鳴をあげた。恭一からのメッセージだった。

『体調は大丈夫？　大学にいるんだろ？　いまどこ？』

あの事故のあと、〝アレ〟に対する恭一の態度に変化があった。彼自身、そうして考えが変わったことを認めていた。


〝アレ〟がSNSで話題になっているとインターネットのニュースサイトで知ったとき、芽衣は過呼吸に陥った。

「もう、対処が必要だ。このままなにもしないでいると、遠からず芽衣がつぶれる」

場所は自宅で、そのとき、ちょうど恭一が遊びにきていた。彼は芽衣が落ち着くのを待ち、さらに十分な時間をあけてから、そう切り出したのだ。

「しかるべき人間に相談しよう。カウンセラーか、霊媒師か、わからないけど」

「でも、もしこの騒動の原因が、ほんとうにわたしにあったとしたら？　どうやって責任取ればいいか、わからない」

自分の口から出た本心が、他人を思いやるためのものではなく、保身のためのものであったことに、芽衣は傷ついた。しかし、たしかに芽衣は怖かった。

「芽衣のせいじゃない」

「みんながみんな、そうは考えない」

「バレやしないよ」

「わたしや恭一が口を閉ざしていたって、だれかに相談したら、そこから知られる可能性はある。恭一は楽天的すぎるよ」

言い終えて、すぐ後悔する。〝アレ〟に関して話すと、感情的になるのを抑えるのがむずかしかった。

「おいで」

そう言って恭一が腕を広げた。ためらっていると、恭一は強引に芽衣を抱き寄せた。

「事故の原因が実際〝アレ〟かどうかなんて、関係ないんだ」

恭一の腕のなかで、芽衣は黙ったままうなずいた。

「問題は、『もしかしたら〝アレ〟のせいでだれかが傷ついてるかもしれない』って、芽衣が考えてることだ。そのせいで、芽衣は苦しんでる。ほんとうに、いま起きていることが〝アレ〟のせいなんだとしたら、芽衣自身を救うためにそれを解決しなくちゃならない。もし、いま起きていることと〝アレ〟とが無関係でも、やっぱりそのことを芽衣自身に納得させるために行動を起こさなくちゃならない。他人に相談したくないって気持ちは理解できる。それなら、芽衣に取り憑《つ》いてる〝アレ〟がいったいなんなのか、知るところからはじめるのはどうかな」

もしや、という不安を抱いて芽衣が恭一の顔を見あげたのと、彼が体を離して、芽衣の目をまっすぐに見つめたのが、同時だった。

「いくべきだ。〝アレ〟の生まれた場所に——沢母児町《さわもにちょう》に」

さわもに。

その音を聞いただけで、内臓が泥に塗《まみ》れたような不快感が、腹をいっぱいに満たした。

「〝アレ〟がほんとうのところなんなのかを知ることができれば、だれに助けを求めればいいかもはっきりする。ほんとうに信頼できる人間だけでこの件に対処したいって芽衣が考えてるなら、そうしよう。まずはおれと、芽衣だ。だれが信頼できるのか、だれが力になってくれるのかを見極めるために、ふたりで〝アレ〟のことを——蛞蝓女のことを調べよう。沢母児で」

「いや。いやだよ」

短く、しかしはっきりと、芽衣は拒絶した。


それ以来、恭一と話すのが気まずくなった。無理強いするつもりはないと言ってはくれたものの、恭一が芽衣の心変わりを待っているのがいやでも伝わってきた。沢母児にいくべきなのは、わかっていた。もう対処といえば、それ以外にできることはない。

このままなにもしないでいれば、もっと恐ろしいことが起こるかもしれない。噂に聞く範囲では、〝アレ〟のせいでおおきなケガを負った人はまだいないようだけど、もしも〝アレ〟が原因でだれかが死んだら？

そもそもいままで他人には見えていなかったはずの〝アレ〟が、ここにきて突然多くの人の前に姿を現し、彼らを襲いはじめたのはなぜなのか？　なにかきっかけがあったのか。それとも、〝アレ〟が力を増したのか。

〝アレ〟に関してまったくの無知でいるいまのままでは、なにが起きても不思議ではなかった。いままでに死人が出ていないからといって、これからもそうだと考えるのはあまりに楽観的だ。

芽衣は顔をあげ、イチョウ並木を行き交う学生たちの顔を盗み見た。ときおり視線を投げてくることはあるが、だれも芽衣に興味を示さず、ひとり忙しそうに、あるいは楽しげに隣の人と言葉を交わしながら、先を急いでいる。

悲観的な想定をしようとすれば、いくらでも恐ろしい状況を思いつくことができた。どんなに突拍子のないことを想像しても、それを笑い飛ばすことはできない。たとえば、苦悶《くもん》と恐怖の表情を浮かべて、なす術《すべ》なく〝アレ〟に殺される恭一の姿や、大学のみんなに責任を追及されて、袋叩《ふくろだた》きに遭う自分の姿。あるいは、たったひとりでいるときに〝アレ〟が現れ、悪意を剝《む》き出しに迫ってくる光景。

思いがけず頭に浮かんだ恐ろしい情景に芽衣は、強く目をつぶって、そのイメージを払いのけようとした。溜《た》まっていた涙があふれてほほを伝う。

目をつぶったまま深呼吸して、なんとか気持ちを落ち着かせる。

恭一に、メッセージを返さないと。

そう考えて目をあけた瞬間、日の光と、音が消えた。

「え？」

あたりが、夜になっていた。芽衣は呆然《ぼうぜん》として、声にならない声を喉《のど》から発した。

まったく明かりのないキャンパスが広がっていた。たったいままで行き交う人々でにぎわっていた通りには、だれの姿もなかった。見あげると、まるで塗りつぶしたように暗く重い夜空があって、不自然におおきな月だけが、鈍く輝いている。

「すいません」

芽衣はどこにともなく声をかけた。しかし思いのほか声がちいさく、かすれていたので、一度咳《せき》をしてからやりなおした。

「だれか！」

返事はない。

正門のほうをふり返る。ひらいた門の向こうには片側二車線のおおきな国道が通っていて、深夜早朝をのぞけば、どの時間帯でもひっきりなしに車が行き交っているのが見えるはずだった。しかしいま、そこに動く影はなく、耳をすましてみても、かすかなエンジン音さえとらえることはできなかった。

なにか、尋常でない事態のただなかにいる。氷漬けにされたような寒気が、頭の芯《しん》から全身に染みこんでいく。それに反して心臓だけは、まるで火をつけられたように暴れていた。

「だれか――恭一」

芽衣は意味もなくその場でくるくると回った。やがてキャンパスの奥へと小走りに進み、すぐ思い直して正門へと引き返し、しかしそれが正しいかわからずに、また足を止めた。

「恭一！　助けて！　恭一！」

応《こた》えるように、ぽそ、とちいさな音がした。はっとして音のほうをふり返る。

立ちならぶイチョウの木のうちの一本に、視線がとまった。

ぽそ、ぽそ、ぽそ――

「だれ？」

芽衣はたずねながら、目を凝らした。イチョウの葉の一部が、手招くようにゆれている。

さらに目を凝らして、一歩、二歩と、イチョウに近づいた。葉が濡《ぬ》れているのがわかった。月明かりを受けてかすかにきらめく葉っぱから、おおきなしずくが、長く糸を引きながら、垂れていた。

ぽそ、ぽそ、ぽそ――

長く引いた尾が切れて、粘性のあるしずくが落ち、低い位置にある葉に当たる。音は、しずくが葉を叩《たた》いて鳴っているらしい。

ぽそぽそ、ぽそぽそぽそ、そそそそそそ――

にわかに音が早くなった。芽衣はぎょっとしてあとずさった。

あたりに、腐敗臭が立ちこめた。反射的に鼻を覆う。鳥や魚の死骸《しがい》が浮く、澱《よど》んだ池を思い浮かべた。あまりの悪臭に、さらに息を止めた。

いつの間にか、イチョウの木全体が濡れていた。もう、目を凝らさなくてもわかる。幹が、枝が、葉が、ぬらぬらと汚らしく輝き、そのイチョウだけがふりしきる雨を受けているように、せわしなく葉を鳴らしていた。

芽衣は逃げようとして足を踏み出し、滑って転んだ。手をついたアスファルトが、ぬるぬると濡れている。立ちあがろうとしてバランスを崩し、尻餅《しりもち》をつく。

重い水滴が葉を叩く音で騒がしかったが、そのなかからひとつ、異質な音が耳に届いた。

ぬちゃ。

聞き馴染《なじ》みのある音だった。幼かったあの日から、くり返し、くり返し、聞いてきた音。

濡れそぼつイチョウの木のうしろから、青白く、細い腕があらわれた。異様に長い。肘《ひじ》が完全に幹の陰から出てもまだ肩は見えず、ふたつめの肘と思《おぼ》しき関節が、わずかにのぞいていた。腕はどこも傷とシワに覆われている。しかし、枯れ枝のような印象に反して、それはしとどに濡れていた。糸をひく、ぬるりとした粘液で。

ぬちゃ、ぬちゃ。

腕が震え、指が蠢《うごめ》く。そのたびに汚穢《おわい》な音がした。葉から落ちたしずくが腕に落ち、それがさらにおおきなしずくになって、肘から落ちた。

腕が、ゆっくりと芽衣のほうにのびた。ふたつめの肘も完全に幹の陰から出てきて、しかし、次にあらわれたのは、肩ではなかった。

髪だ。

星のない夜空と同じ色をした、異様に長い髪。やはりしとどに濡れており、密集してだらりと垂れ下がる毛髪のヴェールから、腕が突き出ている。

こないで。

そう声に出そうとして、できなかった。ぬるつくアスファルトをまさぐるようにして、しっかり手をつくと、今度は滑らないように、慎重に立ちあがった。

芽衣の動きを感じとったように、腕がびくりと震えて、糸を引く飛沫《ひまつ》がとんだ。ずるりと、毛髪の向こうに腕が引っこんだ。髪の隙間が閉じ、黒々とした壁になる。

芽衣ははじめてスケートリンクに立った子どものように、腕をぴんと張ってバランスを取りながら、歩幅のちいさなすり足で、必死に正門を目指した。いったいどこまでがこの粘液に濡れているのか。一瞬でも気を抜くと、また尻《しり》から転んでしまいそうだった。

ふり返ると、イチョウの木に寄り添うようにして立つ毛髪の壁の中心に、ちょんと指先が生えたのが見えた。指先はのびてふたつの手がのぞき、両腕が生えて、生い茂る草をかき分けるようなかたちで、左右に広がった。

髪の向こうに、おおきな顔があらわになった。

大人の胴体ほどはあろうかという、巨大な顔。その本来なら眼にあたる部分から、

〝アレ〟の腕は生えていた。右目の眼窩《がんか》から右腕が。左目の眼窩から左腕が。

二本の腕を別にすれば、その顔にはほとんど凹凸がなかった。顔の中央には二筋の細長い孔《あな》があり、鼻をこそげ落とされたようにも見える。その下には引き結ばれたおおきな口があったが、唇らしいものはない。まるで、カッターナイフで粘土の塊を一文字に切りつけたような見てくれだ。

〝アレ〟が、立ちあがった。またたく間にその背丈が三メートルを超える。おおきいのは、背丈だけではない。その死人のように生気のない濡れた皮膚の下にはおびただしい量の贅肉《ぜいにく》が埋まっていて、シルエットだけを見れば、適当に積みあげた砂の山の頂きから腕が生えているかのようだった。そして、その巨大な体の頭頂から垂れていてもなお地面に引きずるほど、〝アレ〟の髪は長かった。

〝アレ〟が、芽衣に近づいてきた。

ぬちゅ。ずちゅ。ぢゅ、ぬぢゅちゅ。

〝アレ〟の足音に全身が粟立《あわだ》つ。芽衣は耳を塞《ふさ》ごうとして体勢をくずし、今度は前のめりに倒れた。喉を裂くような痛みをともなって、肺の空気が口から漏れた。力ずくで胸に息を送りこみ、あまりの悪臭に反射で嘔吐《おうと》しそうになる。なんとか上体を起こして〝アレ〟に向きなおった芽衣は、尻をついた姿勢のまま、手と足を使って正門のほうへとあとずさりした。

顔面から生える腕によってかき分けられた髪が、山の尾根をなぞるようにして、体の左右へなだらかに落ちている。〝アレ〟には、本来の肩も腕もない。

〝アレ〟は衣服を身につけていなかった。裸だ。髪のあいだからのぞくシワだらけの青白い胴体には、おおきな肉のヒダがいくつも垂れ下がっていて、年老いた乳房が無数に張りついているようにも見えた。

足と思しき部位も見受けられたが、やはり肉で膨れていて象のように太く、しかも巨大な胴体が足と足のあいだにまで肉を垂らしており、足より腹のほうが地面と接している面積はおおきかった。〝アレ〟は、その足らしきものをもぞもぞと蠢かせて、垂れ下がった腹を引き摺《ず》りながら這《は》い進んでいる。

地面を這うように進む、肉ででっぷりと膨れた巨体。頭から生える二本の長い腕。全身を濡らす粘液。芽衣はいままでそれを連想したことはなかったが、ネット上で蛞蝓女と呼ばれているのもうなずけた。たしかに、〝アレ〟はナメクジを彷彿《ほうふつ》とさせた。

ぶふっ、ぶ、ぢゅ――みぢゅ。

足音にまぎれて、濡れた狭い隙間から空気が漏れるような、汚らしい音がした。〝アレ〟の結ばれた口から、大小の泡が立ち、割れて、飛沫をとばす。

〝アレ〟が、口をひらいた。

無数に糸を引きながら、一文字だった切れ目が上下にふくらみ、アーモンド型に変わる。口のなかにはなにもない。ただ、真っ暗な闇が広がっている。青白い肌にひらいた黒い穴はさらに広がり、やがて円形になり、それでもまだ止まらず、左右から押しつぶされた扁平《へんぺい》な楕円《だえん》になった。首が太すぎて、どこが顎《あご》でどこからが体なのか判別できなかったが、あんぐりとひらいたその口は、鼻の下から胸まであるように見えた。

あぼぼ、ぼぶぅふ、ばはぁ。

溺《おぼ》れた人間が気を失う寸前で水面に顔を出したら、こんな声を出すかもしれない。それが、黒々と空いた底なしの闇から、低く反響《こだま》して轟《とどろ》いた。〝アレ〟の全身がぶるぶると震え、眼窩の腕が芽衣を求めてわさわさと空をかいた。自分の体ののろまさに焦《じ》れたように、腕と顔が、ぐぐぐ、と芽衣のほうへのびて、〝アレ〟は極端な前傾姿勢になった。

そのとたん、〝アレ〟の立つ地面だけがかすかに傾いたかのように、巨体が芽衣のほうへ、すーっと滑りはじめた。

芽衣の喉《のど》から、ひぃ、ひぃ、と、息をのむような短い悲鳴が何度も漏れた。粘液で濡れたアスファルトを死に物狂いで蹴《け》り出し、同時に爪を立ててかき、尻を滑らせて体を運ぶ。〝アレ〟から遠くへ、遠くへ。あの正門の向こうへ。

みるみる間に〝アレ〟と芽衣との距離が近づいた。

「恭一！　恭一！」

芽衣は半狂乱で恭一の名前を連呼した。しかし返事はない。粘液で濡《ぬ》れた肉が摩擦で立てる音だけが耳に届く。そして、〝アレ〟の声だけが。

おぼう、ぼぼほお、はぼぉ。

そのときだった。芽衣の爪が、乾いたアスファルトを強くかいた。爪が剝《は》がれたのを感じたが、痛みはなかった。芽衣はすぐさま身をひるがえし、粘液の海を脱したとたしかに目で見てわかるところまで、さらに四つん這《ば》いで進んだ。それからスニーカーと靴下を剝ぎ取って立ちあがり、乾いた足で、乾いた地面を踏みしめた。

全速力で走る。死に物狂いで腕をふり、脚をあげ、キャンパスの外を目指す。

乾いた地面の上では、〝アレ〟は移動速度を落とすかもしれない。そう期待してうしろをふり返ると、すぐそこに〝アレ〟の顔があった。太った体に似合わぬ骨張った指が、こちらからも手をのばせば触れることのできるくらい近くにあった。

正門にたどり着くまで、もう五秒もない。その向こうには、車道と歩道とを隔てるガードレールがある。そこを飛び越えれば、時間を稼げる。〝アレ〟の巨体では、芽衣が軽々飛び越えられる高さでも、容易にはまたげないはずだ。

はぁぽ、ふぅ、ぷぷぷ、ぽぽぽぽぽ。

〝アレ〟の声に、苛立《いらだ》ちが混じっている。追いすがる〝アレ〟の指先が、背中をかすめた。うなじに、〝アレ〟の粘液が触れたように感じた。

芽衣は正門を飛び出した。勢いそのままにガードレールに足をかけ、向こう側に飛びこもうとしたその瞬間、強い力で手首をつかまれた。

ガードレールを蹴った力と、腕をつかまえた力とが引き合い、肩が鈍い音を立てて痛んだ。芽衣は足を踏み外した。

〝アレ〟の粘液が服を濡らす冷たい感触と、恭一に抱きしめられるぬくもりとを、同時に思い浮かべた。

抵抗をなくして、芽衣の体は引かれるままうしろに倒れた。視界が、ぐるんと空を向く。まっ黒な空だけが視界を埋める。目をつぶっているようだと思った。

「もう、自分で自分を傷つけないと、約束したはずですよ」

声が聞こえた。あたたかく、やわらかな感触が背中にあった。

黒い空が、まんなかから割れた。そのヒビからまぶしい光が差しこんで、芽衣は思わず手をかざす。空を割るヒビの向こうに、自分の手が見えた。

いや、違う。芽衣はほんとうに目をつぶっていた。それをいま見ひらいて、太陽の光をさえぎる自分の手の甲を見ていた。

「それとも、芽衣さんを傷つけようとしていたのは、芽衣さん自身ではないのですか?」

行き交う車の騒音。青い空とまぶしい陽の光。まわりを取り囲む雑踏のざわめき。そして、地面に倒れた芽衣を背中から抱きかかえ、その顔をのぞきこむ、ひとりの女性。

芽衣の心臓は、死の恐怖と、全力疾走のせいで、なお激しく鼓動していた。混乱もまだ深い。空はもどっている。人々ももどっている。元の世界がまわりにあった。しかし、自分の状況をまだ、なにも理解していない。もう安全なのか。〝アレ〟はどこにいったのか。

それに、目の前にいるこの人は——

いつも少しだけ乱れている、短く切りそろえられた黒髪。不敵にも、卑屈にも見える、かすかな笑みをたたえた薄い唇。

「ゆきまる——先輩？」

「姓は嫌いなんです。以前のようにぜひ〝センリちゃん〟と呼んでください」

その人、〝雪丸千璃《ゆきまるせんり》〟に背中を支えられながら、芽衣は半身を起こした。背後には大学の正門があり、すぐ目の前にはガードレール。その向こうを、ひっきりなしに車が通り過ぎていく。

ふたりの周囲には人垣ができていた。好奇の視線とスマートフォンのカメラが、無数にこちらを向いている。

「気分はどうですか？　悲しい？　怖い？　それとも、怒りを感じている？　いま死にたいという欲求を抱いていますか？」

「ちょっと待って、わけわかんない」

早口にたずねる千璃の言葉をさえぎって、ふらふらと立ちあがる。

「わたし、そんな——死にたくなんかないよ、なんで？　なにがどうなってるの？　なんで雪丸先輩がここにいるの？　さっきのはいったい、なに？」

「混乱させてしまったのなら、すみません。ひとつずつたずねます。じゃあ、まずひとつ。車道に飛び出そうとした理由を、自覚していますか？」

芽衣ははっとして、自分を取り巻く人々にあらためて視線をめぐらせた。

「飛び出すって？」

たずねながら、ごまかすような笑みが自然と顔に張りついた。千璃がうなずく。

「あたしが止めなかったら、制限速度20キロオーバーのミニバンにはねられてましたよ。でも、なぜです？　どこかへ急いでいた？　なにかを追っていた？　あるいは――なにかから逃げていた、とか？　あ、質問はひとつずつでした」

千璃が矢継ぎ早に質問をくり返すのを聞いて、芽衣はなぜ彼女がここにいるのか、その理由に気づいた。

中学時代、千璃につきまとわれていたときのことを思い出す。

「とりあえず、場所を変えましょうか」

千璃はぐるりと顔をめぐらせて、視線で周囲の人垣を示した。そうして芽衣の手を引き、かすかな抵抗などまるきり無視して、足早に歩きだした。

5

千璃は、芽衣を大学の保健センターに連れていった。

もう安全らしいと心から理解すると、緊急時とあって一時的に無視していた痛みや疲労を、体が清算しはじめた。両手の爪が一部割れたり剝がれかけたりしていて、重い痛みが脈動している。裸足《はだし》で走った足の裏には無数に切り傷があって、焼けつくように痛んだ。

応急処置を受けたあと、休養室に通された。ベッドがひとつに、デスクとして兼用できる背の低いキャビネットと、丸椅子だけが置いてある狭い部屋だ。

千璃は丸椅子に腰掛け、ベッドに横たわる芽衣をじっと見つめていた。なんとなく反抗的な気持ちで見つめ返すと、千璃は短い黒髪をワシワシとかいた。

カラフルなウインドブレーカーを羽織り、黒いスキニーパンツをはいた千璃は、膝《ひざ》の上に足首を乗せる形で、足を組んでいた。

「ずいぶん、印象が変わりましたね」ひとりで納得するように、うんうん、と千璃はうなずいた。「今の芽衣さんは、高校時代よりも――いえ、芽衣さんにとっては中学時代でした――あのころよりも、ずっときれいになりました」

満身創痍《まんしんそうい》のこの状態を見てなにを言っているのだろうと腹立たしい気持ちさえ覚えたが、同時に恭一の笑顔が思い浮かんだ。もし千璃の言葉がほんとうなら、それは彼のおかげだ。

ほんの二年前まで、本人にしか見えない存在に怯《おび》える芽衣を、同級生の誰もが冷めた目で見つめ、避けていた。不思議ちゃん、かまってちゃん、イタイ子、メンヘラ。陰でなんと呼ばれていたかは、本人の耳にも入ってきた。中高一貫校に通っていた芽衣は、六年間を地獄のような孤独にさいなまれて過ごした。

当時の苦痛を思い出し、芽衣は視線を落とした。

「どうしてここにいるんですか」

「蛞蝓女を調べに来ました」千璃は即答した。「この大学の学生名簿に芽衣さんの名前を見つけて、ピンときたんです。あの怪異、芽衣さんに関係あるんじゃないですか？」

「学生名簿って、そんなものどうやって」

「そのために事務局の方とお近づきになりまして、そのツテで」

芽衣は信じられない思いで千璃の顔を見つめた。

「犯罪じゃないんですか、それ」

「さあ、どうでしょう？　そこまでではないと思いますけど――まあ、ともあれ」千璃の表情から笑みが消えた。「手伝わせてくれませんか」

「なにを手伝うっていうんです？」

「芽衣さんが、芽衣さん自身を守るためのお手伝いです」

強烈なデジャヴにおそわれて、目まいをおぼえる。中学生のころ、同じセリフを聞いた。芽衣が中学二年のころ、千璃は同じ学校の高等部に所属する高校二年生だった。

彼女と会ったその日を、芽衣ははっきりと覚えている。

中等部校舎の西棟と東棟をつなぐ、渡り廊下の屋上部。両脇をフェンスに挟まれた、細い通路。そこからはグラウンドと、高等部の部活棟を見下ろすことができた。太陽はすでに沈みつつあって、はるか東に屹立《きつりつ》するビル群だけが、ひと足早く淡い夜色に染まっていた。

景色に見惚《みと》れていると、不意に声をかけられた。そうして振り向いたその先に、千璃がいたのだ。背中に夕日を背負い、あたたかな光に縁取られた姿で。

あのときも千璃は、手伝わせてくれと言った。あなたがあなた自身を守るお手伝いを、どうかあたしにさせてください、と。

「でも、雪丸先輩は――」

「親しみをこめてぜひ、〝センリちゃん〟、と。それから、むかしのように敬語もナシで」

芽衣は一瞬言い淀《よど》んでから続けた。

「千璃さんは、わたしがいまなにを悩んでいるのか、知らないでしょ」

千璃は肩をすくめた。

「あたしにはわかります。いや、やっとわかったんです。芽衣さんは、むかしから〝アレ〟を見ていたんですね――蛞蝓女を」

こうなってはもう、ごまかしは効かない。かつてもそうだった。偶然に知り合ってからあと、なぜだか千璃は、芽衣にしつこく付きまとった。そしてそのしつこさは、千璃が芽衣についての噂を聞き及ぶにいたり、ますますエスカレートした。

千璃は、芽衣がなにに怯えているのか、執拗《しつよう》に知りたがった。千璃が卒業するまで彼女の追及にシラを切り通した芽衣だったが、ほかのだれもが芽衣の怯えを演技や病気だと決めつけて信じないのに対して、千璃だけは逆に、芽衣にだけ見えている〝なにか〟

がたしかに存在しているのだと、かたくなに信じて疑わなかった。

「以前は、芽衣さんに憑きまとう怪異について、なにもわかりませんでした。もちろんそれはひとえに、芽衣さんの信頼を勝ち得なかったあたしの責任です。しかし図らずもいま、こうして芽衣さんの秘密にあたしは辿《たど》り着いてしまった。以前はなにもできることはありませんでしたが、いまは違います。どうか、蛞蝓女の件をあたしに任せてくれませんか」

千璃が身を乗り出した。瞳《ひとみ》を爛々《らんらん》と輝かせている。その目に気圧《けお》され、芽衣はとっさに話題を変えた。

「千璃さんは、いまもオバケの研究をつづけてるの？」

「もちろんです。ただ、むかしもいまも、あたしはオバケの研究をしているわけではありません。あらゆる怪奇現象を同じ尺度で分類、解析することのできる統一理論の構築。それがあたしの研究です」

千璃はウインドブレーカーのポケットをまさぐり、芽衣に名刺を渡した。

名刺には『理論怪異学研究所　雪丸千璃』とあって、メールアドレスとQRコードが記されていた。裏返すと、同じ内容が英語で記載されている。

「今回のことについてあたしに話すのが嫌だというのなら、もちろん、無理に聞き出すようなマネはしません」

芽衣はおどろいた。否《いや》が応《おう》でも、真実を語るまで離れないつもりだろうと覚悟していたのに。

「ただ、他人には見えなかったはずの存在が、これだけ多くの人に目撃され、現実に被害まで出てる。もう、芽衣さんだけの問題ではなくなっています。この手の事案を解決する力を持った本物の専門家を探すのは、なかなか骨が折れますよ。あたしには霊能力だの超能力だのはありませんが、その代わりに知識も、備えも、コネもある。事態を適切に見極め、最短距離で解決に導くために、あたしは適任です」

芽衣の気持ちはゆらいだ。たしかに千璃なら、まったく素性の知れない赤の他人ではない。

しかし、すぐに返事をすることはできなかった。千璃がこうして突然また目の前にあらわれたことを不気味とさえ感じているし、目的のために犯罪的な手段をもちいたらしいことを考えれば、心から信用していいものかどうか疑わしい。

そのとき、休養室のドアがひらいた。

「恭一」

ドアをあけたのは恭一だった。体を起こそうとすると、彼は激しく首をふった。

「横になってていいよ。ケガは？　どんな具合？」

「いや、大丈夫、たいしたことないよ、ほんとに」

恭一は崩れるようにしてベッド脇に膝をついた。芽衣の手を握りながらがっくりとうなだれ、ほう、と長く息をついた。

「みんなが、芽衣のこと見たって——様子がすごいおかしかったって——おれ、何回も電話したけどつながらなくて」

「ごめん、電話出られるような状態じゃなくて」

恭一は顔を伏せたままこくこくと何度かうなずくと、千璃にちらと視線を向けてから「こちらの方は？」とたずねた。

すぐにでもなにがあったのか確認したいはずだった。それをしないでまず千璃についてたずねたのは、この事態に〝アレ〟がかかわっていると考えたからに違いなかった。他人の前で秘密を口にはできない。

「どうも、雪丸千璃です」

千璃は立ちあがってみずから名乗り、恭一に名刺を渡した。

恭一も名乗ってから名刺を受け取り、あからさまに表情を曇らせた。名刺を裏返し、「ユキマル、センリ？」と確認するように口にしてから、千璃を睨《ね》めつけた。

「もしかして、蛞蝓女のこと探りにきたクチ？」

「ええ、まさしく」

恭一は芽衣を背中にかばうようにして千璃と向き合った。

「芽衣に聞いてもムダだよ。芽衣もおれも蛞蝓女なんて見たことないし、それに関係する事故にもかかわってない。学外の人に、蛞蝓女のことしつこく聞かれるのにはうんざりしてるんだ」

「待って恭一、大丈夫だよ。この人、むかしの知り合いなんだ。それにさっき、彼女がわたしのこと助けてくれたの」

　恭一は、芽衣の言葉を手でさえぎった。

「芽衣を助けてくれたことについては感謝しています。どうもありがとうございました。でも、蛞蝓女について話せることはなにもない。もうお引き取りを」

　丁寧ではあったがあきらかにいら立ちをにじませた恭一の声に、千璃はいかにも皮肉っぽい調子で、ハハ、と短く笑って応《こた》えた。

「失礼ですが、それを決めるのは芽衣さんでは？」

　予想外の反論だったのだろう。恭一がいかにも面食らったようすで言葉に詰まった。千璃の言葉を真に受けて我が身をふり返っているのか、不安の宿った視線を芽衣に向けた。

「芽衣さんとあたしは、まだ話の途中でした。もうさほどお時間はとらせないので、どうかいましばらく部屋の外でお待ちいただけ――」

　その瞬間、千璃がなにかにおどろいたように、はっと目を見ひらいた。その目できょろきょろと部屋を見回し、また恭一に視線をもどす。それから、ひどく怪訝《けげん》な表情で、芽衣を見つめた。

　千璃の異様な様子に、芽衣の背中に冷たい汗が浮いた。

「千璃さん、どうしたの？」

芽衣はたずねたが、千璃は答えず、じりじりと部屋の入り口まであとずさりした。

「たしかに、たしかに。そうですね、用は済みました、はい」

千璃は早口に言った。その表情は凍りつき、口角だけがひくひくと震えている。

「それじゃあ、ええ、どうも失礼します」

千璃はひどくあわてた様子でドアをひらき、休養室の外へ飛び出した。視界から消える瞬間、彼女が背を丸くして、吐き気をこらえるように口を手で覆っているのが見えた。

「なんなんだよ、いまの人」

千璃の出ていった扉を、半ば呆然《ぼうぜん》と見つめながら恭一がつぶやいた。

それから千璃が座っていた丸椅子に腰かけ、芽衣の手を握りながら、なにがあったのかをたずねた。

あらためて自分が体験したことを整理する意味もあって、芽衣はひとつずつ、時系列通りに、〝アレ〟に襲われた悪夢について説明した。恭一は黙って耳を傾けていたが、話が進むにつれ、芽衣の手を握る力が強くなり、その手のひらがじっとりと汗ばんでいくのがわかった。

「ほんとうに、無事でよかった。いや、無事ってわけでもないか」

恭一は包帯の巻かれた手を恐々《こわごわ》と見つめ、芽衣の肩をさすった。

「〝アレ〟は、芽衣に悪意を持ってる」

恭一は目を合わせずにそう言った。言外に沢母児行きをうながしているのはあきらかだ。

芽衣も理解していた。〝アレ〟はもう、だれにとっても無害ではない。千璃のいうとおりだった。事態はとっくに芽衣だけの問題ではなくなっていた。自分には、この事態に対処する責任がある。いざ自分の身に危険が降りかかってはじめてそれを認められたということが、ひどく恥ずかしかった。

どうして、自分にしか見えなかった〝アレ〟が、他人にも見えるようになったのか。どうして、いままではただ姿を見せるだけだった〝アレ〟が、明確な害意を向けてきたのか。そもそも、〝アレ〟はなんなのか。なぜあの日から先、自分につきまとうのか。

わからないことだらけだったが、しかし、その答えの在処《ありか》には、心当たりがある。

「恭一、おねがいがあるんだけど」

顔をあげた恭一を、まっすぐに見すえる。芽衣の考えを察したらしい恭一は、くちびるを引き結び、力強くうなずいた。

「わたし、恭一といっしょなら、向き合えるかもしれない」

「おれも、そう信じてる」

間髪容《い》れずに答えた恭一の手を、今度は芽衣から強く握った。

千璃から名刺を受け取ったことで、保険を得たように感じていた。

まずは、恭一と、わたし。恭一が言うように、ほんとうに信頼できる人間だけで、〝アレ〟に立ち向かう。それでダメでも、次善の策がある。もし自分達だけで対処できなかったとしても、そこは袋小路じゃない。

「恭一、いっしょにきて。沢母児へ」

出目祭り

1

沢母児の夜は濃い。出目祭《でめまつ》りの夜、毎年のように芽衣はそう思った。

四歳のときに両親が離婚した。それから一年に一度、沢母児で開催される秋の奇祭『出目祭り』に合わせて、父である戸川縁太郎《とがわえんたろう》を訪ねていた。母と一緒に東京駅から新幹線に乗り、中間の駅で縁太郎と合流する。母は東京に引き返し、芽衣は縁太郎と共に車でさらに三時間かけて、芽衣の祖母、戸川ショーコが経営する沢母児の戸川旅館に向かう。それが毎年の旅程で、九歳になったその年も、出目祭りの日、芽衣は沢母児にいた。

ふだんなら十八時には真っ暗になってしまう目抜き通りも、その夜だけは様子が違う。商店の軒や屋台では、金魚を模した無数の提灯《ちょうちん》や風鈴が秋めいた風にゆれていて、芽衣は自分が人魚になった空想をいだく。あたりを金魚たちが泳ぎまわる海中の街と、ちいさな人魚のわたし。そのころの芽衣は、金魚が海では生きられないことも知らなかった。

ほんものの金魚もいる。金魚掬《すく》いの屋台があちらこちらにならび、行き交う人々の手元にもちらほら、透明な袋のなかでぽつねんと泳ぐ金魚を見ることができた。

ただ金魚と名のつくだけのものもふくめれば、空か地面をながめる以外で、視界に金魚の入らない瞬間はない。金魚饅頭《まんじゅう》、金魚手ぬぐい、金魚キーホルダー、木彫り金魚、金魚Tシャツ、金魚ジャム、金魚ソフトクリーム——

首からぶら下げ、服のなかに忍ばせてある紐《ひも》付きの財布を、ぽんぽんとTシャツの上から叩《たた》いた。大丈夫、落としてない。なかには、九歳が一夜の祭りで使うには多すぎる額の紙幣が入っていた。

「テレビの、変わった祭りの特集で取りあげられたとかで、去年から出目祭りに観光客が押し寄せてんだ。棚ぼた町おこしだってんで、沢母児のやつら大騒ぎだよ」

沢母児に向かう車のなかで、縁太郎は言い訳をするような調子で芽衣に説明した。

「ほら、去年は芽衣が熱出して、祭りの当日には来られなかったろ？　すごい人出だったんだ。それを見越して、今年は準備からかなり力入れてる。もう、しばらく前からどこもてんてこ舞いだよ。沢母児に人が来るのはうれしいけどな、そういうわけなんだ。わかんだろ？」

とりあえずうんうんとうなずいて聞いているうちに、つまり今年は一緒に出目祭りを見てまわれないということらしいと理解した。

「もう、迷子になるような歳でもないしな。そうだろ？　好きなものを食って、好きなものを買って、好きなことをしていいんだ。小遣い奮発するからな」

　でもお母さんにはぜったいに内緒だぞ、と、視線はフロントガラスに向けたまま、笑みを浮かべた顔だけを芽衣のほうに寄せた。

「お母さんには、祭りにはおれと二人でいったって、そう言うんだぞ。わかったか？」

「おばあちゃんは？」

「ばあちゃんはおまえ、おれよりもっと忙しいよ。板前より女将《おかみ》のがたいへんなんだ。お客さんの相手しなくちゃなんないだろ」

　はじめてひとりきりで出目祭りをめぐりながら、しかし芽衣はなににお金を使うでもなく、ただ歩きまわっていた。

　金魚わたあめと名付けられた、ピンクに着色してチョコレートで目を打った綿菓子の屋台に強く心惹《ひ》かれたが、背の高い大人たちがずらりとならぶその列に加わる勇気が湧かなかった。

　金魚わたあめの屋台のとなりが、沢母児を訪れた際に縁太郎がよく連れていってくれるラーメン屋だと気づく。そこでも、店の外まで行列ができていた。入り口の横にある窓からなかをのぞいてみると、壁に以前はなかった『金魚ラーメン』というお品書きがかかっていた。顔見知りのおばさんが、忙しそうに店内を小走りで横切っていくのが見えた。

その場を離れ、ぶらぶらとあてもなく歩いていくうちに、人通りも喧騒《けんそう》も急速に薄れていった。家のなかから通りにイスとテーブルを持ち出して、祭りで買ったものをつまみにしながら酒盛りをしている地元の老人たちの席が点在している。

ふと、近くに金魚の養殖池があるのを思い出した。いまの通りを折れて、ゆるい坂を登ればすぐだ。マス目状に区画の分けられたおおきな池が、規則正しくならんで広がっている。しかし、子どもだけで近づいてはいけないと、祖母からいいつけられていた。

養殖池につづく坂を見あげる。東京では見ないような重い夜の闇が、通りを外れてすぐのところまで迫っていた。視界の中央で、闇の一部がぼんやりとくり抜かれている。養殖場の明かりだ。

明かりの下に、人影があった。子どもの背丈だった。

2

芽衣はしばらくのあいだためらっていたが、じきに思いきって走りだした。養殖池の明かりと、そこにある影だけに視線をさだめ、自分を取り巻く夜の闇のことを努めて考えないようにしながら、一気にそこを走り抜けた。

影の主はやはり子どもだった。芽衣の足音を聞いておどろいたようにがばりとこちらをふり返ったが、すぐに養殖池のほうへ向きなおる。

背の高さから、自分とさほど変わらないくらいの歳に見えた。髪は首が隠れるくらいまで伸びていて、うしろ姿では男の子か女の子かわからなかった。

「なに見てるの」

芽衣がたずねると、その子はまたふり返った。鼻先にかかるくらいに前髪が長い。右目はかすかにうかがえるが、左目は完全に隠れていた。

「なにいってんだ、おまえ。金魚に決まってんじゃん」

粗暴な言葉遣いに芽衣は面食らった。

「なんでこんな暗い場所で溜池《ためいけ》の金魚見てるの、ってこと。お祭りいけばよくない？」

「うるせえよ。どこで見ようが勝手だろ」

半開きになった口から歯がのぞいていた。上と下の前歯が一本ずつない。

「養殖池をのぞくのって、いけないいんだよ」

「なんで」

「金魚人がいて、子どもを見ると水のなかに引きずりこむっておばあちゃんが言ってた」

その子は吹き出して笑った。

「なんだよ、金魚人って」

「半分金魚で、半分人間の妖怪《ようかい》だよ。知らないの？」

「知るかよ。おまえのばあちゃんが考えたやつだろ、ぜったい」

「違うし」

「違くねえよ」

　芽衣がムキになると、その子は声をあげて笑った。

話しかけなきゃよかったと後悔しながら、祭りにもどろうと背を向けると、おい、と乱暴に呼び止められた。

「待てよ、おまえ、戸川旅館のやつだろ？　縁太郎おじの子ども」

ぎくりとした。

「なんで？」

その子は答えず、今度はバカにしたように笑った。

自分ばかり素性を知られていて、相手のことをなにも知らないというのが気持ち悪かった。特に、こんな得体の知れない相手には。

「そっちは、だれなの」

「ウルミだよ。そう呼んでいい。おまえこそ、ここでなにしてんだよ」

「おまえって呼ばないで。むかつく」

「名前知らないし」

「芽衣だよ」

ウルミは、ふうん、とさして興味もなさそうにあいづちを打った。

「で、芽衣はなんで祭りにいかないの」

芽衣は養殖池をのぞきこんで、なるべくなんでもないことのように答えた。

「ひとりでいっても、あんまり楽しくなかったから」

「ああ、わかった、縁太郎おじが構ってくれなかったんだろ。今年もめちゃくちゃ観光客きてるからな、大人はだれも手が空いてない」

得意げに言い当てられて腹が立ち、芽衣は黙りこんだ。

「よし、いっしょにまわってやるよ」

ウルミは言うや否や通りに向かって坂を下りはじめ、ほらいくぞ、と芽衣を手招いた。

「ちょっと待ってよ、別にいっしょに来なくていいし。もう帰るもん」

「帰ったってつまんないって。いろいろおごってやるよ」

「お金ならわたしもたくさん持ってる」

「いいね。じゃあ屋台ごと買っちまおう」

ひとりきり養殖池に置いてけぼりにされるのが怖くて、芽衣はウルミを追いかけた。戸川旅館に帰るにしても、祭りの会場を通っていかなければならない。しばらく連れ立って歩くよりほかなかった。

ウルミはひどく猫背で、口は半開きのままだった。おおきく外に向かって生えた八重歯が、口を閉じにくくしてるのかも、と考える。前髪で目がほとんど隠れているせいか、口元の印象がよけいに強かった。

「大人の歯、まだなの？」

欠けた前歯を指差してたずねると、ウルミは歯を剝《む》き出しにして、芽衣の指に嚙《か》みつくふりをした。おどろいて身をひくと、げらげらと下品な声で笑った。

通りを進むとひと気はすぐに多くなり、にぎわいも増した。行き交う大人たちを避《よ》けて進むうち、ウルミとの距離がひらく。ふとウルミがふりむいてそれに気づくと、芽衣の手首を強くつかんで、ぐいと自分に引き寄せた。

「よし、あれ食おう」

ウルミが芽衣を引っ張ってやってきたのは、金魚わたあめの屋台だった。

「どうせおまえ、こういうの好きだろ」

「おまえって呼ばないでよ」

「ああ、はい、はい。芽衣な」

ウルミは行列にならばず、その脇を抜けて屋台の目の前までやってきた。先頭で注文を口にしようとしていた客が気づいて、ウルミと芽衣に視線を向ける。

「ねえ」

ウルミが屋台に立つ男になれなれしく呼びかけた。

「ふたつちょうだい」

屋台の男はちらりとだけウルミをうかがうと、なにやらひどく表情をこわばらせて、ん、ああ、と静かに返事をした。それから先頭の客に、ちょっとだけ待っててくださいね、とにこやかに断ってから、綿菓子を作りはじめた。

3

ウルミは一度もお金を払わなかった。行列にもならばなかった。ずかずかと列の横を抜けて、ちょうだい、とひとこと言えば、それで欲しいものが手に入った。

ウルミと芽衣は出店の食べ物を両手にかかえて、祭りの関係者が休むのに使っているらしい集会用テントの下に入った。天幕の下にならぶ長テーブルは顔を真っ赤にした男たちですしづめだったが、そこでもウルミが「座りたいんだけど」と言えば、男たちは文句ひとつ口にせず酒を持って場所を移った。

「金魚つったって、いろいろあんだよ。琉金《りゅうきん》、ランチュウ、水泡眼《すいほうがん》。和金《わきん》にコメット、ピンポンパール」

芽衣が、煎餅《せんべい》にプリントされたほほのおおきく膨らんだ金魚のイラストに笑ったのを見て、ウルミはそう説明した。

「このほっぺたのおおきな金魚は？」

「水泡眼。となりに描いてある、目のでかいのが出目金《でめきん》。沢母児はもともと、出目金の独自品種で金魚養殖の町になったんだよ。瑪瑙《めのう》ランチュウっていう中国の品種がいるんだけど、その体色に似てる出目金を開発して、大むかしにブームになったんだ。だからこの祭りも、出目祭りだろ」

「へえ！　くわしいね」

「父さんが養殖やってんだ」

「そうなの？」

芽衣は目を輝かせた。くわしく聞きたかったが、つづけて発した疑問をウルミは「そんなことより」とさえぎった。

「このあと、あそこいかね？」

指差したほうを見ると、立て看板があった。

『第四回　沢母児恐怖映画祭　〜妖《あや》しい夜の調べ〜』

そう書いてある下に、禍々《まがまが》しい色の軌跡を描いて泳ぐ金魚たちのイラストがある。会場は沢母児文化会館、開始時刻はすでに過ぎている。

「なにあれ、どういうこと？」

「何本も連続でホラー映画流してんだよ。映画の学校の学生みたいな、シロウトが作ったやつばっかかだけど」

「やだよ、いかない」

芽衣は即答した。

「なんだよ、びびってんのか」

「怖いのきらい」

「つまんねーやつ」

「だって、金魚と怖い映画ってなんの関係があるの？　意味わかんない」

ウルミはテーブルを叩《たた》いて笑った。

「たしかに、わけわかんないわ」

ウルミは、じゃあ、といって拳《こぶし》を前に突き出した。

「ジャンケンで決めよう。こっちが勝ったら、映画観る」

「だからイヤだって言ってんじゃん」

「そっちが勝ったら、来年も出目祭りで好きなもん好きなだけ買ってやる」

買ってるわけじゃない、と思ったが、口にはしなかった。悪くない条件に思えた。怖いのはきらいだけど、たかが映画だし。

「いいよ、わかった」

芽衣が了承すると、ウルミは拳をふりあげた。

「よし、せーの——じゃん、じゃん、ユの虫、メの手前！　カツに足なり、カワズにかわる——」

「ちょ、ちょっと待って！」

拳を左右にふりながら踊りだしたウルミを芽衣は止めた。

「なにそれ、なに歌ってるの？」

「あ？　ジャンケンで決めるって言ったじゃん」

「いや、え？　それジャンケンの歌なの？　東京じゃそんな歌、ないんだけど」

「芽衣が知らないだけだろ」

そんなわけはないと思うが、確信はなかった。

「どこで手を出せばいいの？」

「歌の最後に、そぉーれ、ていう掛け声があるから、そんとき」

うなずくと、ウルミはまた歌いだした。見よう見まねで踊りも真似る。

「じゃん、じゃん、ユの虫、メの手前！　カツに足なり、カワズにかわる！　ジャといやヘビじゃが足はなし。ユの虫、カワズか、ジャか、そぉーれ！」

よっしゃ、と声をあげて、ウルミがガッツポーズをした。

4

ウルミと芽衣が沢母児文化会館に滞在していたのは十五分ほどだった。ふたりが上映室に入ったときには四本目の作品が上映中で、パンフレットによればタイトルは『喰《く》らいでか』。あらすじには、沢母児を舞台に『レディ・ペイン』という怪物が人々を丸呑《まるの》みにしていく、とある。映像系専門学校にかよう学生が監督で、ハリウッドのモンスターパニックとJホラーを融合させようという試みのもとに制作された作品だという。予定表によれば三十分足らずの短編だったが、ウルミと芽衣はその結末も確認せずに、会場をあとにした。あまりの恐怖に、芽衣が泣きだしてしまったからだ。

「もう泣くなって。あんな、いかにも作り物っぽい怪物、どこが怖いんだよ」

「怖いんじゃなくてキモかったの！」

「じゃあ泣くなよ。怖くないんだろ」

「だからイヤだっていったのに」

「ジャンケンで決めたんだから文句いうんじゃねえよ！」

「あんな変なジャンケン、はじめてやったもん。ずるいじゃん」

ウルミはめんどくさそうにため息をつくと、ぐしゃぐしゃと頭をかきむしった。

「わかったよ、怖くなくなるおまじないしてやるから」

「だから、怖いんじゃないってば」

「はいはい」

ぱん、と音を立てて手をあわせたウルミは、指をからませ、目をつぶった。

「おねがいします、おねがいします、どうか、どうか、メノテメさま――」

ウルミが、ぐ、と全身に力をこめた気配があった。そうしてすぐに目をひらき、「ほら、もうなんともねえだろ」と得意げに笑った。

「バカみたい。もう帰る」

芽衣は顔を腕でぐしぐしとぬぐいながら、ウルミに背を向けた。

「あ？　なんだよ、効いただろ、おまじない」

「効くわけないじゃん、なにあれ」

待てよ、という声を無視して、芽衣は早足で戸川旅館のほうに向かった。

「あーあ、とっておきがあったのに!」

ウルミの声に、芽衣は足を止めた。

「ウソばっかり」

「ウソだと思うなら帰れよ。祭りの夜にしか見れない、さいっこーにおもしろい見せ物だけどな。ひとりでもいくから、来たければ来ればいい」

そうして、芽衣とは反対へ歩きだす。祭りの会場から遠ざかる方向だった。

別にいいし。そうちいさくつぶやいた芽衣だったが、足が前に出ない。

ウルミはお金も払わず、行列にもならばず、ほしいものを手に入れられる。それを、まるでなんでもないことのように思っている。それに、あんな怖い映画を観ても、まったく怖がらない。ウルミは、芽衣が知っているどんな子どもとも違った。そんなウルミがいう〝とっておき〟とは、いったいなんなのか。

「待ってよ!」

芽衣が声をあげると、ウルミは立ち止まった。

祭りの会場から離れるとすぐ、聞こえてくるのは流れの速い川の音ばかりになった。車道に沿って立つ街灯が、同じ間隔でずっと向こうまでつづいている。川のほうへ目をやると、その向こうには、山を覆う森が壁のようにそびえていた。

「いつまで歩くの？」

「もうすぐ」

ウルミはそういうと車道を横切り、ボロボロになった階段をつたって河原に下りていった。

「どこいくの」

ウルミが川を指差した。暗くて気づかなかったが、目を凝らすとそこに、粗末な細い橋がかかっているのが見えた。近づくと、欄干は低く、コンクリートはところどころおおきく欠け、剝《む》き出しになった鉄筋は錆《さび》に覆われている。

ウルミの手元が光って、ふたりの足元をぼんやりと照らした。見ると、ウルミはペンのようなかたちのキーホルダーを持っていた。橋の先に明かりはない。どうやら、そのちいさな光を頼りにこの先を進むつもりらしい。

「やっぱりやめた、わたし帰る」

好奇心より恐怖がまさった。橋の手前で足を止めるが、ウルミはかまわず先に進んだ。

「あっそ、帰れば」

ライトを直視したせいで、あたりの暗闇に目を移すと、眼前を手でふさがれたように、なにも見えなかった。そのなかで、ウルミが持った明かりと、点々とつづく街灯だけがあった。

「待ってよ！」

「帰るんだろ」

「いっしょに来てよ」

「やだね」

どんどん遠ざかるウルミを、芽衣はあわてて追いかけた。

ここから祭りの会場まで、たったひとりで引き返すなんて無理だ。怖すぎる。

芽衣が追いつくと、ウルミはぜったいに大丈夫だと請け合った。

「危なくないし、怖いものはなんにも出ない。もっと遅い時間にだって、何度も登ったり下りたりしたことあるから、平気だって」

芽衣は返事をしなかった。怒ってはいたが、こうなってはもう引き返せない。

橋を渡りきると、森の闇が眼前に立ちはだかった。ウルミは足を止めない。ふと、森の奥へとつづく道があらわれた。目の前に立つまでそれと気づけないほど存在感の希薄な、古くて、細い石段だった。それがおおきくカーブしながら、山の上に向かっている。

ウルミはためらうことなくそこに足を踏み入れた。

ウルミにぴったりと身を寄せ、足元の明かりだけをじっと見つめながら、右、左、右、左、とただ足を前に運ぶ。あたりを取り巻く闇のことを、なるべく考えないようにする。

「よし、ついたぞ」

山に入ってからウルミにそう声をかけられるまで、さほど時間はかからなかった。顔をあげると、目の前に苔《こけ》で覆われたちいさな石の鳥居が建っていた。その先、足元の石畳がつづく向こうに、神社とおぼしき社《やしろ》がある。ちいさな社殿を中心にその一帯だけがおおきくひらけていて、周囲は木々にかこまれている。

ウルミは指を口に当てて静かにするよう示し、身を低くして社殿に近づいた。まだ川も近いようで流れる水の音があり、風が木々を揺らす音もおおきかったが、芽衣もウルミにならって息をひそめた。

社殿の正面の扉には細い格子の窓があって、ウルミはそこから、なかをそっとのぞきこんだ。芽衣を手招きする。

同じようにしてウルミのとなりに立ち、社殿のなかをのぞき見ると、そこに蠢《うごめ》くおおきな影があった。芽衣は息をのんだ。

怪物だ。

しかし、すぐにそうではないとわかった。目が慣れると、影はふたりの人間のかたちをとった。床に敷いたマットレスの上で、浴衣《ゆかた》を着たふたりの人間が、重なりあってもぞもぞと身をよじっている。川の流れと風の音のあいだをぬって、彼らのささやき声が耳に届いた。

いいだろ——だめだよ——ここまで来ておいて——だって——みんなだってしてる——わかったよ——

ほとんどくちびるが触れるくらい近くにまで芽衣に顔を寄せて、ウルミが耳打ちした。

「ここ、よく高校生がラブホ代わりにしてんだ。祭りだし、ぜったいだれかがヤッてると思った」

ウルミが口にした略語も隠語も知らなかったが、社殿のなかでおこなわれようとしていることが、のぞき見ていいものではないということだけは理解できた。

芽衣は顔をそむけ、窓から離れた。しゃがんでひざをかかえると、すぐウルミに肩をつかまれた。

「どうしたんだよ。もうすぐはじまるぞ」

「見たくない」

ウルミがつよく肩を引いたが、芽衣は精一杯、身を硬くして抵抗した。何度かぐいぐいと引きあっているうちに、あきらめたのか、ウルミは手を離した。

「わかったよ、わかった。芽衣だけに、もっと特別なもの見せてやる」

「なにそれ」

「神様を呼んでやる」

なにを言い出すんだとおどろいてふり返ると、ウルミは芽衣の腕をつかんで、立ちあがらせた。

「見たくないってば」

ウルミはまたくちびるに指を当てて、しっ、と息をもらした。

「ヤッてるところは見なくていいよ。いいから、なかのぞいてろ」

ウルミは窓の下に立つと、おがむように両の手のひらを合わせ、じっと社殿のなかを見つめた。

　しぶしぶ芽衣もなかに目をやると、高校生ふたりはまだ寝転がった状態で密着していた。もう声はしなかった。代わりに、ぴちゃぴちゃという口を鳴らすような汚らしい音が、かすかに聞こえる。

　とつぜんのことだった。

　なんの脈絡もなく、あああ、と影が叫んだ。影はふたつにわかれ、ひとつが猛烈な勢いでこちらに向かってきた。芽衣のすぐわきで扉が弾《はじ》かれるようにひらき、浴衣姿の男が転がりながら月明かりの下に飛び出してきた。

「やっべ、隠れろ」

　ウルミが芽衣を社殿の陰に引っぱっていった。

　地面すれすれの位置まで身を低くし、顔だけわずかにのぞかせて、飛び出してきた男を見る。彼はふらふらと立ちあがると、怒号を発した。

　社殿からなにかが飛んでいって、男の頭に直撃した。男がうめき声をあげてよろめく。すぐに男は、頭に当たって地面に落ちたそれを拾いあげた。懐中電灯だ。それがパッと光をはなち、夜を白く切り取って、月光が暗く陰ったような錯覚をおぼえた。光のなかを、浴衣を着た女が男に向かって突進していく。

　男の叫ぶ声がして、柱のような光が空を向き、すばやく倒れて森を、そして地面を撫《な》でた。同時に、鈍い音が響いた。

懐中電灯で殴られて、女はそれでも男につかみかかり、ふたりは揉《も》みあいながら社殿の陰に消えた。ウルミは芽衣の手を引いてふたりを追いかけた。

芽衣は呆然《ぼうぜん》として、引かれるまま足を運んだ。

ふたたびふたりが視界に入ると、男が女に馬乗りになって、その首を絞めていた。女は浴衣がはだけて、ほとんど裸だ。男の背中を膝《ひざ》で蹴《け》りあげ、顔面に手をのばし、爪を立てようとしている。男は、死ね、死ね、とくり返し叫び、女はくぐもったうめき声を、締めあげられた喉《のど》から漏らしていた。

わけもわからずウルミを見ると、満面の笑みを浮かべていた。

芽衣の視線に気づいたウルミが、表情を変えずにうなずいた。

「すっげえだろ。ここには神様がいるんだ。人間の頭のなかを、しっちゃかめっちゃかにかき混ぜちまう神様なんだ」

「そんな神様、いるわけない！」

思わず芽衣が叫ぶと、それをかき消すようにウルミも声を張りあげた。

「いるんだよ！　ほら、見てみろ。あいつらがああして殺しあってんのも、ぜーんぶメノテメさんの――」

なにかに気づいて、ウルミの言葉が途切れた。芽衣もすぐに、背後からの明かりがそばの地面を照らしているのに気づいた。うしろをふり返るのと同時に、ウルミにつよく突き飛ばされ、芽衣は倒れた。

「そこでなにやってんだガキ！」

怒号が響く。ウルミの顔が照らされて、彼は目を細めた。ちらりと芽衣に視線をよこし、手でちいさく追い払うような仕草をした。

その意図を察し、芽衣は這《は》いつくばって社殿の縁の下に潜りこんだ。

「おい、やめろ！　おまえら！」

大人の足がばたばたとウルミの脇を抜けて、男女のもとへ走っていった。それに遅れて小走りにやってきたもう一人の足が、ウルミの目の前で立ち止まった。

「おまえ、さっきなんて言った」

歳をとった男の声だ。

「あいつらが殺しあってるのが、なんのせいだって？」

「は？　なにが？　知らねーよ」

「おまえ、どこのガキだ」

「どこのだれでもねえよ、ばーか。わかったら失《う》せろ」

ひゅ、とおおきく息をのむ音が聞こえて、男の足があとずさりした。

「これって、おい、まさか――そんな」

男がさらに後退して、しかし、思いなおしたように大股《おおまた》でウルミに近づいた。触るな、とウルミが怒鳴った。

「離せよ、ふざけんな！　やらしいことされたってチクってやるからな」

ごちゃ、という重く、湿った音がして、ウルミが倒れた。視界にウルミの全身があらわれたが、彼は芽衣のほうを見なかった。ライトに照らされた顔が、見る見る赤く濡《ぬ》れていく。手のひらで鼻をこすると、かすれた血がウルミのほほを染めた。

男の手がウルミの髪を鷲《わし》づかみにして立たせる。

「おい、なにモタモタしてんだ！　ぶちのめしてでも止めろ」

ウルミの髪をつかんでいる男が叫んだ。

「いまやったよ！」

「なら適当に縛って転がしとけ」

男がウルミを引っぱっていって、そのあとをもう一人の足が追った。明かりが森に入り、やがて視界から完全に消えた。それでも、芽衣はしばらく息をひそめたままじっとしていた。

どれほどそうしていただろう。男女のほうを見やると、地面に倒れたまま、ぴくりとも動かない。恐る恐る、顔だけを出す。すると、地面に落ちた懐中電灯に気がついた。さっき、男が女を殴るのに使ったものだ。

縁の下から這い出す。頭上すぐのところにあった社殿の床がなくなり、どこまでも広がる木々の暗黒が芽衣を取りかこんだ。ふと、さっき見たホラー映画のシーンを思い描いてしまい、芽衣はあわててそれを頭から追い出した。懐中電灯のところまで四つん這《ば》いで進み、それを手に取った。

そのとき、背後に気配を感じた。

がばとふり返る。

地面に横たわる男と女。そのあいだに、芽衣と同じくらいの背丈の、ちいさな影が立っていた。

「ウルミ？」

そんなはずはないとわかっていた。ウルミは、山を下る道に連れていかれた。影が立っているのは、芽衣を挟んでそれとは逆の方角だ。

芽衣は震える手で懐中電灯のスイッチを入れて、影を照らした。

光が当たって、しかし、そこにウルミはいなかった。それは、人間ですらなかった。

ねっとりとした、霧のような輪郭だけが、ぼうと立っている。黒い、てるてる坊主のような影。

その頭にあたる部分が、ぶる、ぶる、と震えて、心臓が鼓動するように、膨らんだり、縮んだり、すばやくおおきさを変えている。

うじっ――かっ――ぷじ――じじじ――

壊れたテレビのような、機械音じみた音が、途切れ途切れに聞こえてくる。

芽衣は呆然とそれを見つめた。足が動かない。声が出ない。前方を照らす明かりがガタガタと揺れているのを見て、自分が震えていることに気づく。

ば、じゅう――……ふううぅ――

　腹のなかのガスをまるっきり吐き出すような、長いため息が影から漏れた。同時に、頭らしき部分の正面から、ツノが生えてきた。ツノは、びくびくと震えながら伸び、先端でいくつかに分岐したところで、だらりと垂れて地面を向いた。

　芽衣は背後にそっと踏み出した。息を止め、足音を立てないように。

　そっと、そっと――

　そのとき、影から生えたツノが激しくのたうち、ぴん、と芽衣のほうを向いた。先端で枝分かれしたそれは、ツノではなく腕だった。

　影は地面を滑るようにして、ゆっくり芽衣に近づいてきた。

　芽衣は絶叫して、逃げだした。山をくだりながら何度も転び、膝を打ち、顔を打ち、そのうちに靴も片方なくした。ふり返れば、影は常に、芽衣から一定の距離を保ってそこにいた。

　我に返ったのは、戸川旅館に飛びこんだときだった。顔見知りの仲居が芽衣を抱き止めようとしたが、芽衣はそれを無視して、一心不乱に父の縁太郎と、祖母のショーコを探した。

「芽衣！」

　泣きながら旅館中を走りまわっていると、ショーコの声が芽衣を呼んだ。

「おばあちゃん！　助けて！」

　芽衣はショーコの胸に飛びこんで泣き叫んだ。

ショーコはまわりを取り囲む仲居たちへ仕事にもどるよういいつけると、芽衣を連れて近くの空き部屋に入った。

「芽衣、落ち着きなさい。なにがあったのか話して」

芽衣は洗いざらい話した。ウルミと出会ったところからはじめて、彼と山をたずね、そこでなにが起きたのか、なにを見たのか、そのすべてを。そして――

「変なのが、ついてくるの」

芽衣は部屋の窓を指差した。そこに例の影が張りついて、部屋のなかをうかがっていた。ショーコは窓のほうへ目をやり、ほとんどにらむようにして芽衣と視線を合わせ、また窓を見た。

「ウルミなんて子はいなかったし、あんたは今夜、ひとりで出目祭りをまわってた。いいね」

芽衣がとまどって返事をできないでいると、ショーコは、いいね、と念を押した。なんとか、うなずく。

「窓のところに、なにかいるのね？」

ショーコの言葉に、芽衣はまたうなずいた。

「〝アレ〟のことは、決してだれにも話しちゃいけない」

ショーコは窓を顎《あご》でしゃくった。

「でないとあんた、ひどい死に方をするよ」

沢母児

1

「十一年前、そんなふうに〝アレ〟はわたしにとり憑いた」

恭一が運転するレンタカーの助手席に座り、窓の外の景色に目をやったまま、芽衣は語り終えた。

窓の外に広がる山間《やまあい》の景色、そこにときどきあらわれる集落のかたちが、幼い日の記憶と一致するようにも思えた。父の縁太郎が運転する車の助手席で、同じ景色を見たのかもしれない。

「ありがとう」恭一は言った。「思い出したくないこと、話させてごめん」

「平気。こうしてあらためて話してみると、恭一のいうとおり、自分でもあたらしく気づけたこともあったし」

恭一には以前、〝アレ〟のことについて打ち明けたときに、十一年前のできごとについて、そのおおよそはすでに話してあった。しかし、当時の記憶を真剣に探り、忘れて欠けた部分がないか、無意識の脚色をしていないか、細心の注意を払いながら、あの忌まわしい過去を言語化したのは、はじめてだ。

「あたらしく気づけたことって？」

前方に目を向けたままで、恭一がきいた。

「あの日のできごとは鮮明に細部までわたし自身に刻まれてて、深い傷みたいにずっと、頭のなかに残っていくものなんだって思ってたの」

しかしいざその詳細を思い出そうとすると、記憶は思いのほかあやふやだった。

「お祭りでなにを食べたのかなんて記憶はたぶん正確じゃないし、あの日に観た映画だって、あんなに怖かったはずなのに、ほんのワンシーンだって思い出せない。ウルミにしたって、言葉遣いが乱暴だから男の子だと思ってたけど、あらためて考えてみると、そんなことにさえ自信がない。服装も覚えてないし、『わたし』か、『おれ』か、自分のことをなんて呼んでたのかも、記憶にない」

そして、生まれたばかりの〝アレ〟のことを、思い描く。

「今日、こうして思い出そうとするまではほとんど忘れかけてたけど、〝アレ〟ははじめから、いまの姿だったわけじゃない」

「見えたことがないからおれにはわからないけど、つまり、ネットで噂されてる蛞蝓女みたいなかたちじゃなかった、ってこと？」

「うん。はじめて見えたときの〝アレ〟は、もっとぼんやりとしていて、それにちいさかった。それこそ、九歳のころのわたしと、同じくらい。それが少しずつ変化して、いまの姿になった」

「〝アレ〟が、成長したとか」

「どうだろう、わからない。成長というより、もっとはっきり見えたり感じたりするようになった、ってことなのかもしれないし」

恭一がうなるような相槌《あいづち》を打って、話が途切れた。〝アレ〟が成長しているのだとしても、芽衣がそれを見る力が強くなっているのだとしても、どちらにせよ愉快な話ではない。

「それに、メノテメ」と、たしかめるように芽衣はつぶやいた。「沢母児には、そういう名前の神様がいるって話。まず、そのことについて調べるのがいいと思う。〝アレ〟と無関係だとは思えない」

「うん」

なにか考え込んでいるようすの恭一は、短く相槌を打った。

東京を発《た》ってから先、沢母児での行動について計画を練りだすと、しばらくしてから芽衣の思考は、かならず別の不安に着地した。

「連絡しておかなくて、平気だったかな」

「芽衣の立場だったら、不安だよな」

今回、沢母児を訪れることについては、父の戸川縁太郎にも、祖母の戸川ショーコに

だ。

で、縁を切るからもう二度と沢母児にはこないようにと、ショーコから言い渡されたの

十一年前の出目祭り。その日が、沢母児を訪れた最後の日だった。東京に帰ったあと

「実のおばあちゃんから、縁を切るとまでいわれたんだろ。わかるよ」

も、知らせていなかった。

「わたしが直接いわれたわけじゃないけどね。それにお母さんなんて、あからさまにホッとしてたし。わたしをお父さんに会わせるために、毎年沢母児まで送り出すの、負担だったんだと思う」

冗談めかした空気にしようとしたが、表情がこわばって、うまく笑みをつくれなかった。芽衣は口元を指でほぐした。笑顔はあきらめて、ため息をつく。

「それでもやっぱり、わたしはショックだったから」

「だからいきなり押しかけるのが怖いってのは、よくわかる。でも、今回はやっぱり、これが最善だと思うんだ」

そのことについては、すでに何度か話しあっていた。

十一年前のショーコの反応からして、彼女が〝アレ〟についてなにか知っているのは明白に思えた。だからこそショーコは〝アレ〟について芽衣に口止めしたし、縁を切るとまでいって芽衣を遠ざけた。あきらかになにか知っているそぶりを見せながら、しかし真実を告げなかったことを考えれば、望まれない訪問をあらかじめ知らせておくこと

は、思わぬ不都合を招きかねない。

「うん、わかってる。そのことに納得できてないわけじゃないから」

芽衣は、あっ、とちいさく声をあげた。

「だとしたら、少なくともはじめのうちはおばあちゃんたちに〝アレ〟のことを調べにきたってことは言わないほうがいいよね。どうしようか」

「おれを紹介しにきた、ってのは？」

恭一は想定済みだったのか、すぐにそう答えた。おどろいて彼の表情をうかがうと、バツが悪そうな様子でふくみ笑いをしていた。

「それってもしかして、めちゃくちゃ遠回しなプロポーズ？」

芽衣があきれたように笑うと、恭一は、ううん、とおおげさにうなって、考えこむそぶりをした。

「まあ、ほんとにそれをするときは、こんな遠回しなことしないよ」

芽衣は吹き出して、おねがいね、と言った。


サービスエリアでこまめに休憩を挟み、そのたびに運転を交代しながら、ふたりは延々と車を走らせた。慣れない長距離運転にくわえ、途中で事故渋滞に巻きこまれたこともあり、夕方に到着する予定がずれこんで、けっきょく沢母児に着いたときには二十時近かった。

すでに店も閉まり、まったくひと気のない目抜き通りを走る。二日後に出目祭りをひかえ、通りには明かりのない提灯《ちょうちん》がずらりとならんでいた。

しばらくして戸川旅館に到着した。母家の裏手にある駐車場に車を入れる。

運転席から降りたとたん、芽衣はあまりの懐かしさに胸がいっぱいになった。あたりは暗くてはっきりと仔細《しさい》をうかがうことはできなかったが、山の木々と川を撫《な》でて吹く風の香りは、まちがいなく十一年前と同じだった。顔をあげ、山影と星々の境を見つめながら、胸いっぱいに風を吸いこんだ。

そのとき、おおい、と、どこからか呼びかける男性の声がした。おどろいて声のほうを見ると、白っぽい人影が戸川旅館のほうからこちらに近づいてくるのが見えた。

「お客さんがた！」

影が声を張りあげた。

「今晩、うちでご予約されてます？　夕飯の時間、過ぎちゃいましたよ」

芽衣の心臓が跳ねた。だれにともなく、お父さん、とささやく。

人影が駐車場の照明の下に入って、目鼻立ちもはっきりとうかがえるようになると、芽衣はむしろそのときになって、逆に人違いを疑った。

お父さんって、こんなに髪、白かったっけ？　もっと、ずっと、背も高くなかったっけ？

しかし、幼い日の記憶と一致する部分のほうがはるかに多い。戸川旅館で板前が着ている白い法被を身に纏《まと》ったその姿は、たしかに芽衣の父親、戸川縁太郎だった。

「お客さん？」

縁太郎は、目の前にいるのが自分の娘だと気づいていなかった。芽衣はどんな表情をしていいのかまったくわからず、ただ真顔でうなずいた。

「お父さん、ひさしぶり。わたし、芽衣だよ」

芽衣の言葉に、縁太郎は、あ？　と少し乱暴な声を出してから、遅れて息をのみ、目を見開いた。

「芽衣じゃねえか、おい、うそだろ！　なんで？　くるなら連絡してくれよ！」

縁太郎は腕を広げて芽衣を抱きしめようとして、しかし思いとどまり、両手で前髪をかきあげた。

「きのうまでこんなちびたガキだったのに、なんだよ、いきなりデカくなりやがって！　なんで来た？　あれ、そこの若いの、もしかして旦那《だんな》か？」

縁太郎は恭一に会釈した。恭一が口をひらきかけたのを、芽衣がさえぎった。

「なんでよ、違うって。わたしまだハタチだよ」

「あ？　そうだっけ？　じゃあたしかにちょっと早いかもな。じゃあ彼氏か」

「青井恭一です。芽衣さんとお付き合いさせていただいてます。よろしくお願いします」

恭一がそういってお辞儀すると、縁太郎はまとわりつく虫をはらうように、顔の前で手をふった。

「おい、やめろよ、その手のあいさつ苦手なんだ、俺」

縁太郎は恭一の肩を力強く叩《たた》くと、声をあげて笑った。

縁太郎は、芽衣たちの荷物をひったくるようにして両手にかかえると、何度もふたりを急《せ》かしながら、ほとんど小走りで旅館の母家に向かった。

「おい、女将《おかみ》を呼んでくれ！　すごい客が来たんだ」

エントランスに入ると、縁太郎はそばを通りかかった仲居にそう声をかけた。

吐き気をもよおすような緊張感が、さらに膨らんでいく。縁太郎が芽衣の成長ぶりに驚きの言葉をならべ立てているのも、ほとんど耳に入ってこない。そんな様子に気づいて、恭一がそっと芽衣の背中に手を当てた。

「芽衣」

縁太郎の声のあいだに、自分を呼ぶ別の声を聞いて、うつむいていた芽衣は弾《はじ》かれたように顔をあげた。

「おばあちゃん、ひさしぶり」

努めて明るく口にしたつもりが、声がひどく震えた。

前回顔を見たときからずいぶん印象の変わった縁太郎とは違って、祖母の戸川ショーコは、十一年前の記憶からそのまま抜け出してきたようだった。着物にしても、まさかあの日と同じものではないだろうとは思いつつ、あらためて十一年前の服装を思い出そうとしてみても、いま目の前にいるショーコの姿がそのまま脳裏にあらわれて、もう、元の記憶を探ることはできなかった。

ショーコは一瞬だけ恭一をうかがってから、口をひらいた。

「なにしに来たの。もう、ここには来ないように言ったはず」

「いいじゃねえか、そんな大昔のこと」

ショーコの言葉をさえぎるように縁太郎が割って入った。しかし鋭い視線を向けられるとすぐに口を閉じ、肩をすくめて顔を逸《そ》らした。

芽衣はなんとか答えようとしたが、喉《のど》が凍りついて言葉は出てこなかった。ショーコの視線をまっすぐに受けることができずに、視線が泳ぐ。ふいに、幼い日に見たショーコの笑顔を思い出して、泣きそうになる。

やっぱり、こなければよかった。

恭一が芽衣のわきをすり抜けて、ショーコの正面に立った。

「お忙しいときにお邪魔して、申し訳ありません。長居はしません」

そうして頭を下げる。

「ひとことあいさつをさせていただければと思って、僕が無理を言って寄らせていただいたんです」

「失礼ですが、どちら様ですか」

「青井恭一といいます。芽衣さんとお付き合いさせていただいています」

ショーコはため息とも相槌《あいづち》ともとれる吐息をついて、「そうですか」と答えた。それから縮こまってうつむいている芽衣のことをじっと見つめて、「夕飯は？」ときいた。

「どこかで済ませてきたの？」

「いや、まだ」

「じゃあ、あとで部屋に持たせる」

ショーコはうしろで気まずそうにしていた仲居に部屋番号を告げて、それから縁太郎に目配せした。

「おし、任された」

と、縁太郎は張り切った声を出した。

「いや、いいの。ほんとに、ちょっと寄っただけだから」

芽衣があわてて言うと、さっさと背を向けて歩きだしていたショーコは眉《まゆ》をひそめてふり返った。

「ほかで宿を取ってるの？」

「いや、取ってないけど。車中泊もできるように、おおきい車借りてきたから」

「ばかなこと言わないで。いいからさっさと部屋にいきなさい。荷物は自分たちで運びなさいよ。それに夕飯っていっても、まかないみたいなものしか出せない」

「日本一美味《うま》いまかない出すからな」

縁太郎が芽衣に耳打ちした。

芽衣と恭一は荷物をかかえて靴を脱ぎ、急いでショーコのあとを追った。

「それで」ふたりが追いつくと、ショーコはふり返らずに言った。「彼とは婚約しているの？　まだ早いんじゃない」

「だから違うって」

「それじゃあ、なんのあいさつにきたっていうの」

「いや、それはまあ」

恭一と視線を合わせると、彼は意図のわからない表情で、うなずくのと首をかしげるのを同時にするような、かすかな動きを見せた。

「いますぐにってことじゃないけど、そういう将来も視野に入れて真剣に付きあってるから」

「それじゃあ、ほとんど婚約者でしょう」

ショーコが少しだけ笑った。そのちいさな笑い声を聞いて、全身の緊張が解けていくのを感じ、同時にこみあげてきた懐かしさに、思わず涙を流した。

「こんなになにもないところに、わざわざ連れてこなくたっていいでしょうに」

「なんにもなくないよ」

芽衣はすばやく涙をぬぐい、声の震えを抑えてそう答えた。

「明後日《あさって》には出目祭りでしょ」

芽衣の言葉を聞いて、ショーコは「ああ」と力ない声で相槌を打った。まるで、芽衣の言葉でいまそれを思い出したとでもいうように。

「今年は、準備大変じゃないの？」

もしかして日程をまちがえていたか、今年は中止になったのかと疑いながらたずねる。

するとショーコが、今度はひどく皮肉っぽい響きで笑った。

「大変なもんですか。もう、あんたが知ってる出目祭りとは違う」

「どういう意味？」

「あんなににぎやかなお祭りは、もうしてないってことよ。金魚のお祭りをやってるのは、なにも日本で沢母児だけってわけじゃない。十二、三年だか前にテレビでこのあたりが映ったときにはたくさん人も来てくれたけど、みんな、もう沢母児のことは忘れてる」

なんと答えていいかわからず、芽衣はただ首をふった。

「リンドウばあちゃんは？　今日は休み？」

「リンドウさんはずいぶん前に辞めたわ。旦那さんのお世話をすることになって」

戸川旅館には昔、石渡《いしわたり》リンドウという名の仲居がいた。女将であるショーコよりもひとまわり以上歳上で、一年に一度、沢母児をたずねる芽衣のことを、自分の孫のようにかわいがってくれていた。むしろ、沢母児に滞在中はショーコよりも石渡リンドウと過ごす時間のほうが長く、芽衣も石渡夫妻のことを『リンドウばあちゃん』『石渡のじいちゃん』と呼び、祖父母のように慕っていた。

「石渡のじいちゃん、体悪いの？」

「どうかしら、具合を悪くしてからは、ほとんどお会いできてないの。ずいぶん長いこと家に籠《こも》りきりになってるみたいで外でもお見かけしないし、もう、あまりお話もできないみたいね。リンドウさんは、うるさいことを言わないから植木の世話してるのと変わらないだなんて、冗談言って明るくしているけど」

大口をあけて笑う、石渡のじいちゃんの声が耳によみがえる。ちいさな芽衣の頭に手を置いて、となりにかがみ込み、子どもと同じ視線の高さで、草花を指差した。花の名前、虫の名前、草の名前。その色も形もわからないのに、ただ、石渡のじいちゃんの野太い声で唱えられる、それらの名前だけが思い出される。

「なにもかも変わってく」ショーコがきっぱりとした口調で言った。「いろいろなものが、もう、昔とは違ってる。新しいものに席を譲るのなら、それもうれしいことだけど。この町では、そうもいかない」

石渡のじいちゃんの顔を思い描くと、落ち窪《くぼ》んだ目をした細面の老人が現れた。石渡のじいちゃんであるはずがないということだけがわかって、しかしどこがどうとは指摘できない、何者でもない顔。

「あした、時間があるなら顔を見せてきなさい。ふたりとも、きっとよろこぶ」

一階の廊下の端、非常口のとなりにある部屋の前までいって、ショーコは立ち止まった。扉をあけ、うしろのふたりを踏みこみに通すと、芽衣に鍵《かぎ》を手渡した。

「部屋にあるものは好きに使っていい。お客として泊まったつもりで過ごしてかまわないから」

そうして部屋を出ていこうとするショーコを、芽衣は呼び止めた。

「おばあちゃん、ありがとう」

礼を言うと、かすかにうなずいてショーコは目を伏せた。


ショーコはまかないのようなもの、といっていたが、夕食は贅沢《ぜいたく》だった。川魚の唐揚げがあり、マグロとタイの刺身があり、上品な椀盛《わんもり》があり、野菜と牛肉の焼き物があり、真っ白なご飯が湯気を立てるお櫃《ひつ》があり、水羊羹《みずようかん》までならんでいた。

「これ、ぜったいまかないじゃないだろ」

恭一の苦笑いを見て、芽衣は吹き出して笑った。

「お父さんが日本一美味いまかないにしてくれるっていってたし、いいんじゃない？」

「それじゃあ、遠慮なく」

「お父さん、なれなれしくてびっくりしたでしょ」

軽い調子に聞こえるよう気をつけてたずねた。

「十一年ぶりに会って、なんだかわたしがびっくりしちゃったし」

「いや、すごくフランクで助かったよ。おれ緊張してたんだ」

「うそ、ぜんぜんそう見えなかった」

「芽衣こそ、十一年ぶりに会ったようには見えなかったよ。気まずい感じとか、戸惑ってる雰囲気とかぜんぜんなくて、横で見ててホッとした」

「そうかな、わたしけっこう戸惑ってたよ」

「ほんとに？　芽衣と、芽衣のお父さんなら、きっと二十年ぶりでも三十年ぶりでも、変わらず親子でいられるんだろうな、って思ったよ」

　十一年前とは少し変わってしまった父親の顔を思い浮かべる。

「でもなんだか、こうして会ってみても、お父さんっていうより親戚《しんせき》のおじさんみたいな感じがするの。物心ついてすぐ離婚したからいっしょに暮らしてた記憶ってほとんどないし、長く会ってなかったってせいもあるかもしれないけど。ほら、わたしの年も知らなかったでしょ？」

　そのことがなぜかとても恥ずかしいことに思えて、芽衣は顔を伏せた。

「じゃあ、おばあちゃんは？」恭一が言った。「どんな人なの？」

「どんな人だと思う？」

「きびしいけどやさしい人かな」

「わかる？」

「わかるよ、だって」

　恭一はほとんど空になった皿を示し、それからゆっくりと部屋を見渡した。芽衣と恭一は顔を見合わせて笑った。

「ごめんな」

「なにが？」

「芽衣のおばあちゃんを疑うようなこと言って」

気にしていない、とは言えなかった。恭一を責める気持ちはなかったが、ショーコが自分にとって危険な存在かもしれないとは、考えたくなかった。

「でも、理屈で考えたらやっぱり、恭一のいうとおりだよ」芽衣は自分に言い聞かせた。「用心するに越したことない」

食事を終えて翌日の行動について話し合っていると、仲居が食器を下げにきた。

「おくつろぎ中のところ、大変恐縮です」片付けを終えると、仲居はそう断って芽衣に向き直った。「女将《おかみ》が少しお時間をいただきたいと申しているのですが、お付き合いいただけませんでしょうか」

恭一と顔を見合わせてから、うなずく。

「もちろんです」

「あの、僕は」

恭一が立ちあがったのを、手をあげて制止した。

「大丈夫、部屋で待ってて」

「いや、でも」

食い下がる恭一に、それとなくスマートフォンを示す。恭一は不安そうな表情をくずさなかったが、ついてくることはしなかった。

仲居に先導されて廊下を歩きながら、こっそり恭一にテキストメッセージを送る。

『スピーカーにしておくから、そっちの音拾わないよう、マイクをオフにしておいて』

仲居がこちらに向いていないのを確かめてから、恭一に電話をかけた。画面表示で彼のスマートフォンにつながったのを確認して、スピーカーモードに切り替える。これで周囲の音をスマートフォンが拾って、それが恭一にも聞こえるはずだ。

恭一には強気な態度を見せたが、この突然の呼び出しに、芽衣は内心ひどくうろたえていた。

約束を破って沢母児にきたことを叱責《しっせき》されるのだろうか。あるいは、ほとんど婚約者として紹介した恭一との関係について、なにか追及があるのか。

とはいえ芽衣がもっとも期待し、そして恐れていたのは、当然〝アレ〟についての話だった。ショーコ自身の口から核心が語られ、重大な手がかりを得ることができたなら、そんなに話の早いことはない。

「どこまでいくんですか？」

「お客さまにご足労いただいて申し訳ありません。事務室にお連れするよう申し付けられております」

「事務室って、ラウンジの裏の？」

重ねた質問を、仲居は肯定した。

わざわざ行き先をたずねたのは、自分がどこにいるのか恭一に聞かせるためだった。

これで、異変があればすぐ助けに来てくれるはずだ。

フロントの裏側に回り、扉をくぐると、そこにショーコがいた。小あがりになっている畳の部屋で、文机《ふづくえ》がいくつかならんでいる。

「悪いわね、疲れてるでしょうに」

窓際に置いてあるちゃぶ台の前に腰掛けたショーコは、向かいに座るよう示した。仲居は頭を下げて、部屋を出ていった。

「時間がないの。すぐ本題に入りましょう」

ショーコの言葉に、芽衣は服の上からスマートフォンを握りしめた。

「人払いをしてあるから、だれにも聞かれない」

空気をかき混ぜるように、ショーコは手であたりをあおいだ。

「十一年前、あんたのあとを追いかけていた、黒い影――その後、どうなった？」

言葉のとおり、いきなり核心に触れた。

どう答えていいか思案する。嘘か、真実か、その折衷か。なにを明かし、なにを隠すべきか。〝アレ〟を消すという目的のために、どうするのが最適か。

「〝アレ〟は、いったいなんなの？」ショーコの意図を探るつもりで、問いを返した。

「十一年前のあの日、わたしに何が起きたのか、おばあちゃんは知ってるの？」

「そのことを、だれかに話した？　あの、彼は？　青井恭一くん」

「秘密にしてる」

反射的に、嘘が口をついて出た。

「ほんとに？」

「ほんと。お母さんにだって、話してない」

ショーコはほとんどため息のような声で、そう、とだけ返事をした。それからすっと背筋を伸ばし、毅然《きぜん》とした視線を芽衣に向けた。

「彼を紹介するためにここに来たのなら、明日の朝、あらためて時間を作る。でも、そのあとはすぐに帰りなさい。とにかく、早く」

「どうして？」

「あんた自身と、そしてあんたの大切な人を守るため。沢母児に足を踏み入れさえしなければ、危険なことにはならないから」

それを聞いて、頭に血がのぼった。危険なことにはならないって？

「そんなの、嘘だよ」

震える声を、絞り出した。ショーコが眉《まゆ》をひそめる。

「わたし、〝アレ〟に殺されかけたんだよ」

明かすべきでないことを、口にしているかもしれない。しかし、脳裏に浮かんだそんな懸念は一瞬で消え去り、あとにはただ、真っ赤に焼けた感情だけがあった。

「ただ沢母児に来ないだけで身を守れるなら、わざわざ来たりしなかった！　十一年前の出目祭りで見たことを、全部なかったことにできたら、よかったのに。でも、無理だった。〝アレ〟をどうにかしない限り、近い将来わたしは、きっと死ぬ」

目の前のちゃぶ台を凝視したまま、まくし立てた。ショーコの表情はうかがえなかったが、次に発せられた彼女の声は、とてもおだやかだった。

「沢母児に来たのは、ほんとうはそのため？　身を守るために、しかたなく来たの？」

視線を落としたまま、うなずく。息の詰まるような沈黙が訪れる。

恐る恐る顔をあげると、ショーコが音もなく涙を流していた。ぎょっとして、思わず「え」と声をもらした。ショーコは、すばやく涙をはらった。

「ごめんなさい。あんたを守ったつもりでいたけど、私はただ、現実から目をそむけていただけだった」

どう声をかけていいかわからずに固まっていると、ショーコは射貫くような視線で、またまっすぐに芽衣を見据えた。

「沢母児には、呪いがある」

出し抜けに語られたノロイの三音が、正しく漢字変換されるのに数秒必要だった。立ちくらんだようにぐらぐらと視界がゆれて、倒れないよう芽衣はちゃぶ台に手をついた。

「わたし、呪われてるってこと？」

「そう。十一年前からあんたにつきまとってるそれは、呪いのせいで生まれた。沢母児では、あんたみたいに呪いを継いでしまった人間のことを、忌むべき呪いの継ぎ手、忌み継ぎって呼んでる」

秘密が語られている。その予感に、肌が粟立《あわだ》った。しかし、頭がついていかない。

〝アレ〟は、呪いだった。もう、どんな言い訳も効かない。自分はたしかに、呪われている。疑いようもなく、邪悪で、危険な、なんらかの意思の標的になっている。

「〝アレ〟はなんなの？　どうすれば、呪いを解くことができるの？」

「忌み継ぎが継いだ呪いは、血肉に結びついた忌み継ぎ自身の一部なの。その呪いは、解けない」

「そんな」

思わず、悲鳴のような声をあげた。

「でも、それを殺すことはできる」

芽衣の声を抑えこむように、ショーコも声量をあげた。

「どういうこと？」

「私だって、なにもかもわかっているわけじゃない。知らないことはたくさんあるし、まちがって理解していることだってあるかもしれない。この町には秘密があるけど、そのすべてを知っているのは、ほんの数人の老人たちだけ。それに――」

ショーコは言葉を切って、ゆっくりかぶりをふった。

「知らない方がいいこともある」

「わたし自身のことだよ！　わたし自身の、命のこと！」

芽衣は身を乗り出し、すがるような視線をショーコに注いだ。

「知らないままじゃ、身を守れない」

「私はただ、あんたが平穏に暮らせるようにしたい。あんたの望みだって、同じでしょう？　そのためには、知らないままでいなくちゃいけないこともある。とにかく、あんたの呪いを殺す。そしてあんたは、沢母児を出る。それが必要」

「呪いを殺すって」

あまりに理解を超えていた。芽衣は思わず口角を笑みのかたちに歪《ゆが》めた。

「そんなの、どうすればいいかわからない」

「それは、私がなんとかする」ショーコが芽衣の手を握った。「いまは、私にもその方法がわからない。でも、かならず調べ出して、あんたに伝える。だから明日、あんたは何事もなかったように沢母児を出ていって。そして、二度とこの町には近づかないで」

芽衣を握る手に、痛いほど力が入った。

「今日、あんたに会えてよかった」

ショーコの言葉が、心からのものだと伝わってきた。そして、これ以上議論するつもりはないという意志も。

どっと、体から力が抜けていった。ここにきてようやく、芽衣はショーコに再会を果たしたような気持ちになっていた。

おばあちゃんは、味方だった。わたしのことを守ろうとしてくれていた。縁を切ってまで沢母児に近づかないよう求めていたのも、十一年前に真実を明かしてくれなかったのも、全部わたしのためだった。

芽衣は泣いた。十一年前のあの日から今まで、憎まれているんじゃないかと、ずっと不安だった。そのことをぶちまけ、ショーコを責めたかった。疑ってごめんなさいと、謝りたかった。守ってくれてありがとうと、感謝したかった。そのどれもが言葉にならず、ただ涙だけが流れた。

「彼を連れて、あんたたちは明日ここを出る。どうか、わかってちょうだい」

ショーコはそう念を押したが、芽衣はすでにショーコの言葉に従うつもりでいた。まだなにも解決していないし、決定的なことがあきらかになったわけではないのに、ショーコを信じてもいいとわかっただけで、沢母児を訪れた目的を果たしたように感じていた。

「これも、わたしが知るべきことじゃないかもしれないけど」

芽衣は涙を拭《ぬぐ》ってから、そう切り出した。

「十一年前のあの日、〝アレ〟が初めて姿を現した例の神社で聞いた、『メノテメ』っていう言葉。それが、呪いに関係してるの？」

ショーコは苦々しげに顔をしかめた。

「そうね、関係あるわ。なにもかもが、それに関係してる」

「知ってるの？　メノテメって、なんなの？」

ショーコはそこでゆっくりとうなずき、居住まいを正した。

「それは、この町の歪み。あんたが苦しめられている、呪いそのもの。あんたのいまの状況は、メノテメさんから脈々とつづく呪いの連鎖を、わたしが繫《つな》いでしまったからなの」

芽衣は続きを待ったが、ショーコは黙りこんだ。伝えるべきことと、そうでないことの境目について思案しているようだった。しばらくして、ひとり納得したようにうなずいてから、口をひらいた。

「このことは、あんたも知っておくべきね。これを明かさないでいるのは、私の都合だもの」

「なんの話？」

「縁太郎、つまりあんたのお父さんのことだけどね。じつはあの人は——」

次の言葉を口にしようとしたその瞬間、ショーコは凍りついたように動きを止めた。目を見開き、歯を食いしばる。

「ああ、そんな、どうして」

食いしばった歯のあいだから、そう声を漏らす。みるみるうちに、顔が蒼白《そうはく》になっていった。

「おばあちゃん、どうしたの？　大丈夫？」

ショーコは、いまにも泣きだしそうな表情で芽衣を見つめ返した。

「あんたのせいじゃない。ぜったいに、そうじゃないから」

わたしのせい？　いったい、なんのこと？

芽衣がうろたえて疑問を口に出せないでいると、ショーコはやにわに立ちあがり、ほとんど小走りで部屋の出口に向かった。

「もう、いかないと。急がないと」

「どこにいくの？　おばあちゃん、待って」

「ごめんなさい」

ショーコはふり返ることすらせずに、扉をくぐってカウンターに出ていった。

そのあとを追おうとして立ちあがると、扉の向こう、芽衣からは死角になっている場所で、ショーコが短く悲鳴をあげた。

「おい、そんなに慌ててどうしたんだよ」

縁太郎の声が聞こえた。部屋を出たところで鉢合わせたらしい。芽衣は反射的に、息をひそめた。人払いをしたというショーコの言葉を、遅れて思い出した。

「あんた、近づかないようにいっておいたはず」

「いや、急ぎの用事だったから」

「何か聞いた？」

「別に。人に知られちゃまずいことでもしてんのかよ」

縁太郎は声をあげて笑った。しかし、ショーコは答えない。

「あとは、おねがい」

少しの沈黙を挟んでから、ショーコが言った。

「なにが？」

「この旅館のこと」

「なにいってんだよ、おふくろ大丈夫か？　奥に、だれかいるのか？　なにを話してた？」

「だれもいない、だれも。とにかく、もう私はいく」

「ちょっと待てって、どこにいくってんだよ、おい」

言い争うような声が遠のき、すぐにまたバタバタとこちらに近づいてくる足音がした。

芽衣は壁際に移動し、身を隠した。扉がひらき、縁太郎の横顔が一瞬だけそこにのぞく。

部屋を一瞥《いちべつ》した縁太郎は、芽衣には気づかず、明かりを消した。そして、ショーコのことを呼ぶ声と足音とが、また遠のいていった。

芽衣は暗くなった部屋で身を縮めながら、激しく脈打つ鼓動の音だけを聞いていた。

芽衣は耳を澄まして、うるさい鼓動の向こうに、人の気配がないか探った。それから意を決して部屋を出ると、恭一の待つ部屋まで一気に駆けた。

お父さんは、味方なんだろうか。

直前に見た横顔が、見知らぬ他人のように思えた。

2

翌朝、朝食をとるために恭一と会食場に向かうと、席についたとたん、縁太郎があらわれた。全身がこわばり、助けを求める気持ちで、思わず恭一を見た。

「なあ芽衣、女将《おかみ》見なかったか？」

朝の挨拶《あいさつ》もなく、縁太郎はたずねた。

咳《せき》をひとつして硬くなった喉《のど》をやわらげ、口をひらく。

「見てないよ。なにかあったの？」

「きのうの夜に出かけたっきり、姿が見えねんだよ。携帯にかけても連絡つかねえし。っかしいなあ、どこいっちまったんだ」

苛立《いらだ》たしげに息をついて、ばりばりと強く頭をかく。

「見かけたら知らせてくれ」

縁太郎の姿が見えなくなってから、芽衣と恭一は視線を交わした。

前夜、スマートフォンを通してショーコとのやりとりを聞いていた恭一は、ショーコが味方だとわかって安堵《あんど》した芽衣とは対照的に、危機感を強くしていた。

「芽衣のおばあちゃん、あれからまだ、もどってきてないんだな」

「どうしたんだろう、危ない目に遭ってないよね？」

「わからない。そもそも様子がおかしかった。そうだろ？　大事な話の最中に、どうして急にいなくなったりしたんだ」

恭一はぼそぼそとそう口にしてから、バツが悪そうに目を伏せた。

「なに？　どうしたの？」

芽衣が問うと、声を抑えて恭一は答えた。

「言葉は悪いけど、やっぱりおれはまだ、おれと芽衣以外の誰かを信用するのは、早いと思うんだ。もしほんとうに『呪いを殺す方法』なんてものがあるなら、その解明をおばあちゃんに任せっきりにしたままで東京には帰れない」

「うん、そうだね」

信頼できる他人の手にゆだねたはずの問題が、ふたたび手のなかにもどってきた。そのことに落胆はあった。しかしどこか、物事があるべき場所に収まったような、すっきりとした気持ちでもあった。自分の命の問題が他人《ひと》任《まか》せになることに、違和感をおぼえていたからだろう。

芽衣がひとり決意を新たにしていると、恭一が思いもよらない言葉をつづけた。

「今日、芽衣は部屋で待っていてくれないかな」

芽衣はおどろいて顔をあげた。

「どうして？」

「嫌な予感がするんだ。芽衣の安全のために一刻も早く〝アレ〟について解明すべきだって考えてたけど、沢母児に滞在すること自体にも危険が伴うっていうなら、芽衣が出歩くのは避けるべきかもしれない」

「待ってよ、そもそもこれはわたしの問題、そうでしょ？　もし危険があるんだとしたら余計に、それを恭一がひとりで引き受けるなんてバカげてる」

「いや、おれはただ、芽衣を守りたくて――」

「わたしが恭一を守りたい気持ちは尊重してくれないの？」

恭一が一瞬言葉を詰まらせたのを見て、芽衣は口調をやわらかくした。

「手がかりはいまのところ、わたしの十一年前の記憶しかない。それなのに、わたしがいなかったら効率が悪い。そうでしょ」

「いや、もちろん、必要になったらそのときは芽衣にも協力してもらうからさ」

おだやかに諭すつもりでいたのに、そのひと言を聞いてまた口調が強くなった。

「協力って――ねえ、かん違いしてない？　わたしに協力してくれてるのが恭一なんだよ」

「なら、こうしよう」芽衣の言葉をさえぎる。「おれは観光案内所とか町役場のあるあたりを訪ねて、沢母児の歴史とか文化とか、おおきな事件とか、〝アレ〟につながりそうな手がかりを探す。芽衣は旅館で働いてる人たちから、なにか聞き出せないか試してくれないかな。女将の孫だから聞ける話もあるかもしれないし」

つまり、けっきょく戸川旅館で一日過ごすということだ。反論しようとするが、恭一が頭を下げたのを見て口をつぐんだ。

「たのむよ、なんとかそれで折れてほしい。手分けして調査を進めるって考えてくれないかな。そしたら効率はいいだろ？」

いかにも弱りきった表情ですがるように見つめられて、芽衣はしぶしぶ首を縦にふった。

気まずい空気のまま、ほとんど会話もなく朝食をとった。芽衣が半分ほど食べたところで、自分の分を片付けた恭一がさっさと席を立つ。

「危機感が足りなかった。おばあちゃんの話を聞いて目が覚めたよ。のんびりしてる時間は、たぶん、ない。いや、芽衣はのんびりしててよ。少なくとも、そう見えるようにふるまったほうがいい。変に怪しまれないためにも」

その場で恭一を見送ると、芽衣は悶々《もんもん》とした気持ちで残りの食事をすすめた。

恭一との会話を思い返しながら、納豆をかき混ぜる手に思わず力が入る。恭一の言い分が完全には納得できていないせいもあったが、喧嘩腰《けんかごし》の態度で口論してしまったことへの後悔もあった。恭一が自分を思いやってくれている気持ちは理解しているし、沢母児についてきてほしいと頼んだのも自分だ。もっとていねいに言葉を選んで、気持ちを伝えるべきだった。

しかし朝食を終えて部屋にもどる最中、フロントの脇を通ったときにふとそちらを見やって目にとびこんできた光景が、恭一との口論など頭から消しとばした。

そこでは父、縁太郎が、お客とおぼしき女性と声を抑えて口論していた。

「だから、いまはそれどころじゃないんですって。あとにしてくださいよ」

縁太郎が女性に旅館から出るよううながしている。

問題はその相手だった。そうとわからなかったのは一瞬だけで、彼女の風貌《ふうぼう》を正面から見たわけではなかったものの、芽衣はすぐに、そのビビッドな色使いの派手なウインドブレーカーが、だれのものか思い当たった。

「千璃さん？」

思わずささやいた。それを耳にとらえたのか、雪丸千璃がふりむいた。

「芽衣さんじゃありませんか」

おおきく手をふる千璃の視線を追って芽衣を見つけた縁太郎は、「芽衣の知り合いか？」と言って千璃を示した。千璃も首をかしげて芽衣を見た。縁太郎と同じ疑問を抱いているのがわかった。

「わたしの父です。ここ、祖母が経営している旅館だから」

縁太郎を紹介すると、千璃は「ああ、この方が！」とはしゃいだ声を出した。その反応に少し違和感をおぼえる。

「あたしたち、中学時代の先輩後輩なんです」

縁太郎に向き直って、千璃がそう答えた。

「あとあたしは、先日芽衣さんの命を助けた恩人でもあります。それに免じて、少しだ

け お時間いただけませんか」

命がどうのときいて縁太郎はいぶかしげな様子を見せたが、けっきょくは千璃の質問を無視するかたちで、「そういうことなら芽衣、あとたのむな」そう言って芽衣の肩を叩《たた》いた。

「女将いなくて、手が離せないんだ」

縁太郎は千璃に軽く頭を下げ、いかにもそそくさと小走りに去った。

「千璃さん、どうしてこんなところにいるの」

縁太郎の背中が見えなくなるのを待ってから、芽衣はたずねた。

「もちろん、蛞蝓女の調査です。こちらで沢母児の地理をうかがうついでに、少し聞き取りをさせてもらえたらと考えたのですが」

「わたしのこと、尾《つ》けてたってこと？」

「まさか」

千璃はスマートフォンを芽衣に見せた。芽衣も使っているSNSの投稿画面が表示されている。とうに見慣れた、蛞蝓女に関する目撃情報の羅列だった。

意図がわからず芽衣が首をひねると、千璃は画面をスワイプして、一枚の画像を表示させた。それは日本地図で、濃淡のまちまちな赤いドットが、陸地のあちらこちらに発《はっ》疹《しん》のように浮いていた。特に東京の都心部には、赤黒いものから血のように鮮やかな色味のものまでがびっちりと集中している。

「蛞蝓女に関する投稿から位置情報と日時を抽出して、地図上に描画しました。赤の彩度が高いものほどあたらしく、低いものほど古い投稿です。見てください」

千璃が画面をピンチアウトして、東京の部分を拡大する。そこから指をゆっくりとすべらせ、画像の中心を左にずらしていった。

「わかりますか？　ドットがごちゃごちゃして見にくいかもしれませんが、ひときわ真っ赤な点があるでしょう」

たしかに、東京にある赤の塊からこぼれ落ちるようにして、明るい赤が西の方角に、ぽちり、ぽちり、と、あいだをあけて散っている。

「蛞蝓女の目撃情報が、東京を出て山梨に入り、長野を横断して——ね、移動しているんです。無関係な複数のアカウントによって投稿されていたので、信頼に足ると考えました」

千璃がさらに画面を拡大した。高速道路を表す色の濃いラインが、画面を上下に分断している。

「蛞蝓女が芽衣さんに伴って移動しているのは前提として、それらの投稿の位置関係から、芽衣さんが高速道路を使っていることはわかりました。ただ、蛞蝓女も常に姿を見せているわけではないのでしょう？　目撃情報は途中からぷっつり途切れてしまいました」

まるで足跡だ。芽衣は思った。

「まあでも、そこまで追跡できたら行き先は予想できます。中部《ちゅうぶ》地方で芽衣さんが用事のありそうな場所といえば、お父様のご実家くらいですからね」

「どうして千璃さんがお父さんの実家を知ってるの」反射的にそう質問したが、すぐに手をふって千璃の言葉をさえぎった。「いや、やっぱりいい、聞きたくない」

どうりで父を紹介したときに違和感をおぼえたわけだと、合点がいった。「ああ、この方が」だなんて、顔は知らないまでも話には聞いていただれかを紹介されたときの反応だ。

「それって、やっぱり尾けてきたってことじゃない」

「そんなつもりはありません。これは個人的な調査活動です。蛞蝓女の件で大変な時期に、芽衣さんが意味もなくお父様の実家をたずねるとも思えなかったので、蛞蝓女と沢母児とのあいだに関係があるのではないかと、そう推理してここを訪れた次第です。しかし、結果的に尾行したようなかたちになってしまい、そのせいで不愉快な思いをさせてしまったのなら謝ります。ごめんなさい」

そうして深々と頭を下げる。ひどく疲れた気分になって、芽衣はため息をついた。

「もう、いいよ」

ところが、部屋にもどろうとする芽衣を千璃は引き止めた。

「いかがでしょう？　あたしはこれから蛞蝓女と沢母児の関連について調査を開始するつもりですが、ここで会えたのもなにかの縁、ご同行いただけませんか？」

あとを尾けるようなことをしておいて縁だなんて、なんてしらじらしい。思わず目をむいた。

「今日は、外出できないの」

さっさと話を切りあげるつもりですげなくいったが、千璃は食い下がった。

「なぜですか？」

「旅館で待っているよう彼に」いいつけられたから、とつづけようとして、「彼に言われたから」芽衣はそう言い直した。

「犬ですか？」

脈絡のない質問にとまどって、あたりを見渡した。犬の姿はない。

「え、なんて？」

「芽衣さんは、彼氏さんの犬なんですか？」

あっけにとられた。なんてことをいうのだろう。

「いや、違うけど」

「なら、外には出られますね。どうしますか？」

失礼な物言いを悪びれる様子もなく、芽衣のことを責める調子でもなく、ただ返事を待っている。

どうするかって、そりゃあ、自分で決めていいのなら――

芽衣が捨て鉢に返した答えを聞いて、千璃はかすかにほほ笑んだ。

戸川旅館は、沢母児が観光地として喧伝《けんでん》している地域のちょうど中心に位置しており、周囲を観光客向けの飲食店や土産屋に囲まれている。とはいえ、どの店も閉まっていてひと気はない。店先を彩る出目祭りの飾り付けだけが妙に鮮やかで、そのコントラストは芽衣をひどく落ち着かない気分にさせた。

観光案内所で配布している地図の範囲を出ると、互いを警戒するように距離をとって民家が点在するばかりになり、さらにいけば、目につくのは森と、川と、足元のアスファルトだけになる。車道の端にはガードレールに沿って白線も引かれていたが、先を見てもうしろを見てもそこに人の姿がまったくないせいで、歩行者が入ってはいけない場所を歩いているような気になる。

かつて、ウルミとふたりで歩いた道。

「これが、その橋ですか」

十一年前とまったく同じように、それは変わらずそこにあった。

金属部が錆《さび》に覆われた、ボロボロの細い橋。そのたもとに立った千璃が、芽衣にたずねた。

「十一年前と比べてみて、あたりの様子はどうですか？　変化したところはありませんか？　あらためて気づいたことは？」

今度は小刻みに首をふって答えた。

道中、芽衣は呪いについて自分が知っていることのすべてを、千璃に明かしていた。忌み継ぎをはじめとした、昨晩ショーコから聞いた情報。ショーコの奇妙な態度と、とうとつな失踪《しっそう》。それに加えて、十一年前の出目祭りのことまで打ち明けていた。とはいえ、すべてを事細かく話すだけの時間はなかったので、あの日に起きたことの大筋と、細部に関しては重要だと思われる一部だけを伝えてあった。

だれにも話してはいけない、というショーコの言葉を忘れたわけではない。ただ、芽衣は焦っていた。

もし、おばあちゃんになにかあったら。それも、〝アレ〟のせいで。わたしが、沢母児をたずねたせいで——

万が一、ショーコが姿を消している理由に〝アレ〟がかかわっているのだとすれば、〝アレ〟の謎を追い、そして〝呪いを殺す方法〟を明らかにすることが、ショーコの行方を知ることにつながるかも知れない。

観光案内所と町役場を訪ねるといっていた恭一と鉢合わせしないよう、逆の方向へ調査を進めることになった。ちょうど、例の神社がその方角だった。加えて、芽衣にはそれ以外のアテもあった。沢母児を訪れたらまずその人から話を聞こうと決めていた人物の家が、神社からほど近い場所にある。

「あたしも、青井恭一さんを避けられるのなら、そうしたいと考えていました」

「どうして？」

「前回ごあいさつさせていただいたときのことを思えば、あたしが彼に好かれていないのはあきらかですから。さきほどの芽衣さんみたいに、あたしがふたりにつきまとっているのではとかん違いされて、警察でも呼ばれたら面倒です」

つきまとっているのがかん違いかどうかは置いておいても、たしかに決して友好的な再会にはならないだろうことはかんたんに想像できた。

「それに、あたしも恭一さんのことは苦手みたいなので」

あごに手を当てて考えこむそぶりを見せる。

「生理的にムリ、というやつでしょうか」

人の恋人に対してなんという言い草だろうと腹が立ったのも一瞬で、千璃といっしょにいるあいだはいちいち感情を波立たせても疲れるだけだと、すでに達観していた。

千璃とならんで錆だらけの橋を渡りきると、薄暗い森の奥へとつづく、頼りなげな石段に足をかけた。曲がりながら上へと登っていく石段の先は、木々に隠れてうかがえない。

石段を踏んだ足に体重を移し、二段目に向けてうしろの足を持ちあげようとしたところで、つまずきそうになった。つま先が土から離れない。とまどっているうちにかかとも土に触れ、石段の上にあった足も、ずるりと下に落ちた。

少し先をいっていた千璃と目が合う。

「どうかしましたか？」

「いきたくない」

自然と口をついてでた。指先が、氷のように冷えきっている。

「わかりました、少し待っていてください」

千璃は迷う様子も見せずに、ひとりで石段を登っていった。

「あの、ごめんなさい」

思わずそう声をかけると、ふりむいた千璃は首をかしげた。

「さっきも言いましたが、これはあたしの個人的な調査活動です。芽衣さんはあたしになにも頼んでいないし、助けを求めてもいない。芽衣さんのためにこれをしているわけではありません。だからどうか、謝らないでください」

言葉を返せないでいるうちに、彼女の背中は木々の陰に入って見えなくなった。

千璃はああいうが、しかし思わずにはいられなかった。けっきょく、人任せにしている、と。恭一に、あんな偉そうなことを言っておきながら。

思いもよらない自分の怯《おび》えように面食らい、芽衣は呆然《ぼうぜん》とした。しかし、しばらくしてから前向きな気持ちを取り戻すと、及び腰な考えをふり払い、あたりに目を走らせた。

十一年前には気づかなかったことに、なにか気づけるかもしれない。

あの日の夜の暗さを、目の前の景色に重ねてみる。あの日よりも、橋はさらにちいさく、山は低く、川もおだやかに見える。なにもかもが記憶のなかで、おおきく膨らんだように感じていた。ウルミがあの日の姿のままでいま目の前にあらわれたとしたら、きっとその背丈も、よほどちいさく見えるのだろうか。いかにも子どもらしい、かわいらしい姿として。

――気づけ。

耳元で声がした。悲鳴をあげてふり返るが、目の前にはなにもいない。

強い日差しに目がくらみ、額に手を当ててひさしを作った。川面《かわも》に反射した太陽光がなおやかましく目を射したが、痛みにかまわずあたりに視線を走らせた。

川のせせらぎがそれらしく聞こえたのだろうか。とっさにそう考えるが、耳を撫《な》でる吐息まで感じたように思う。いや、それこそきっと、風のしわざだ。

ごんごんと強く胸を打つ心臓に手を当てて呼吸を整えていると、服の裾《すそ》をなにかに強く引っ張られた。引かれた方と反対に体をのけぞらせると、勢いあまって転倒した。倒れるまま地面に肘《ひじ》をつき、鋭い痛みが走る。

「だれ？　なんなの？」

あわてて立ちあがり、そう怒鳴るが返事はない。

――気づけ。

声のしたほうを見ると、橋の上にウルミが立っていた。肩にまでかかる黒い髪。そのあいだから片方だけうかがえる目。半開きの口からのぞく八重歯。あの日の姿のまま。

——気づけ。

ウルミはくり返した。

「なにに？」

——いつも、いっしょだってこと。

ウルミが、すうっと近づいてきた。歩く動作をまったく見せずに、氷でできた坂を滑るようにして。

「いっしょなんかじゃない」

芽衣が叫んであとずさりすると、ウルミは口をおおきくひらいて、歪《いびつ》な笑みを見せた。

——いっしょなんだよ。

「違う！」

——いっしょなんだよ。

芽衣は森へ入ろうと駆けだしたが、勢いよくふり返ったところで、やわらかく、湿ったなにかにぶつかった。

森の奥へとつづく階段が消えていた。代わりにそこにあったのは、濡《ぬ》れた壁だった。いや、膜かもしれない。ならび立つ幹と幹のあいだ、梢《こずえ》に茂る葉と葉のあいだ、森にある、あらゆる隙間という隙間に、死人の皮膚のような色をした膜が張っている。

山を見あげる動作で空が視界に入り、太陽がないことに気づく。空もまた死人の皮膚に覆われていた。しと、しと、と重たい雨粒が肌を打った。それはぬるりと肌を伝い、そのまま悪夢に呑《の》みこまれてしまいそうだった。

——いまも。これからも。いっしょなんだよ。

ウルミが近づいてくる。芽衣は千璃の名を呼んだ。恭一の名を叫んだ。返事はない。

巨大な皮袋のドームと化した世界を、ぬめりを帯びた雨が濡らす。

耳をふさぎ、爪を皮膚に食いこませて、その痛みで悪夢からの覚醒《かくせい》を試みる。

——離れない、ずっと。

耳のなかで直接囁《ささや》かれたように、声は少しもくぐもらずに聞こえた。

——ずっと、ずっと、ずっと、ずっと、ずっと、ずっと、
ついに芽衣は目をつぶり、その場にしゃがみこんだ。

そして肩を、強くつかまれる。

「芽衣さん」

ウルミとは違う声に、はっとして目をあけると、すぐそばに千璃の顔があった。

「どうしたんですか」

肌を打つ、ちいさくて冷たい感触がある。まだ夢のなかにいるのかとゾッとして腕をさすると、手のひらが濡れた。しかし、指先にはさらりとした感触だけがある。

糸を引いて落ちた。

「夢だ、また夢」

芽衣は口に出して言った。現実でないことを言葉にしないと、

雨だ。空は厚く曇り、いつの間にか小雨が降っていた。

あたりを見渡す。不気味な皮膜は、どこにもない。ウルミもいない。芽衣は千璃の助けを借りて体を起こし、彼女の腕にしがみついたまま、橋を指差した。

「ウルミが、そこにいた」

指し示したほうに、千璃がすぐさま向かおうとする。芽衣は彼女の腕を引いて止めた。

芽衣はいましがた体験した、不気味な白昼夢について話した。千璃は相槌《あいづち》も打たずにそれを聞いていたが、話を終えた芽衣が「ただの夢だから」と口にするのを、手をあげてさえぎった。

「ただの夢ではありません。いえ、そもそも夢だと考えるべきではありません」

千璃は断言した。芽衣はその言葉の救いのなさにおののいて、身を震わせた。

「見たものが見たままそこにないからといって、それが現実世界と遠く切り離された現象であると決めつけてしまっては、真実を見誤ります。芽衣さんの見た景色が客観的に見て実在しているかどうか、そのことは問題ではありません。芽衣さんを襲った現象がなんであれ、尋常の物理世界における芽衣さんの経験とはおおきく異なる性質を持っているというだけで、それは現実です」

千璃は芽衣の肩をそっと撫でた。

「もどりますか？　旅館に」

そう問われて、芽衣は一瞬迷ってから首を横にふった。

「早いうちに、訪ねておきたい人がいるの」

「そうですか。わかりました。無理はしないでください」

「神社では、なにかわかった？」

「ええ」

千璃は折り畳み傘を広げながら、あたりを見渡した。

「とりあえず、ここを離れましょう。危険がないとはいいきれません」

芽衣に折り畳み傘を押しつけるようにして渡し、ウインドブレーカーのフードをかぶる。

「どこか、道中で雨をしのげる場所を探しましょう。なかなか興味深いことがわかりました」


千璃は橋で芽衣と別れてすぐ、スマートフォンで動画を撮影していた。木々のあいだを縫ってゆるく登る、薄暗い山道の景色で動画は始まった。やがて、十一年前にはじめて〝アレ〟と遭遇した神社が、画面の中央にあらわれる。

ふたりは道中で見つけたバス停の待合小屋に腰を落ち着け、頭を寄せあって千璃のスマートフォンをのぞいていた。ふたりのほかに人の姿はない。

「十一年前と比べてみてどうですか？」

千璃は橋を見たときと同じ質問をしたが、思い当たることはなかった。むしろ、十一年前の記憶が動画の映像で上書きされていくようにも感じる。

画面はじょじょに神社に近づいていった。あの日、月明かりの下で見たよりもずっと古く思えた。正面に観音開きの扉があって、その脇に、かすれた字でこうあった。

『沾水神社』

「うら——みず神社?」

「テンスイ、ヌレミズ、あるいは——ウルミ、とも読めるでしょうか」

芽衣が息をのみ、千璃がうなずいた。

画面の外から手が伸びてきて、扉にあてがわれた。押しても、引いても、がたがたとおおきくゆれるばかりでひらかない。扉には黒っぽく変色した古い錠がぶら下がっていて、左右の扉をひとつに繫《つな》いでいる。一瞬、にぎやかな色模様が画面を覆って、すぐに暗転した。どうやら、スマートフォンをポケットにしまったらしい。かたいもの同士が触れ合う、かちゃかちゃという音だけが断続して聞こえてくる。しばらくすると画面が明るくなって、ぼんやりとした映像が焦点を結ぶと、ひらかれた扉が映った。

どうやって錠をこじあけたのか。あきらめと呆《あき》れの混じった気持ちでとなりをうかがい見たが、千璃はスマートフォンの画面から目を離さなかった。

社殿のなかに入ると、床はがらんとしていて殺風景だった。十一年前にはあったマットレスは、そこにない。高い位置では、壁に沿ってぐるりと三方を囲むように、一段だけの棚が設けられていた。棚は頭より高い位置にあるようで、カメラはそれを下から見あげるかたちで映している。

「これ、なんだろう。位牌《いはい》？」

棚には、木でできたお墓のミニチュアのようなものが、あいだを空けていくつもならんでいた。

「いいえ、霊璽《れいじ》ですね。祖霊の依代《よりしろ》として機能するものです」

画面の外からまた手が伸びて、いちばん端にある霊璽を取った。

「え、触って大丈夫なの。祟《たた》りとか」

思わずそう言ったが、千璃は否定とも肯定ともつかない相槌を打つだけだった。

表に筆で一行なにか記されていたが、霊璽自体かなり古く、木肌は黒ずみ字もかすれ、ふだん見慣れない筆文字で記されていることもあって、芽衣には読むことができなかった。

「『沾水ネン刀自命霊』、と書いてあるように見えます」

芽衣の戸惑いを感じ取ったのか、千璃が画面を指し示しながら読んでみせた。

「沾水ネン、という女性のための霊璽ということです」

裏返すと、やはり古い文字で短く記されている。

『感憶心』

そう記してあるのが、かろうじて芽衣にも読み取れた。

「『かんおくしん』、ってなに？」

「わかりません。没年月日も享年もなく、その代わりに記してあることを考えれば、重要な言葉なのでしょうけど」

画面のなかで千璃は霊璽を元の場所にもどし、ぐるりとおおきくふり返って、棚の反対の端からひとつを手に取った。

「沾水康之助《こうのすけ》大人命霊。沾水康之助、という男性のためのものです」

画面を見つめながら、となりで千璃が読みあげた。沾水康之助の霊璽は、さっき手に取った沾水ネンのものよりも、はるかにあたらしかった。やはり筆文字で記されているが、沾水ネンのものよりも活字体に近く、今度は芽衣にも読むことができた。

裏返すと、そこには『憶』とだけ書かれていた。経年で前後の文字が欠けてしまったのだろうか。千璃は霊璽を元の位置にもどし、今度は入り口の正面、ちょうど棚のまんなかにある霊璽を取ろうとした。

そのとき、遠くに悲鳴が聞こえた。映像がゆれて、暗転する。

「ここで芽衣さんの悲鳴が聞こえたものですから、大急ぎでもどったんです」

「ごめんなさい。ほとんど調べられなかったよね」

「必要ならまたひとりで訪れることもできますから。それに、わかったこともあります。沾水神社は、複数の人間を祭神として祀《まつ》っています。同時期に同じ理由で没した人々、あるいは同じ事業に従事した人々を合同で祀る神社はありますが、沾水神社の場合はおそらくそうではありません。祀られている霊璽の古さがまちまちでした」

芽衣は恐ろしい可能性に気づいて怖気《おぞけ》立った。同じ理由で死んだ？　まさか、〝アレ〟のせいで？

「いちばんはじめに祀られたのは、動画にも映っていた沾水ネンの可能性が高いと思います。霊璽は、いちばん端にあった沾水ネンのものがもっとも古く、そこからじょじょにあたらしくなって、逆の一端にあった沾水康之助のものがいちばんあたらしく見えました。おそらく没年月日の時系列順に安置されています。のちほど、ほかの霊璽も確認してみますが、沾水姓の人間、あるいは姓は違っても、沾水の血を引く人間を祀っているのではないか、と考えています」

「なんのために？」

「人を神として祀る理由はいくつかあって、その土地の発展に貢献した人間を讃《たた》えるためであったり、死後にもその人物の名前が影響力を失わないようにするための権威づけであったり――あるいは、同じ病気や怪我に悩む人に対する救済のため、ということも」

「祟りを鎮めるため、っていうのは？」

芽衣の質問に、千璃はためらうことなく答えた。

「はい、もちろん」

十一年前に聞いたウルミの言葉がよみがえる。

――すっげえだろ。ここには神様がいるんだ。人間の頭のなかを、しっちゃかめっちゃ

かにかき混ぜちまう神様なんだ
「メノテメ」芽衣はつぶやいた。「あの神社には、そういう神様がいるって」

「ええ、芽衣さんのおばあさまが昨夜、最後に言及しようとしていた言葉でもある。そうですよね？」

芽衣はうなずいた。

千璃がとつぜん、あっ、と声をあげて、ぱちんと手を打った。芽衣はおどろいて身を震わせた。

「ああ、ごめんなさい」

千璃は芽衣のようすにあわてて謝ったが、どうして手を打ったのか説明しなかった。

「なにかわかったの？」

水を向けるが、千璃は「いやあ」とか「まあ」とかつぶやくばかりで要領を得ない。

「もしかして、心当たりがあるの？　メノテメに」

「いえいえ、そういうわけではなくて」

眉根《まゆね》を寄せると、千璃はへらへらと笑いながら頭をかいた。

「弱りましたね、根拠の薄い仮説を口にしたくはないのですが」

それから、スマートフォンにすばやく指を走らせる。

「神社までの道すがらにメノテメの話を聞いて、どうも語感に覚えがあると思っていたのですが」

千璃がスマートフォンを芽衣に向けた。

画面には、着物をはだけさせ、両手を前に突き出す丸坊主の男を描いた、古い絵が表示されていた。しかめた表情のデフォルメなのか、男の顔は中央に向かってくしゃりと肉が寄っており、顔つきの仔細《しさい》はまるでわからない。目を凝らすと、顔の中央にぽつぽつと鼻の穴のようなものがうかがえ、その下に引かれた曲線が、つまり口を模《かたど》ったものらしい、とわかった。また、男の突き出した両の手のひらそれぞれに、黒々としたおおきな円が描かれている。

「なに？　これ」

「古い妖怪《ようかい》画です。かわいいでしょう？」

芽衣がなんとも答えられずにいると、千璃は「ああ、芽衣さんはきっと、白うかり派ですね」と口を尖《とが》らせた。

「あたしは江戸《えど》時代の絵師尾田郷澄による『百鬼夜行絵巻』からの引用で彼を知ったクチなので『手目坊主』と呼ぶのがしっくりくるのですが、彼は広く『手の目』という名前でも知られている妖怪です」

千璃がなんの話をしているのかくわしくはわからなかったが、『テノメ』という語感はたしかに『メノテメ』に似ていると思った。

「ほんの思いつきなので、強引な仮説として話半分に聞いてください」

千璃はそう断ると、手帳とペンを取り出し、そこに『手の目』と書いた。

「手の目は、名前のとおり手のひらに目玉のある妖怪です。対して蛞蝓女の容姿は、顔面の両目にあたる部分から腕が生えている。そうですよね？」

芽衣はうなずいた。

「芽衣さんのように呪いを継いだ存在、つまり忌み継ぎは、以前にも沢母児にいたわけです。その人が芽衣さんと同じく、〝アレ〟につけ狙われていたと仮定しましょう。そしてこれも同じく、〝アレ〟は時を経て力を増し、周囲の人々にも害をおよぼすようになった――〝アレ〟を見た現代の人々は、その容姿をナメクジに喩《たと》えました。しかし、もっと古い時代の人々は、そうではなかった」

千璃は、『手の目』と書いたその下に、『目の手女』と記した。

「手に目があるから、『手の目』。それとは逆に、本来は目であるところに手があるから、『目の手』。目の手の女で、『目の手女《メノテメ》』」

千璃は言い終えると、すい、とペンをすばやくすべらせて、手帳の記述をおおきく丸で囲んだ。

千璃は強引と言ったが、その奇妙な一致にはたしかに、真実めいた感触があった。

「今後手に入る材料次第では、くつがえる可能性の高い考えだとは思いますが」

千璃は腰をあげて待合小屋の外に出ると、手のひらを空に向けた。雨はあがったらしい。

「呪いについて直接的な手掛かりはつかめませんでしたが、沾水という名前が鍵《かぎ》になっているのは確かです。そこを調べてみましょう。さきほど訪ねたい人がいるといっていましたが、このアプローチで調査を進めるとして、その方はなにか情報を持っていそうですか？」

「うん、たぶん」

芽衣も答えて立ちあがった。

3

リンドウばあちゃんと石渡のじいちゃんが住む家は、沢母児のはずれにあった。車道を逸《そ》れて林に入り、ゆるやかな坂道を登ると、すぐにおおきくひらけた場所に出る。背の低い種々の草花が繁茂する広場の向こうに、二階建ての古い家が建っている。

広場を回りこみながら、どうやらそこがほったらかしにされた畑の成れの果てらしいとわかる。

そういえば、昔はこの畑でいろんな野菜を育てていたっけ。リンドウばあちゃんと石渡のじいちゃんの容姿が、まるで薄暗い納屋の奥から夏の日差しの下に引っ張り出されたように、はっきりと色を得て脳裏に浮かんだ。

ささやかな緊張を覚えつつ、芽衣がインターホン越しに名乗ると、懐かしい声が応《こた》えて、家に入ってくるようにとうながされた。鍵のかかっていない引き戸をあけてなかに入り、おじゃましますと声をかけてから靴を脱いだ。あちらこちらへ視線を移しながら、そのうしろを千璃がついていく。

長い廊下の途中にあったリビングに、ひどくゆったりとした動作で立ちあがろうとしている最中のリンドウばあちゃんがいた。

「あらあら、どうしましょう、芽衣ちゃんったら、まあまあ、ほんとに」

リンドウばあちゃんは沢母児のだれとも違う訛《なま》りをふくんだ、独特のイントネーションで話す。それがとても懐かしく、耳に心地よかった。

「だめだよ、座ってて」

芽衣がリンドウばあちゃんの背に手を添えると、彼女は快活に笑って芽衣の手を握った。

「おとなになっちゃって。心配しないで、わたしが沢母児で二番目に元気なおばあさんだから。いちばんはね、もちろんショーコさんよお」

どうやら、ショーコが姿を消していることを知らないらしい。芽衣の胸がにぶく痛んだ。

リンドウばあちゃんは芽衣との再会をひとしきりよろこび、涙さえこぼして訪問を感謝した。沢母児を訪ねた理由についてたずねられた芽衣は、ショーコに説明したのと同じ話をくり返し、千璃のことはただ友人とだけ紹介した。

「出目祭りに興味があったものですから、無理をいって連れてきてもらったんです」

千璃がみずから補足した。

「出目祭りなんておもしろくもない祭りよぅ。十年も前ならいまとは違ったけれど、来るのがちょっと遅すぎたわ」

「そうなんですか？　ここのお祭りはすごいって〝うるみ〟ちゃんから聞いたんだけど。ね？」

千璃は芽衣に向かって、同意を求めるように首をかしげた。あまりにいきなりのことで、言葉が出ない。ぎこちない動作で、なんとか首肯する。

「むかしの話だったのかな？　かん違いしてしまいました。きっと彼女、子どものときに沢母児へ旅行にきたんですね」

「その子、どこの生まれ？」

千璃がまだ言い終わらないうちに、リンドウばあちゃんがたずねた。声音に緊張が混じっていた。芽衣は、ぽつぽつと身体中に汗が浮くのを感じた。

「北海道ですね。なぜですか？」

千璃の答えを聞いたリンドウばあちゃんは、ほう、と力の抜ける息をついた。

「沢母児にも沾水《うるみ》さんてお家があってね。そこの親戚《しんせき》かなにかだったらどうしようかと思って」

え、と思わず声をもらした芽衣に、リンドウばあちゃんの視線が向いた。

「沢母児にも、あるんだ？　ウルミって名前のお家《うち》」

こわばる喉《のど》をなんとか動かしてたずねる。

「なあにいってんの、芽衣ちゃん！　沾水っていえば、『さわもに魚園』のとこの人間でしょう！」

さわもに魚園が、この町でいちばんおおきな養魚場だということは知っていた。しかし、そこの人間が沾水姓だという話ははじめて聞いた。そういえば、ウルミは親が金魚の養殖をやっていると言っていた。

リンドウばあちゃんは、どこか落ち着かなげに「しかし、めずらしい名前ねえ」と、しきりに感心していた。

「沾水なんて名前、ほかに聞いたことないから沢母児の人かと思っちゃったわあ。ほんとに親戚じゃあないのかしら」

「あたしの友人は、『粳米《うるちまい》』の『粳』に『実験』の『実』で〝粳実〟って書きます。変わってますよね。アイヌ語由来かな？」

千璃は顔色ひとつ変えずに、平然と嘘を重ねる。

「そうなの？　じゃあ、こっちの沾水さんとは漢字が違うわ」

「親戚だとなにかまずいんですか？」

千璃がきいた。その声の響きにも、間にも、表情にも、まるで不自然なところがない。流れのなかで自然とわいた疑問を、そのまま会話の繋《つな》ぎとしてなんの気なしに投げ返したようにしか聞こえなかった。

「やあよお、迷信みたいなもんだから気にしないで」

「ええ、なんですかそれ、気になるなあ」

千璃が、あくまでも軽い調子で食い下がる。

「言い伝えがあるの。沽水さんが沢母児を離れると、町がつぶれてみんな死ぬって」

不吉な言葉に芽衣はぎょっとしたが、千璃は、へえ、と愛想よく相槌《あいづち》を打った。

「沢母児は、沽水さんとこのご先祖さんが作ったの。だから、大事にしなさいって言い聞かされて育ったのね。沽水さんにさえ見捨てられるような町になったらもういよいよおしまい、て意味なのよお、きっと。ほんとに町がつぶれるわけもないのに、いやよねえ、子どものときからさんざん言い聞かされてたせいで、沽水さんが町の外に出かけるって聞いただけで、怖い気持ちになっちゃうのよ。いまの若い人たちもそうなのかしら」

「沢母児の外に出かけるだけなら、平気なんですか？」

「そうね、沽水さんが沢母児の外に住んだらいけない、ってこと。その親戚もねえ」

リンドウばあちゃんは芽衣に向き直って話をつづけた。

「ほら、イサオさんもずーっと沢母児で金魚やってたし、イサオさんとこの坊ちゃんも生まれてからずっと沢母児だし」

「イサオさんって？」

芽衣がたずねたとたん、リンドウばあちゃんが目を見開いた。

「沾水さんて名前を覚えてなくっても、イサオさんのことも知らないなんてのはだめよお、あなたショーコさんの孫なのに！　さわもに魚園の前の社長、沾水イサオさんていうんだけど、あの人は戸川旅館の大恩人なんだから。若いころのショーコさんは、戸川旅館の女将《おかみ》もやって、そのうえ女手一つで縁太郎ちゃんを——芽衣ちゃんのお父さんを育てて、えらい苦労してたのよ。そんなショーコさんのこと、イサオさんがたくさん助けてくれたのさ。沢母児は金魚売ってるばかりじゃなく観光にも力を入れないといかんって、戸川旅館にえらい肩入れしてくれてたの。縁太郎ちゃんなんて、イサオさんのこと父親みたいに思ってたのに——あ、ちょっと待ってて！　写真があるわあ」

リンドウばあちゃんは部屋を出て、どこからか厚いアルバムを引っ張り出してきた。はらはらとページをめくり、「ほら、芽衣ちゃんよ！」と、そのうちの一枚を指差す。

集合写真だ。右端のほうに女性と子どもたちがかたまっていて、男性陣が中央にならんでいる。リンドウばあちゃんの指の先には、女性と手を繋いで不機嫌そうな顔をしている子どもがいた。幼いころの芽衣だ。手を繋いでいる女性は、芽衣の母だった。となりには、着物ではなくシャツ姿のショーコが立っていて、そのとなりにリンドウばあちゃんも写っている。

「二十年くらい前の写真。出目祭り実行委員会の会合で撮ったの。芽衣ちゃんはこの年に、はじめて沢母児にきてくれた」

芽衣は、写真をスマートフォンで撮影した。

写真を指すリンドウばあちゃんの指先がゆっくりと滑る。

「この人が、さわもに魚園前社長の沾水イサオさん」

指が止まったのは、写真の中央に写る、おおきな鼻と黒々とした眉《まゆ》が特徴的な作務衣《さむえ》姿の老人だった。ひげに隠れて口元はうかがえないが、笑みを浮かべているようには見えない。

そのとなりに、まだ白髪のない縁太郎もいた。

「イサオさんは、この写真のあとすぐ亡くなっちゃってねえ。さわもに魚園はいま、イサオさんの坊ちゃんと、そのお嫁さんとでやってるのよ」

「ねえ、この子はだれ？」

芽衣は、写真のなかの子どもを指差した。二歳くらいだろうか。母親らしき女性と手をつないで立っている。写真のなかの人物で、十一年前に出会ったウルミと年齢に矛盾がなさそうなのは、その子だけだ。もしや、という思いに鼓動が早くなる。写真ではいささか小綺麗《こぎれい》に着飾ってはいるものの、見れば見るほどにその子は、記憶のなかのウルミを幼くしただけのように見えた。

「この子、沾水さんのおうちの子でしょ？」

ふと、千璃の視線を感じた。顔を向けると、含みのある目配せを投げてきた。

「いいえ」と、リンドウばあちゃん。「イサオさんの孫じゃないしねえ」

「ほんとに？　じゃあ、だれなの？」

リンドウばあちゃんは首をひねる。

「わたしは知らないわあ。だれだったかしら」

芽衣がさらに質問を重ねようとしたところで、少し強引に千璃が割り込んだ。

「この方はどなたですか？」

千璃は芽衣の手をそっとどけて、子どもと母親のすぐ後ろにいる男性を指差した。ひとりだけ男性陣からはずれて、女性たちに半分隠れるように立っている。リンドウばあちゃんが知らないというその子どもと母親に、寄り添っているようにも見える。ひどく細身で、落ち窪《くぼ》んだ目をしている、無表情な人だった。

「イサオさんとこの長男よお」

「先ほどお話に出た、さわもに魚園を継いだという方ですか？」

「いいえ、あそこは次男が継いだの。長男じゃあなくてね」

「てことは」と、今度は芽衣が割り込んだ。「この人も、沾水さんなんでしょ？　この人の奥さんとお子さんじゃない？」

隣り合って写真に収まっている三人を、指で囲うようになぞる。

「沾水さんのおうちには、わたしと同年代の人がいるでしょ？　この写真にいるとしたら、ちょうどこの子と同じくらいの年齢だと思うんだけど」

千璃がちいさく芽衣の名前を呼んだ。声になだめるような調子があってハッとする。リンドウばあちゃんが、ひどく怪訝《けげん》な表情を浮かべているのに気づいた。

「いや、なんでもないの」

とっさに取り繕うような言葉が口をついて出て、その白々しさに余計うろたえた。

「長男はずっと独身だったはずよお」

探るような目で芽衣を見つめながら、リンドウばあちゃんは言った。

「お葬式でも奥さんとか子どもだとかいう人を見た覚えないしねえ、まちがいないと思うんだけど」

「亡くなったんですか？」

千璃がたずねた。

「そう、死んだのよお、自分で」

芽衣は身をこわばらせた。千璃と、チラと視線を交わす。

「自殺、ということですか？」

千璃の質問にリンドウばあちゃんはうなずいた。

「あの年は、ほんとうに気の滅入《めい》る年だったわ。一年のうちに、沢母児から三人も自分で死ぬ人間が出てねえ」

「三人？」

芽衣と千璃の声が重なった。

「イサオさんとこの長男と、別の若い子。それから、六人組のひとり」

「六人組って、なんですか？」と、千璃。

「六人組てのは、沢母児のお偉方よ。おじいさんたちの寄り合い。沢母児のことはみんな、六人組が取り仕切ってるのよぉ」

ねえ？　と同意を求められるが、芽衣もはじめて聞いた言葉だった。あいまいにうなずく。

「そのうちのふたりは、亡くなったのも同じ日なのよ。それも、出目祭りの日に。イサオさんとこの長男が亡くなってからまだそんなに日も経ってなかったから、それこそ、なにかの祟《たた》りにでもあったんじゃないかって噂も立って」

「それって、何年前？」

今度は芽衣がきいた。

リンドウばあちゃんは、ぶつぶつささやきながらアルバムをめくった。写真と記憶を照らし合わせているらしい。

「ええとねえ、十、いや、十一年前ね」

芽衣は平静を装うのがむずかしくなっていた。手のひらを濡《ぬ》らす汗を握りこみ、視線を落として表情を隠した。

十一年前のあの日に、ふたりの人間が自殺？

まったく、覚えがない。幼い芽衣の耳には入らないよう大人たちが気をつけていたのかもしれない。あるいは、〝アレ〟との遭遇をはじめとする恐ろしい体験で頭がいっぱいになっていて、知る機会はあったものの、覚えていられなかったのか。

「次の年は、出目祭りをひらかないほうがいいんじゃないかってさんざん話しあってね。うちの旦那《だんな》もそのころは六人組だったんだけど、ほら、あの人ったら、六人組に選ばれてからは畑もほっぽり出して、沢母児を世界に通用する観光名所にするんだとかなんとか、全国あちこち飛びまわってたのよぉ。いちばん大変な時期に沢母児にいなかったもんだから、わたしの肩身が狭いったらなかったわ」

そうだ、といってリンドウばあちゃんは天井を指差した。記憶が正しければ、上階のその位置は客室として使われている畳敷の和室だった。

「芽衣ちゃん、旦那にも会ってやってくれる？　石渡のじいちゃん、覚えてるでしょ。歳をとり過ぎたのね、ほとんど口がきけないし、もしかしたらおかしなことをいうかもしれないけど、許してねえ」

芽衣が席を立ち、あわせてリンドウばあちゃんも腰を浮かせたのを、千璃が引き留めた。

「出目祭りの写真があれば、見せてもらえませんか？」

「もちろんよぉ」

アルバムをのぞきこむふたりを置いて、芽衣はリビングを出た。

「ああ、そうだわ、そういえばうちの人がおかしくなったのも、十一年前のあの年からだった――」

階段で二階にあがり、廊下を見やると、すぐ目当ての部屋がわかった。

暗い部屋のなかにはだれもいないように見えたが、見渡すと、隅で膝《ひざ》をかかえる老人と目が合った。

その老人が石渡のじいちゃんだとわかったのは、さらに数秒あとだった。別人のように印象が変わっている。かつてはハツラツとした表情をくずさない、明るい人だった。体がおおきく、会うたびに熊のようだと思ったものだった。ところがいま、彼と再会して芽衣が想起したのは、鼠だった。細く、弱って、飢えた鼠。

老人の唇が、かすかに、しかし忙《せわ》しなく動いている。初めはお経を唱えているのだと思ったが、すぐにそうではないとわかった。

「聞いてたぞ、聞いてたぞ、聞いてたぞ、聞いてたぞ、聞いてたぞ――」

ちいさな声で、石渡のじいちゃんはそうくり返していた。うなじの毛が逆立った。老人は芽衣に視線を移すと、引き攣《つ》ったような笑みを浮かべて、きい、と金属質な音を喉《のど》から漏らした。

「康之助の話をしてたな、聞いてたぞ。おまえ、あいつのガキだ、そうだろ」

再会によろこんでいる様子は、微塵《みじん》もない。芽衣は口の中の乾いた空気だけのみ下し、口をひらいた。

「〝こうのすけ〟って、だれ？」

「おまえの父親、あの、根暗で、細っこい、あいつ、イサオんとこの、長男」

沾水イサオの長男といえば、いましがたリンドウばあちゃんが話していた、十一年前に自殺した三人のうちのひとりだ。落ち窪んだ目をした、痩《や》せた男。

沾水康之助。その名前が、沾水神社に安置されていたもっともあたらしい霊璽のものだと思い当たる。

「違うよ、わたしは芽衣だよ。戸川旅館のところの、芽衣。戸川ショーコの孫で、戸川縁太郎の娘だよ。忘れちゃった？」

「嘘をつくな！」

低く、鋭い声に身がすくんだ。

「でなくちゃ、なんで――なんで知ってる、そうだろ、え？　あの写真に写ってる子どもが康之助のガキだって、なんで知ってる。イサオに孫がいたって、なんで知ってる！　さっき下で、話してた、そうやって話してただろ、聞いてたぞ！」

「ちょっと待って、私、何も知らないよ」

「なんで、もどってきた。ああ、おれが忌み継ぎだと、そうだ、明かしに、きたんだ、そうなのか。そうだろ、おれが呪われているって、言いふらす、おまえはそういうつもりだ、くそ、くそめ！　いままで、ああ、いままでおれが、どんな思いで――ちくしょう、ちくしょうが」

老人は、しくしくと肩を震わせて泣きだした。

忌み継ぎ。

ショーコの口から語られた、〝アレ〟の秘密にかかわる言葉と不意にまた出くわして、芽衣の鼓動が早まった。

「おれは違うんだ、忌み継ぎじゃない。助けてくれ、たのむ、信じて――」

秘密が語られている。その予感があった。しかし、なんの話をしているのかまるでわからない。なにをどうたずねれば、真実に近づける？　千璃を呼ぶべきだろうか？　緊張で、手がふるえていた。

「大丈夫、信じるよ」

芽衣の言葉に、老人の表情がまたがらりと変わった。怒りでも、恐怖でもなく、もっと切実で、必死なそれに。

石渡のじいちゃんは、ほとんど抱きつくようにして芽衣の肩をつかんだ。

「おれだけだ、おれだけ、まともなままだった。だからって、忌み継ぎじゃない、おれは違う、そうじゃない。おれはあの時、沢母児にいなかった。だから、影響がなくて、まともで、だから――」

「ねえ、落ち着いて。影響って、なに？　忌み継ぎって、なんなの？　メノテメっていうのと、関係ある？」

矢継ぎ早に質問すると、老いた表情が凍りついた。

「沾水ネンの、せいだ」

濃い泥の表面にぽこりと浮いたちいさな泡のように、老人はつぶやいた。

沾水ネン。例の神社で、最初に祀《まつ》られた女性の名前。

表情で、芽衣の背後を見つめている。


「あれの、あの悪鬼の、胎《はら》の水。ああ、そこに、呪いが混じってた」

充電が切れたように、石渡のじいちゃんはそこで口をつぐみ、固まった。感情のない表情で、芽衣の背後を見つめている。

「芽衣さん」

千璃の鋭い呼びかけが聞こえてふり返ると、すぐうしろにリンドウばあちゃんが立っていた。

思わず、ひっ、とちいさな悲鳴をあげた。

「ありゃあ、今日はまたよくしゃべるみたいじゃないの、珍しいねえ。なに話してたのさあ、教えて」

石渡のじいちゃんは、呆《ほう》けたまま答えなかった。その目は直前までの興奮で赤く充血してうっすらと涙に濡れ、荒い息が鼻腔《びこう》を出入りしているのがかすかに耳に届いた。

「あの、わたし、そろそろいかなくちゃ」

芽衣は立ちあがり、恐る恐るリンドウばあちゃんの横をすり抜けた。

「まだ来たばかりじゃない。もう少しゆっくりしていってえ」

リンドウばあちゃんはしつこく引き留めたが、千璃とふたりであれこれと理由をつけて足早に家を出た。

リンドウばあちゃんはふたりが帰るのをしきりに残念がり、近いうちに必ずまた顔を出すようにと再訪を約束させた。

「あ、そうだ」

別れ際、千璃がのんきな声を出した。ほとんど逃げるような足取りで先を歩いていた芽衣は、焦《じ》れる気持ちを抑えてふり返った。

「ここからいちばん近い神社仏閣ってどこですか？　あたし、パワースポットマニアで」

「沢母児の大通り沿いにあるわよぉ。歩くと少し距離があるけど」

リンドウばあちゃんは、林の向こうを指差した。沾水神社とは逆の方角だ。

元々は畑だった荒れ地のそばにぽつんと立ったまま、リンドウばあちゃんはいつまでも、いつまでも、その姿が見えなくなるまで、ずっとふたりを見つめていた。

リンドウばあちゃんの家を出たあと、芽衣は千璃に送られて戸川旅館に向かった。

「顔色が悪いです。一度宿にもどって休んだほうがいい」

平気だからと調査をつづけようかとも考えたが、実際疲れ果てていた。

翌日の出目祭りに向けて、沢母児には金魚関連の祭り飾りがあふれていた。

通り沿いにずらりとならぶ金魚の提灯《ちょうちん》。涼しげに鳴る金魚の風鈴。目抜き通りに面した店先で日陰を作っている簾《すだれ》には、とぼけた金魚の顔のイラストが描いてある紅白カラーの風ぐるまや、羊毛フェルトでできたふわふわな金魚のぬいぐるみが張りついていた。

明日になれば、町はもっと祭りの様相を濃くするだろう。

かつてのような出目祭りはもうないと聞いたが、祭りのにぎやかさがまるっきり消えてしまったわけではないようだった。

芽衣は石渡のじいちゃんとの会話や、その様子を早口に千璃に説明した。その最中、ふと昔の石渡のじいちゃんが思い浮かんで、その変わりように涙がこぼれた。千璃が、芽衣の背に手を添えた。

「千璃さんはどう思う？　沾水イサオには孫が——つまり、沾水イサオの長男、沾水康之助には、子どもがいたと思う？　その子が、ウルミかな？」

「芽衣さんはどう考えますか？」

「石渡のじいちゃんは、冷静でもなかったし、正気にも見えなかった。でも、真実を語ってるって感じがした」

千璃がうなずいたのをまちがいなく確認してから、芽衣はまた口をひらいた。

「もし、自殺した沾水康之助に子どもがいたとしたら」そのつづきを言葉にするのに、呼吸を整える必要があった。「リンドウばあちゃんが、嘘をついてるってことになる」

「そうかもしれませんね。あるいは、その子が隠されていた子どもだった、とか。沾水神社のことについても、ほんとうに知らなかったのか、ただとっさには思い当たらなかったのか、それとも、あまり明かしたくない場所なのか。まあ、なんにせよ、信用する人間は少なくしておくほうが、リスクは低いでしょう」

千璃に感傷はなかった。芽衣に気をつかって言葉を選ぶこともしない。

「しかし、あたしとしてはウルミの正体よりも、石渡のおじいさんの言動に強く興味を引かれています」

千璃がスマートフォンを顔の近くにかかげた。そこから、芽衣の声がかすかに流れている。ついさっき、石渡のじいちゃんから聞いた話について千璃に伝えたのを、いつの間にか録音していたらしい。

「昨夜おばあさまから明かされたという秘密と、そして、いましがた石渡のおじいさんから聞いた話とをまとめて整理したいのですが、あたしの理解に誤りがないか、チェックしていただけますか？」

芽衣はうなずいた。

「信頼性の検証はあとです。まずは、芽衣さんのおばあさま、石渡のおじいさん、ふたりの言葉がすべて真実であると仮定して情報をまとめます。まず、沢母児には呪いがある。呪いを継いだ人間を、忌み継ぎと呼ぶ。芽衣さんは、忌み継ぎである。呪いのせいで、蛞蝓女に取り憑《つ》かれている。しかし呪いは、なんらかの方法によってそれ自体を殺すこともできる」

千璃は淡々と言葉をつなぐ。

「また、石渡のおじいさんは忌み継ぎではない。しかし、ともすれば周囲には忌み継ぎであると誤解される状況にある。そして、なにかに怯《おび》えている」

——助けてくれ。

そういった石渡のじいちゃんの表情が脳裏に浮かんだ。

「〝アレ〟のことを、怖がってた」

思わず、口を挟んだ。

「そうですね。それも、ひとつの可能性です。とはいえ、石渡のおじいさんの『言いふらすつもりだろう』という言葉から考えて、忌み継ぎであると周囲に知られることを恐れてもいた——こうは考えられないでしょうか？　彼は蛞蝓女だけではなく、人の手によりもたらされる危害にも、怯えていた」

「人の手って、だれが」

「わかりません。だからこそ、最大級の警戒を払うべきでしょう。芽衣さんが呪われていることを他人に明かさないのはもちろんですが、蛞蝓女や忌み継ぎ、呪い、メノテメといった事柄に言及する際にも、慎重に慎重を重ねてください」

千璃はまたスマートフォンを耳に近づけて、芽衣の言葉を聞きなおした。

「それから、『沽水ネンの胎の水に呪いが混じっていた』という言葉。これは、呪いの発端が沽水ネンにあり、呪いが子から子へと遺伝していくものであるという意味に聞こえますね」

「でも、わたしは沽水じゃない」

「芽衣さんが沽水姓の遠い親戚《しんせき》筋である可能性はあります。沢母児出身であるお父さま方のどこかで、沽水の血が混じったとか」

芽衣はさらに反論しようとしたが、千璃の興味はすでに次の疑問に移っていた。

「石渡のおじいさんの言葉でわからないのは、『自分だけがまともなままだった。だからといって、忌み継ぎではない』という部分です。偶然にも沢母児を離れていたことにより、影響、なるものを受けずに済んだと言っていたんですよね?」

芽衣はうなずいた。

「なにがしかの影響を受けずに『まともなままである』ということが、そのまま忌み継ぎであることの証左になる、ということでしょうか。逆にいえば、忌み継ぎ以外、沢母児の人間は全員なにかの影響を受けてまともではなくなっている——石渡のおじいさんは、そう考えている」

空を仰ぎ、抑揚のない声で言葉をつなぐ様子は、芽衣に話しているというよりは、独りごとをつぶやいているようだった。

あまりにも超常的な話で、どんな理屈に筋が通っていると評価していいのか、どんな理論を現実的だと考えていいのか、わけがわからなかった。いくら考えても答えの出ない疑問の渦が、ぐるぐるとめぐっている。ウルミ、メノテメ、忌み継ぎ——ウルミ、メノテメ、忌み継ぎ——ウルミ、メノテメ、忌み継ぎ——

そのとき、メノテメという言葉が現実の音声として耳に飛びこんできて、芽衣は足を止めた。

千璃がさらに数歩前に進んだのを、あわてて呼び止める。ふり返った千璃と目を合わせながら、耳をそばだてた。

川の流れる音に混じって、幼く、騒々しい声が聞こえた。

早口に金切り声でなにか叫んでいるが、遠くにいるのか、耳に届く音はかすかだ。

はじめ、子どもがかんしゃくでも起こしているのかと思ったが、よく聞けば、どうやらはしゃいでいるらしいとわかった。いく人かの声が混じり合い、内容まではとても聞き取れない。懸命に声の出どころを探っていると、雑多なそれらがふと、ひとつにまとまり、なにかの歌に変わった。

「千璃さん、さっき、メノテメって聞こえ――」

芽衣が言葉を切ったのは、またも耳がメノテメという音をとらえたからだった。

まちがいない。この子どもたちの声が、それを言った。

からから、という戸を引く音がして、声がわっとおおきくなった。

すぐわきの生垣、その向こうから声がする。見あげると、古い平屋の一軒家があった。

少し先に低い門がある。小走りで門にとりつき、頭をのぞかせると、あまり手入れのされていない庭が広がっていた。背の低い草が生い茂り、そこで小学一年生か二年生くらいの子どもたちが三人、跳ねている。庭に面した縁側にもひとり女の子が座っていて、拳《こぶし》を握った手を高々と突きあげていた。

「いくよ！　せえのっ」

縁側の少女が声を張りあげると、四人の子どもたちは声を合わせて歌いだした。

じゃん、じゃん、ユの虫、メの手前。カツに足なり、カワズにかわる。ジャといやへビじゃが足はなし。ユの虫、カワズか、ジャか、そぉーれ。

鼻の奥で、十一年前に嗅《か》いだ祭りの熱気が立ちのぼった気がした。芽衣はまたしてもメノテメと聞いたように感じてどきりとしたが、今度は同時に、自分が実際にはなにを耳にしたのかすぐに理解した。

メの手前。歌詞のその部分を、メノテメと聞き違えたのだ。

「メノテメは、メの手前が、なまったもの」

つぶやいて千璃にふり返る。千璃は、なるほど、とささやいた。

「いま彼らが歌ったのは、北陸《ほくりく》の内陸地域を中心に、東海《とうかい》一部地方にも伝わる古い遊び歌です。口承文学研究家の鈴木《すずき》健二《けんじ》が、鈴木方佐《ほうさ》の名義で記した随筆『童の路』に記載されていたものと、歌詞がほぼ同一です。あちらではたしか、『じゃん、じゃん』の部分が『ほい、ほい』だったはずですが」

「その歌、十一年前のあの日にもウルミが歌っていたんです」

十一年前の出目祭りでのできごとは、移動中の限られた時間のなかでその大筋を伝えてあっただけだったので、千璃との会話でジャンケン歌について触れたのははじめてだった。

「元は虫拳《むしけん》――つまり、人差し指、親指、小指のいずれかを全プレイヤーが同時に提示して、三すくみの強弱に基づき勝敗を判断する拳遊び、その掛け声として用いられていたものです。沢母児では、ジャンケンの伝来とともに手のかたちがグーチョキパーに変わって、歌だけ当時のまま伝わっているのでしょう」

「じゃあ、メの手前って？」

千璃は肩をすくめてみせたが、すぐに、「ああ、なるほど！」とおおきな声をあげて、手を打った。子どもたちが怪訝《けげん》な表情で、こちらにふり向いた。

「イロハ歌ですよ」

芽衣の怪訝な視線に答えて、千璃は言った。

「『いろはにほへと、ちりぬるを』とつづいていって、『あさきゆめみし』という部分がありますよね。『ゆ』の字のひとつあとは、『め』です。つまり、メの手前とはユの字のことであり、ユの虫のことを指しているんです」

「そもそも、そのユの虫っていうのは？」

「方言呼称です。考えてみればあきらかでした。あの歌は、虫拳における三種の手について歌ったものですから」

千璃は手帳を取り出し、さらさらとその上にペンを走らせると、ページを芽衣に向けた。

「ユの虫とは、漢字ではこう書きます」

千璃がペン先で指し示したそこに、『蝓之虫』とおおきく記されている。その字を見た瞬間、心臓がずきんと不吉に跳ねた。

「虫拳における手はそれぞれ、虫偏の漢字で表される三種の動物を示しています。ひとつは〝蛇〟、『へビじゃが足はなし』と歌われています。もうひとつは〝蛙〟、『カワズにかわる』の部分に言及があります。そして最後のひとつ、メの手前と言い換えられている蝓之虫とはつまり」

千璃が、手帳を閉じた。

「〝蛞蝓《なめくじ》〟のことです」

4

部屋にもどった芽衣はすぐ横になって体を休めたが、頭はいっときも休んでくれなかった。

メノテメは、『目の手女』と書くかもしれない。あるいは、『メの手前』がなまったものかもしれない。どちらかはまだわからないけれど、どちらにせよ、メノテメが〝アレ〟のことを指し示した言葉であることだけは、まちがいない。

「ふたつの仮説が、同じ結論を指していますね」

しかし千璃は、断言しなかった。手がかりや仮説ばかり集めて、そこからなにか導こうということをしない人だと思った。

「あたしは、自分自身がへっぽこであると考えています。無知であり、鈍感であり、観察力に欠け、論理的にものを考えることができません。興味関心の強さとそれに由来する記憶力だけが取り柄です。だから、自分の思考に信頼を置いていません。脳内で導き出した理屈に、ギリギリまでかたちを与えたくない。思考は言葉にするとパワーを持ちます。不確かな思考にパワーを与えれば、あたらしい情報から生まれてくるあたらしい思考が、古い思考に引きずられてしまいます」

いいわけのように聞こえた。そう考えたのが表情に出ていたのか、千璃は間を置いてから「たとえば」と話をつづけた。

「蛞蝓女は、ほんとうに女なのでしょうか？　はたして、ほんとうにナメクジと関わりのあるものなのでしょうか？　それが女であることも、ナメクジに似ているということも、目撃者の主観です」

たしかに、蛞蝓女と呼ばれていることを知るまで芽衣は、〝アレ〟を見てナメクジを思い浮かべたことはなかった。

「でも便宜上、広くそれとして知られている名前を用い、あたしは〝アレ〟のことを蛞蝓女と呼んでいます。だから、芽衣さんに取り憑《つ》いている呪いの化け物が女であり、かつナメクジと関わりがあるという手がかりが、必要以上に事実として自分の思考に刷りこまれないよう気を配っています」

手がかりを得て、多少なりとも事態は進展しているはずだったが、芽衣は落胆していた。〝アレ〟がかつてどう呼ばれていたかなんて、重要じゃない。ましてや、その語源がなんなのかなんて、どうでもいい。重要なことは、ただひとつ。

呪いを、〝アレ〟を、蛞蝓女を、メノテメを――殺す方法。

〝アレ〟がメノテメと呼ばれていた時代に、誰かがその方法を見出《みいだ》した。それを知るための手がかりが、必ず沢母児のどこかに残っているはず。

気づくと、窓から見える空に夜の色が混じりはじめ、それと同時に恭一が帰ってきた。

「ただいま」

ひどく重たそうにリュックサックを腕にぶら下げ、ふう、と深く息をつきながら、広縁にある椅子に体を沈める。気をつかってすぐに成果を問うことはしない芽衣だったが、恭一のほうから口をひらき、自分の向かいに座るよう言った。

「まず、おれのことをあんまり責めないでほしい」

リュックのなかに腕をつっこんだ姿勢のまま、恭一は苦笑した。芽衣は首をかしげてから、慎重にうなずいた。

「町役場で、郷土資料室っていう部屋を見つけたんだ。役に立つかもと思って受付に聞いたら、好きに閲覧していいって鍵《かぎ》くれてさ」

恭一はリュックから、古い書籍を何冊も取り出した。どれも表紙が木肌色にくすみ、ほこりっぽく、ながめているだけで鼻の奥がむずむずとかゆくなった。

『沢母児町史』『沢母児郷土歴史協議会会報』『沢母児之大勢誌』『我らのふるさとと民話』『さわもにのあゆみ』そして、読めない筆字のタイトルが、つら、つら――

「全部『禁帯出』って書いてあるけど」

芽衣の指摘に、恭一は気まずそうに頭をかいた。

「だから責めないでほしいって言ったんだよ」

「責めてないよ。事情が事情だしさ。そうでしょ？」

あわてて取りつくろうと、恭一は肩をすくめた。

「でも、あの雪丸千璃って人のこと、とやかくいえなくなっちゃったな」

恭一の口からとつぜん千璃の名が出て、芽衣は言葉に詰まった。

「手段を選ばないって意味でいえば――千璃さんはもっと、怖いもの知らずだよ」

「〝アレ〟を消すためにおれがどれだけの覚悟を決めてここにいるか知ったら、芽衣だってきっとそうはいわないよ」

どういう意味か問おうとしたが、それよりも早く恭一が話を変えた。

「沢母児がどういう経緯で金魚の町になったのか、芽衣は知ってる？」

首をふる。恭一は手帳と資料とをぱらぱらめくりながら、話をつづけた。

「沢母児が町をあげて金魚養殖に取り組んで、地場産業として発展させたのは大正初期のことだ。そのきっかけをつくった、ひとりの女性がいる。いろんな史料に名前が出てた」

芽衣はすぐに、ひとつの名前に思い当たった。

「沾水ネン」恭一が言った。「この沾水って、あのウルミと関係あると思うんだ」

芽衣はとりあえず、うなずくにとどめた。先に恭一の話を聞くつもりだった。

「沾水ネンは、まず大阪から金魚養殖の研究者を招いた。それから輸入品を取り扱っている長崎の地方財閥を経由して外国の品種を取り寄せると、ここ沢母児で独自品種を開発した。そうした彼女の働きのおかげで、いまの沢母児がつくられた。当時、沢母児の独自品種はずいぶんブームになったらしいよ」

恭一がいう〝いまの沢母児〟は、もう何十年も前に失われた沢母児のことだろう。少なくとも、沢母児の住人はそう考えている。それが、十数年前の第二次ブームで息を吹き返し、またゆるやかに失われようとしている。

「資料のなかに、古い新聞の記事が引用されてるのを見つけた」

恭一は資料をめくっていた手を止めて、それを芽衣のほうに向けた。ページ上部に、いくつかの古い写真とならんで、新聞記事が印刷されている。注釈を読むと、大正五年の新聞から引用したものとわかった。

ほらここ、と、恭一が記事をぐるりと囲うように指でなぞった。『その名にふさわしく宝石のように美しい』『本来は蘭鋳《らんちゅう》にあらわれる色模様を持つ』『全国から愛好家が殺到し、出目祭りなる行事も行われ』、などといった記述が目に入る。

「沾水ネンはその功績を認められて大正六年、六人組のメンバーに選ばれた——ちなみに六人組っていうのは」

「知ってる、沢母児を取り仕切ってる人たちでしょ」

　恭一はうなずいた。

「功績が評価されたのはもちろんだけど、沾水ネンが六人組として沢母児の意思決定にかかわることになったのは、もうひとつ重要な理由があったらしい」

　恭一はテーブルのうえにある、くずれた筆字でタイトルが読めない一冊をひらいた。ページのはじめにまず人名があり、となりに生年月日と出身地、かんたんな経歴が記載されている。そのあとに、改行のほとんどない文章が、ページいっぱいにびっしりと詰まっていた。

「明治の終わりから昭和中期にかけての、六人組メンバー全員の経歴と、それぞれの選出理由が書いてある」

　恭一はページをめくって、付箋《ふせん》の貼ってある箇所を芽衣に示した。そこに、沾水ネンの名前があった。生年月日の欄には明治二十六年一月二十七日、出身地には長崎とある。

「沾水ネンは、霊能者だったらしい」

　恭一が指差した部分に目を落とす。

　金魚養殖における各地要人との親密な縁故や、それを活用した地場産業発展への貢献、金魚の独自品種開発の旗頭としての功績、などといった事柄がつづいたあと、異質な記述が目を引いた。

『現《うつつ》に属さぬ力を用いて人心を幻惑し、魑魅魍魎《ちみもうりょう》を蠱惑《こわく》し、風牢《ふうろう》を操る。それにより対外的な談判、折衝および害意を孕《はら》んだ如何《いか》なる類の暴力にも優位に対処し得るものである。その才は比類なく、ひと方ならぬ働きで沢母児に益すること疑いの余地はない』

「この、『風牢』ってなに？」

ページを指さしてたずねる。

「調べたけどわからなかった」

恭一は首をふって答えた。手帳をめくり、ページの上の文字を指でなぞる。

「まだ三十代の半ばだった昭和三年に沾水ネンは亡くなり、そして神格化された。彼女を祀《まつ》った神社が建立されて、その周辺は神聖な場所として立ち入ることの許されない禁足地とされた。これって、例の神社のことじゃないかな」

芽衣はうなずいた。恭一は芽衣の言葉を待つ間をとってから、話をつづけた。

「だれでも閲覧できる場所に資料が残っているくらいだから、彼女の異能は公然のものだった。それを示す資料もある」

恭一はリュックから、ちいさな冊子を取り出した。

「民話だよ。子どもたちをおどかす類のやつ。十年前に近隣集落で立ちあがった観光関連の企画で、狭い地域に伝わってる民話を集めた小冊子を駅で配布してたらしいんだけど、沢母児もそれに参加してたんだ」

冊子をひらく。ひとりの女性が、まるで抱擁を求めるようなかたちで両手をかかげて種々の怪物と向かい合う異様なシーンが、版画で描かれている。

ページ下部にテキストがならんでいた。

『巫女《みこ》は見えないものを見せ　感じえないことを感じさせ　なかったことをあったと思いこませることができました。

その力をつかい　人間でないものさえまどわして　あやつることができたのです。

そのため村には　どんなにぶきみな妖怪《ようかい》も　どんなにおそろしい怪物も　どんなにきょうぼうな動物も　ちかづくことはありませんでした。

村にわるいことをもたらそうとするのは　巫女のおそろしさを知らず　それに気づくこともできない　人間たちだけでした』

ページをめくると、恭一が補足した。

「とある村を治める巫女が、村を襲った山賊をその霊能でやっつけるって話。村に大挙して盗みに入った山賊たちは、押し入る先々で次々に不気味なできごとに襲われる。ついには盗みをあきらめて逃げだすんだけど、巫女と彼女が従える妖怪たちに行手を塞《ふさ》がれて、けっきょく捕まっちゃう」

さらにページをめくる。山が描かれ、魑魅魍魎がその木々のあいだにみっしりと身を寄せ合い、空に届くほどのおおきなかたまりになっている。中央に沾水ネンらしき女性が立ち、禍々《まがまが》しい軍団を背に従えていた。

『いのちからがら　山へのがれようとした山賊たちは　またもや　きもをつぶしました。

じぶんたちのすみかである山を　妖怪のたいぐんが　うめつくしていたのです。

村からは怪物がせまり　山では妖怪が　まちかまえています。

ゆくことも　ひくこともできず　山賊たちはあまりのおそろしさに　泣きだしてしまいました。

やがて妖怪と怪物のむれが　山賊たちを海の波のようにのみこんで　あとにはなにものこりませんでした』

「そうして村に平和がもどる」と、恭一がさらに補足した。「村を守るために巫女は村を見張りつづけていて、親のいうことを聞かないと巫女のバチが当たるかも、って締めくくり。巫女は、実在する沾水ネンという女性がモデルになってるって、冊子の最後に解説されてる」

恭一はひらいていた資料を閉じた。

「ただ、他の地域の民話は出典に資料の名前があったのに、沢母児のこの話だけ『六人組有志』としか書いてなかったんだ。正直、信憑性《しんぴょうせい》はびみょうなところ。その六人組のだれかの創作って可能性も高い。明治末期か大正か、そのあたりの時代でこのへんに山賊が出たなんてのがまず疑わしいし」

成果はこれで全部、と示すように、恭一はひらいた両手を芽衣に向けた。

「あしたは、六人組って人たちに話を聞きにいくよ。時間があったら、例の神社にも寄れたらと思ってる」

「わたしのほうでも、わかったことがあるの」

芽衣は思い切って口をひらいた。

「まず、わたしのことあんまり責めないでほしい」

さっきの恭一を真似てそう言うと、彼ははじめにふっと笑ったものの、すぐに事情を察知したらしく、あきれた表情でかぶりをふった。

芽衣は、約束をやぶって沾水神社におもむき、そのあとリンドウばあちゃんを訪ねたことを明かした。そして、先々で判明したことと、体験したことのすべてを。

しかし、千璃のことは話さずにいた。芽衣はひとりでそれを思い立ち、ひとりで実行に移したと説明し、石渡のじいちゃんの話を手がかりにした千璃の推理も、自分が組み立てたものとして共有した。

忌み継ぎは〝アレ〟だけでなく、人間によっても危害を加えられる可能性があること。呪いは沾水の血を引く人間に引き継がれていく性質のものかもしれないこと。そして、メノテメの意味についての仮説。

もしも千璃がいなければ、わだかまりをかかえながらも、恭一との約束に従って一日部屋に引きこもっていただろう。今日得た情報は千璃のおかげといえる。それなのに、みずからの存在を隠しておいてほしいという千璃の願いに背くことは、不誠実に思われた。

「ねえ、わたしの体には、沾水ネンの血が流れてるのかな。知らないだけで、わたしはウルミの親戚《しんせき》？」

「どうだろう。沾水ネンから呪いが遺伝しているっていう仮説に基づいた話だよね。でも、沾水の血を引く人間は、その親戚もふくめて沢母児の外には住めないんだろ？　リンドウさんの様子を聞くかぎり、そのしきたりが破られることにかなり強い忌避感を持ってるみたいだし、考えにくいんじゃないかな」

千璃とは違う考えだった。

「でも、すごいな」恭一はため息まじりの笑みを浮かべた。「おれが古書と版画の絵本を読みふけってるあいだに、芽衣は身を危険にさらして、それだけのことをあきらかにしたわけだ」

「悪いと思ってるよ」

「違うよ、皮肉のつもりじゃない。ほんとうにすごいと思ってるんだ。むしろ、おれのほうこそ謝りたい。芽衣のこと、みくびってたのかもしれない。もう、無理に部屋で待っていてくれとはいわないよ。芽衣のことを危険にさらしたくない気持ちは、変わらないけど——でも、だからこそ沢母児にいるあいだは、どこでなにをしているのか、常に共有しておいてほしい。それに、くれぐれも慎重でいてくれ。無茶なことは、ぜったいにしないで」

「わかったよ、わかった。心配かけて、ごめんね」

恭一はあいまいな動作でうなずいて、それから両腕を広げた。

「おいで」

芽衣は一瞬だけためらってから、恭一の腕のなかにおさまった。

5

「ごめんなさい、おばあちゃんいなくて忙しいときに。警察は、なんて？」

ショーコと話したのと同じ事務室で、同じちゃぶ台をはさみ、芽衣は父、縁太郎と向き合っていた。

縁太郎は顔の前の虫を払うように手をふって笑った。

「警察になんて、まだ知らせてねえよ」

思わず、えっ、と声をあげた。

「そのうち帰るっていってたし、おおげさにしたら逆にどやされちまうよ」

「でも」

「今日から出目祭りだしな。変に騒ぎを起こして祭りに響いたら、まずいだろ」

それでも、と芽衣が言いかけると、縁太郎があからさまに表情を曇らせた。めんどうに思っているのが嫌でも伝わってきて、芽衣は口を閉じた。

朝、芽衣は会食場にいた仲居に、「手が空いたら少しだけ時間をとってほしい」と、縁太郎への言付けをたのんだ。朝食を終えて部屋にもどると、すぐ別の仲居がやってきて、事務室に案内されたのだ。

縁太郎と芽衣がふたりで会うことに、恭一は反対した。

「もしかしたら芽衣に危害を加える人間さえいるかもしれないってことがわかったいま、きのう以上に慎重にならなくちゃならないんだよ。賛成はできない」

「わかってる、わたしだってまるっきりお父さんのこと信用してるわけじゃない。その点は、きのうわかったことを踏まえてわたしも考えを改めた。でも、〝アレ〟がわたしにとって危険なものだっていう確信も深まったの。事態を一刻も早く解決するなら、お父さんから話を聞かないわけにはいかないよ。でしょ？」

さわもに魚園の前社長、沽水イサオは、縁太郎の父親代わりだった。それなら当然、沽水イサオの息子、沽水康之助についてもなにか知っているはずだ。

沽水康之助は、沽水神社のもっともあたらしい霊璽に名前が刻まれていた人物だ。石渡のじいちゃんは半分譫言《うわごと》のようなその話のなかで、沽水康之助の子どもについて言及した。しかし、リンドウばあちゃんによれば、沽水康之助には妻も子どももなかったという。

芽衣は存在しないはずの沽水康之助の子どもこそ、あのウルミなのではないかと疑っていた。そして、リンドウばあちゃんはなんらかの理由で、その存在を芽衣たちに隠したのではないか、と。

「それならせめて、おれもいっしょに」

「だめだよ、わかってるでしょ。一昨日《おととい》のおばあちゃんとの話し合いだって、もしあの場に恭一がいたら、同じだけの内容はぜったいに聞き出せなかった。あのときみたいに音声を拾えるようにしておくから、ね？　うまくやるよ、信じて」

　前日の夜に、芽衣のことを見くびっていたかもしれないと認めたからだろう。信じてほしいという言葉に、恭一は反論しなかった。

「彼氏は？　ほっといていいのか？」

「うん、平気。だって、十一年ぶりだよ？　お父さんと、ふたりで話したくて」

　本音だった。縁太郎はいかにも返答に困ったようすで、ぎこちなく笑った。

「きのう、リンドウばあちゃんのおうちにあいさつへ寄ったの」

「おう、そりゃあよろこんだろ」

「うん、すごく歓迎してくれた。むかしの写真見せてもらったんだ。ほら、これ」

　二十年前の、出目祭り実行委員会の面々で撮影した集合写真。それをスマートフォンで撮影した画像を、縁太郎に見せた。

「うお、若《わけ》ぇなあ、俺」

　縁太郎は、写真のなかにいる自分を見て声をあげた。

「こんな写真も撮ったっけなあ。おい、このガキ、芽衣じゃねえか？」

　そうして縁太郎は写真の中の芽衣を指差し、ショーコ、リンドウばあちゃんと順に示しながら、うれしそうにその若さを指摘した。

芽衣は、沾水イサオを指差した。当然ながら、きのう石渡家で見たときと同じように、作務衣《さむえ》を着た沾水イサオはむすっとした表情でそこにいた。黒々とした眉《まゆ》の奥から、険しい視線でこちらをじっと見つめている。

「リンドウばあちゃんから聞いたよ。この人、沾水イサオさんって、お父さんにとっては父親代わりだったんでしょ」

「そうだな、実際オヤジって呼んでたし。この旅館も、オヤジが肩入れしてくれなきゃ、とっくのむかしに潰《つぶ》れてたろうな」

リンドウばあちゃんから聞いたのと同じ話を、縁太郎も語った。沾水イサオは沢母児の観光事業について一家言《いっかげん》を持っていたようで、戸川旅館への援助を惜しまなかった。

物心ついたときからたびたび戸川旅館をたずねるイサオに、父親のいなかった縁太郎もよくなついた。夕食にもしょっちゅう招かれ、縁太郎は沾水家の面々と共に食卓を囲むことが多かったという。

「じゃあ、イサオさんの子どもたちとも仲よかったんだ?」

縁太郎は、顔半分で笑い、半分で怒るような、奇妙な表情を見せた。そして、「まあ、そうだなあ」と、煮え切らない返事をした。少し待っても、その先を語ることはしなかった。食い下がって質問を重ねることも考えたが、慎重を期すようにという千璃や恭一の言葉を思い出し、それを飲みこんだ。

「リンドウばあちゃんのところで、石渡のじいちゃんとも会ったんだ」

それを聞くと、縁太郎は訳知り顔で肩をすくめた。

「ああ、ずいぶん前からボケはじめてたからな。おかしなことといってたんじゃないか？　あんまり真に受けないようにな」

「うん、まあ。石渡のじいちゃん、わたしだってわからなくなってたみたいで——わたしのこと、沽水康之助さんの子どもだってかん違いしてた」

縁太郎は一瞬、あっけに取られたようすで目をむき、それから声をあげて笑った。

「よりにもよって、俺の娘が康之助のガキって」

天井を仰ぎ、膝《ひざ》を叩《たた》く。

「あれに嫁がくるわけねえわな！　石渡のじいさん、ついにボケきっちまった」

「どうして？　仲がよかったんじゃないの？」

自然に話題をもどすことができて、芽衣はひそかに安堵《あんど》した。

「弟のほうとはな」

「お兄さんのほうとは、仲悪かったみたいな言い方だけど」

軽口を装って芽衣は笑ってみせたが、内心ではこちらの意図がもれやしないかと冷や汗を流していた。

縁太郎は芽衣のスマートフォンを指で少しなぞり、沽水康之助を画面にとらえた。

「まあ、兄のほうは——この康之助は、嫌なやつだったよ」

「なに、どうして？」

「俺のこと、毛嫌いしてたんだよ。俺のがデキがよかったもんだから、妬《ねた》んでたんだな。あいつはオヤジともソリが合わなかったし、弟も俺のほうになついてた。頭のデキも悪けりゃ、運動もできねえ根暗だ。あれで嫁がくるわけねえよ。あいつにガキって、笑わせる」

「お父さんが知らないだけで、わたしにそっくりの子どもがいたのかもよ？　お父さんは長く東京で暮らしてたんだし」

「俺はな。でも康之助は違う。沾水の家の人間は、沢母児の外には出ねえんだ。それにここは、人に隠れて結婚したりガキ産んだりできるような町じゃない」

縁太郎は湯呑《ゆの》みでくちびるを湿らせてから、まあ、と話をつづけた。

「もう昔のことだ。あいつは死んだ」

「自殺したって聞いた」

縁太郎が眉をひそめて、芽衣の目をのぞきこんだ。

「リンドウばあちゃんから」

あわてて付け加える。不用意な発言だっただろうか。

そのとき、ひとりの男性が騒々しく事務室に飛びこんできた。

「縁太郎さん、やばい、きてくれ」

縁太郎よりひと回りほど年下に見える、短い髪を明るい色に染めた、ガタイのいい男性だった。息を切らし、びっしょりと汗をかいていて、息継ぎの合間で途切れ途切れにしか話せずにいる。

「ドベローおまえ、実行委員の会合はどうした」

ドベローと呼ばれた男性は、芽衣のほうを見もせずに、たじろぐ縁太郎の肩をつかんだ。

「また――なんだ――死んでる」

「なんだって？　落ち着け」

「六人組、ふたり――自殺――死んでる！」

芽衣の心臓が跳ねた。

彼がなんとか息を整えてから語ったところによると、今朝、出目祭り実行委員会の会合に参加予定だった人物が時間になってもあらわれず、様子を見に人をやったところ、自宅で首を吊《つ》って死んでいた。それが、六人組のひとりだった。「それですぐ、六人組の他のじいさん方に報《しら》せをやったんですけど」そこでさらに別のひとりが、自室で布団にくるまりながら、台所包丁を用いて自ら喉《のど》を掻《か》き切り死んでいるのが見つかったという。どちらも同居している家族はなく、いつ死んだのか正確なところはいまのところわからないらしい。

「なんですぐに電話で知らせねえんだよ」

「何度もかけましたよ！　縁太郎さん、携帯持ち歩かないでしょ。旅館にもかけたけど、通話中だったからもう、走ったほうが早いと思って」

「六人組のほかの四人は？　いま、どうしてる？」

「三人は公民館に。小山田《おやまだ》さんだけ、病院です。あの人、人死にが出たって聞くなりぶっ倒れちまって、病院に担ぎこんだんです」

「具合は？　大丈夫なのか？」

「それが、なんか怪物を見たとかで、ひどく怯《おび》えてるんすよ」

「怪物って？」

「蛞蝓女って、知ってます？　東京で流行《はや》ってる、都市伝説なんですけど」

芽衣は両手を握りこみ、呼吸の音でさえ動揺を気取られてしまうかもしれないと恐れて、息を止めた。

「話聞くかぎり、小山田さんが見たっていう怪物の姿が、その蛞蝓女にそっくりなんですよ。そこにこんなことが起きたもんだから、出目祭りで自殺者が出るのは、やっぱり祟《たた》りだったんだって――ほら、十一年前にも同じことがあったでしょ。出目祭りの日に自殺者が出て」

縁太郎は男性の頭を、ぱかん、と小突いた。

「滅多なこといってんじゃねえよ。関係あるわけねえだろ」

「でも、小山田さん以外にもチラホラいるんすよ。おとといの夜から、顔に腕の生えたデカイ怪物を見たって人間」

「おい、やめろ、くだらない。おれもすぐ公民館にいく。おまえは六人組補佐と実行委員、それから商工会の人間にも声かけて、なるべく集まってもらえ」

ドベローはスマートフォンを耳に当てて、またバタバタと事務室を出ていった。縁太郎は腰を半分浮かせて芽衣をふり返った。

「芽衣、悪い――」

縁太郎もまだ、事態をのみこめていないようすだった。口をひらいたが、なんと説明すればいいのかわからないようで、言葉がつづかない。

「ぜんぜんいいよ、大丈夫。早くいってあげて」

縁太郎は、ああ、とだけ返事をして、別れのあいさつもなく事務室を飛びだしていった。

「どうしよう、わたしのせいだ」

足早に部屋へもどると、青い顔をした恭一に出迎えられた。

「蛞蝓女がやったって決まったわけじゃない」

恭一は、通話中のままつなげていた電話を通して、縁太郎とのやりとりの一部始終を聞いていた。

「東京でのこと、覚えてるでしょ。もしわたしが千璃さんに止めてもらわなかったら、そのまま車道に飛びだして、車に轢《ひ》かれてた。もしそれで死んだら、きっと自殺ってことになってた。それに、食堂のバルコニーから落ちた男の子だって――あのまま助からなかったら、自分から飛び降りたってことになってたはず」

冷静さを失いつつあることに気づいて、声を抑える。

「〝アレ〟が無関係だなんて楽観してたら、なにも解明できないよ。状況からして、〝アレ〟がかかわってるって考えるほうが自然」

「たしかに、死人が出たのは〝アレ〟のせいかもしれない。でも、それはまちがってても芽衣の責任ってことじゃない」

「でも、わたしが沢母児に来たから」

「沢母児に来なければ、事態はもっと悪くなってた。東京にいたって、同じように犠牲者が出たかもしれない。もし沢母児に来てなかったら、いまの時点で〝アレ〟についてわかってる手がかりを、まだなにひとつ、つかめていないってことになる。他に道はなかった」

そう言い切った恭一のまなざしを、まっすぐに見返す。そうしていれば、恭一の確信を自分のものにできるのではないかと思えた。

「六人組のだれかに、なんとか話を聞いてみよう」

芽衣は声を絞り出すようにして言った。後悔のために足を止めれば、また誰かが死ぬ。今はとにかく、最善と信じられる道を、一歩でも多く進んでいくしかない。

「今朝なにがあったのかくわしいことがわかるかもしれないし、そうじゃなくても、六人組の人は〝アレ〟についてなにか知ってることがあるはず」

「賛成。どのみち、今日はそうするつもりでいたし。でも、今朝の事件のせいで話を聞くのは難しくなったかもしれない」

　たしかに、そうだ。同じ日に同じ町から二人も自殺者が出ている。〝アレ〟について聞き出そうにも、見ず知らずの人間にそんなことを話している余裕はだれにもないだろう。それが事態の解決につながるとはいえ、自殺の原因が自分に取り憑《つ》いている怪異にあるなどと明かすわけにもいかない。

　頭を悩ませていると、畳を見つめながら考えこんでいるようすだった恭一が、ゆっくりと口をひらいた。

「六人組と話をするなら、なるべく周りに人はいないほうがいい。仮に沢母児の秘密について言及することになったとき、おれたちがそれについて探っているということを人に知られるのは避けなくちゃならないし、相手にしても、身内の目のないほうが口も軽くなるかもしれない。だから、倒れたっていう『小山田さん』のところに向かおう。少なくとも公民館にいる他のメンバーより、周りに人は少ないはず」

「でも、病院に担ぎこまれた人から、話なんて聞けるかな」

「話を聞けるかどうかの確証はないけど、それはどの人も同じだよ。少なくとも小山田って人は、六人組であるってこと以上に話をする価値がある」

「蛞蝓女を直接見たから？」

「それもあるし」恭一はうなずいて、少し言葉を切った。「その小山田さんは、今回のことを祟りだって信じてるんだろ。だからこそ、他のメンバーよりもこっちの話に応じてくれる可能性が高い」

「どういうこと？」

恭一が、強い眼差《まなざ》しを芽衣に向けた。

「考えがあるんだ」

6

きのう、恭一から共有された調査結果と、今朝、縁太郎から聞いた沾水康之助についての話。そして、二件の自殺。千璃に伝えなければならないことが多い。

芽衣は大急ぎで、メッセージアプリにそれらの情報を羅列した。

『くわしい話はのちほど。これから、〝アレ〟を見たらしい小山田という六人組メンバーに会うため、病院に向かいます』

メッセージを送信したところで、スマートフォンのバッテリー残量が一割を切ったという通知が画面に表示された。一泊以上の予定には必ずモバイルバッテリーを持ってきていたので、旅行カバンのなかからショルダーバッグにそれを移した。

そのとき、病院の場所を調べてくるといって部屋を出ていった恭一がもどってきた。

すでに千璃とのやりとりが表示されている画面は閉じてあったが、うしろめたさのせいで妙に狼狽《ろうばい》してしまい、あわててスマートフォンを伏せる。

旅館を出たところで、スマートフォンが震える。恭一から見られないように画面を確認すると、千璃からの短いメッセージを受信していた。

『沾水神社を再訪予定でしたが、後回しにします。こちらでも、自殺について調べてみたほうがよさそうですね。蛞蝓女と無関係とは思えません』

レンタカーに乗りこむと、恭一はカーナビに手早く所在地を入力して目的地を設定し、車を発進させた。

「どうやって小山田さんがこの病院にいるって調べたの？」

芽衣の質問に、恭一はハンドルを握ったたまちいさく肩をすくめてみせた。

「近隣の病院へ順番に電話して、こういったんだよ。『うちのじいさんがおたくに担ぎこまれたって聞いたんだけど、大丈夫なのか』って。適当に名乗って孫だっていったら、うちで預かってるってすぐに教えてくれた」

小山田が入院している診療所までは車で十分ほどの距離で、病院というよりは、避暑地のコテージかカフェかといった見てくれの建物だった。やたらと広い駐車場に車を停めて、受付に向かう。

「ねえ、やっぱり考え直さない？　恭一の作戦、気が進まない」

恭一の腕をとって、足を止めた。恭一は抵抗しなかったが、毅然《きぜん》として首をふった。

「いや、これでいく」きっぱりと言い放つ。「芽衣のお父さんから話を聞くのだって、危険はあった。次はおれの番」

今度は恭一から芽衣の手をとって、また歩きだした。いい代案があれば考えも変わるだろうと頭を回転させるが、なにも思いつかないでいるうちに恭一の言葉が重なった。

「芽衣の安全のためだけじゃないんだ。おれのほうが適任だと思うから、そうする。効率を第一に考えた結果、たまたま今回はおれがリスクを負うかたちになったってだけだよ。信じて」

受付に立っていた女性に小山田姓を名乗ると、部屋番号を告げられた。二階にあがり、廊下にならんだ扉を手前から確認していく。告げられた番号の部屋の前にいくと、扉のわきに「小山田史彦《ふみひこ》」というネームプレートがあった。プレートをはめこむ部分が四つあったが、埋まっているのはふたつだけだ。

開け放たれたままの入り口からなかをうかがうと、部屋の四隅にベッドが据えつけられていた。入ってすぐのところで老女が寝こみ、窓際のベッドでは、頭がすっかり禿《は》げあがった男性が半身を起こしていた。人の気配を察して、男性は目を剝《む》いてこちらにふりむいた。歳は七十過ぎといったところで、ぎょろりとおおきな目は、深海魚を彷彿《ほうふつ》とさせた。

しかしその風貌《ふうぼう》がうかがえたのも一瞬で、恭一がうしろ手に閉めたスライドドアが、すぐ芽衣の視界を塞《ふさ》いだ。

スライドドアが完全に閉まってしまうと、その瞬間部屋のなかの物音が、ぴた、と聞こえなくなった。これでは、小山田史彦と恭一がなにを話していてもわからない。芽衣は気取られないようにそうっとドアを滑らせて、わずかにすき間をあけた。

人が部屋に近づいたときはすぐ知らせるようにと、見張りとしての役割をあてがわれていた。しかし芽衣は、左右廊下の先に視線を向けながらも、全神経を集中させて部屋のなかの音に聞き耳を立てた。

「六人組の、小山田さんですね」

恭一の声がした。同室のおばあさんが目を覚まさないだろうかと不安で、芽衣は息をひそめた。

「どちらさまでしたっけ？」

答えた声は、小山田史彦のものだろう。表情をうかがわなくても、声音だけでこちらを警戒しているのが伝わってきた。

「はじめまして、青井恭一といいます。時間がないので単刀直入に用件を伝えます」

小山田史彦が剣呑《けんのん》な調子で何事か短くつぶやいたが、芽衣のいる場所からははっきりと聞き取ることができなかった。

「小山田さん、力を貸してください。おれは、蛞蝓女の祟《たた》りを止めにきました」

小山田史彦が体勢を変えたのか、布団の擦《こす》れるばさばさという音がした。

「きみは、霊能者かなにかか？」

その声は震えていた。警戒の色が消え、怯《おび》えが混じりはじめたのがわかった。

「いいえ、違います。むしろ、それとは真逆かもしれません。十一年前の出目祭りで、おれは怪物に取り憑かれたんです」

これが恭一の作戦だった。

十一年前のあの日のことを、小山田史彦に明かす。芽衣ではなく、恭一が経験したこととして。

いま沢母児で起きていることは自分に関係があると説明し、これ以上の被害を出さないためにと協力を取り付ける。しかし、そのために生じるリスクは恭一が負う。

その考えを聞かされたときにはまた口論になりかけたが、恭一はひとりでもそれを実行するといって折れなかった。

——〝アレ〟を消すためにおれがどれだけの覚悟を決めてここにいるか知ったら、芽衣だってきっとそうはいわないよ

きのう、部屋に帰ってきた恭一が言ったひとことが思い浮かんだ。

恭一は芽衣から聞いた十一年前の出目祭りでのできごとを、自分自身の話として小山田史彦に聞かせた。自分には、沢母児出身の父がいる。幼い頃に両親が離婚し、それ以降は東京の母と暮らしている。十一年前の出目祭りの日、父に会うため訪れた沢母児で、ウルミと名乗る子どもと出会い、恐ろしい体験をした——

「おれはどうにかして、蛞蝓女の祟りを止めたいんです。だから、小山田さん。沢母児に伝わる呪いについて、知っていることを教えてくれませんか。〝アレ〟がいったいだれのことを、なんのために殺そうとしているのか。いまはまだ、それさえわかっていないんです」

あらかじめ用意しておいたセリフを、一字一句違《たが》えずに恭一は口にした。半時間ほど前のこと、病院に向かう車中で、小山田史彦に対するアプローチを相談しているときに、恭一が考えたものだ。

もちろん〝アレ〟に目的なんてない、と恭一は言った。東京では、沢母児に縁もゆかりもない人々を恐怖させ、怪我を負わせた。そうした経緯を考えれば、沢母児にきてから〝アレ〟が牙《きば》を剝いた相手が両人とも六人組だったというのは、単なる偶然だ。

「それなのに、小山田史彦は今回の人死にが〝アレ〟の祟りだと信じてる。もちろん、怪物に出くわした次の日に不自然な自殺があれば、それらが関係してると思ってしまうのはさほどおかしなことじゃないけど、でも、こうも考えられないかな。小山田史彦は、祟られる原因に心当たりがある」

だからこそ恭一は、小山田史彦に話を聞くべきだと主張したのだ。

「父親はだれだ」

小山田史彦が怒気をはらんだ声を発し、芽衣は身をこわばらせた。

「すみません、答えられません」

「きみは、沽水の人間なのか」

「いえません」

恭一がすげなく答えると、沈黙が訪れた。恭一が嘘の身の上を話すのを聞いて、いよいよこれで引き返せなくなったと芽衣が内心で腹を決めた瞬間よりも、こうして事態が膠着《こうちゃく》しているいる時間のほうが、はるかに気が張り詰めた。ぱんぱんに膨らんだ風船を眼前にかかげているような心地で、極度の緊張と集中で破裂の瞬間を予感しつづけているうちに、実際それは起こった。やにわに、小山田史彦が叫んだのだ。

「助けてくれ！　だれか来てく――」

しかし、最後まで言い切らないうちに言葉は不自然に途切れた。

「冷静に考えれば、協力したほうがいいとわかるはずです」

恭一の声がした。暴力の予感を強いる、低い声だった。

そのあとにつづいたうめくような声を聞いて、恭一が小山田史彦の口を塞いだのだと気づいた。

いまの声を聞きつけて、だれか来るかもしれない。激しく脈打つ心臓を胸の上から押さえて、近づいてくる気配がないか、あたりに気を配った。

「蛞蝓女を止めなきゃ、今朝死んだ人らと同じように、きっとおれだって殺される。どうせ死ぬんだ、どんなことだってする覚悟があります。それに、自殺したふたりは六人組だったんでしょう？　あなたにだって危害がおよばない保証はないんだ。蛞蝓女を止めるのが、だれにとっても一番です。違いますか？」

それでも拒むなら、と、さらに剣呑な声でつづける。

「いますぐ蛞蝓女を呼んで、あなたを殺してもらってもいいんですよ」

芽衣はぎょっとした。いくらなんでも、嘘が過ぎる。

恭一はこの事態を想定していたから、自分が適任だと言ったのだ。助力を拒まれた場合には、はじめから無理にでも従わせるつもりでいたに違いない。

緊張がわずかにゆるんだのを感じさせる、長いため息が聞こえた。小山田史彦のものだろう。

「場所を、変えさせてほしい。他人に話を聞かれないところに」

三人は、レンタカーの車内に場所を移した。運転席に恭一、後部座席に芽衣が座り、助手席には水色の入院着のまま連れ出された小山田史彦が収まった。恭一は芽衣のことを、ただ協力者とだけ紹介した。

小山田史彦ははじめ芽衣に話を聞かれることを渋っていたが、「くわしく話せないけど、彼女もすでに当事者なんです」と恭一から説得され、同席を了承した。

先ほどまでは声しか聞こえなかったために気づかなかったが、あらためてその表情を見ると、小山田史彦は怯えきっていた。絶えず神経質に周囲へ視線を泳がせ、凍えているようにせわしく指先を揉《も》む。顔色も悪く、目はうすく血走り、顔面の筋肉が硬くこわばっているのも見てとれた。呼吸はひどく浅く、汗もかいている。

尋常ではない怯え方だ。蛞蝓女を目の当たりにしたせいだろうか。

「沢母児では、きみのような人間を忌み継ぎと呼んでいる」

小山田史彦がおずおずと語りだした。すでに車内に移動し、他人に聞かれる心配はないというのに、それでも小山田史彦は声を落としていた。

「知っています」

小山田史彦は疑いの目で、恭一と、芽衣とを見やった。

「きみたちは、なにを、どこまで知ってる？」

「あなたがなにを知っているかを話してもらいます。質問に簡潔に答えてください」

まずは、といって言葉を切り、一瞬だけ考える。

「あなたは、忌み継ぎの呪いを殺す方法、というのを知っていますか」

「知らない」

間髪容《い》れずに答えが返った。

「嘘をつくのは賢いやり方ではありませんよ」

ぐ、と小山田史彦が息を詰まらせた。

「俺は今年に入ってから六人組に選定されたばかりで、あのなかじゃぺーぺーだ。そもそも、三つの呪いってのがなんなのかも、まだ知らされてないのに」

恭一と芽衣はルームミラー越しに視線を合わせて、胸中の動揺を共有した。

「三つ、ですか？」

「くわしくは知らない、ほんとうに——呪いを殺すだなんて、そんなことができるってこと自体いまはじめて聞いた」

「それなら、十一年前に相次いで自殺者が出た事件について教えてください」

小山田史彦はその深海魚めいたギョロ目をさらにおおきく見開いた。

「やっぱりあれも、祟りだったのか」

「その可能性があります。だから、十一年前の出来事を紐解《ひもと》けば、そこに今回の祟りを止める手がかりがあるかもしれないと考えているんです。そのときに亡くなった三人の名前と、簡単なプロフィールを教えてください」

小山田史彦はかなり長いあいだ逡巡《しゅんじゅん》していたが、やがて三人の名前をあげた。ひとりは沽水康之助で、沢母児で最大手の金魚養殖業者、その前社長の長男であると説明した。あとのふたりは聞き覚えのない名前だったが、小山田史彦はそのうちのひとりが元六人組のメンバーだと語った。リンドウばあちゃんとの話に矛盾はない。

「ふたりは、出目祭りの日に死んだ。ひとりは首を吊《つ》って、もうひとりは川に身を投げて。同じ日に自殺するってだけでも不自然だし、ふたりとも自殺するような前兆はまったくなかった」

「沽水康之助は？」

小山田史彦が返答につまる。すかさず、恭一は同じ質問を厳しい口調でくり返した。

小山田史彦はあわてて口をひらいた。

「思い出そうとしていただけだ、急《せ》かさないでくれ。あいつも——沾水康之助も、首を吊って死んだんだ。その年のはじめのことだった」

恭一は、そうですか、と納得したふうに相槌《あいづち》を打ちながら、しかし、相手の顔を無遠慮に観察していた。

「では、沾水ネン。沾水神社について聞きます。あそこはなにを祀《まつ》っているんですか」

「沾水ネン。大昔、沢母児に住んでた霊能者だ」

小山田史彦はそれだけ答えた。その先を待ったが、彼は口をひらかなかった。まさか、沾水ネン以外の霊璽について知らないわけはない。

「ほかには？」

恭一が重ねてたずねると、小山田史彦は表情を険しくした。

「まさか、あそこに入ったのか！」

顔を赤くして怒鳴る小山田史彦を、恭一がにらむ。

「おれたちがすでにわかっていることについてあなたが矛盾した返答をすれば、嘘や隠し事をしているとすぐに露呈するんですよ。あなたが情報源として信頼できないなら、他を当たります。ただ、そうして事態の進展が遅れれば、手遅れになるかもしれない——蛞蝓女は祟《たた》るべき人間をすべて祟り、最後にはおれを殺す。彼女のリストの先頭にいるのは、小山田さん、あなたかもしれませんよ」

小山田史彦の顔が、みるみる色を失っていく。

「ちょっと待ってくれ！　俺が祟られるなんておかしい、そんなはずはないんだ。俺はなにもしてない、関係ない」

芽衣ははっとした。恭一の仮説が正しいと確信した。小山田史彦が今回の件を祟りだと考えているのには、はっきりとした理由がある。

「それなら、だれが、なにをしたんです。小山田さんは、蛞蝓女がなにを祟っていると考えているんですか」

小山田史彦は頭をかかえた。途方に暮れたように首をふり、ため息をつく。その吐息の音さえ、怯《おび》えのためか、怒りのためか、ひどく震えていた。

「自殺じゃないんだ」

小山田史彦がぽつりとつぶやいた。

「ええ、わかります。祟りだと考えているんですよね？」

「違う、そうじゃないんだ、違うんだ――」

「というと？」

「沾水康之助」小山田史彦が顔をあげ、ヘッドレストにどすんと頭をあずけた。「六人組が、あいつを殺したんだ」

空気が、凍りついた。

殺した？

助手席に収まるその男が、とつぜん冷たい空気を纏《まと》ったように感じた。ひきしぼるように、全身の筋肉が緊張していく。深く息を吸って、気持ちを落ち着けた。

恭一も芽衣も言葉を失っていると、小山田史彦が口をひらいた。

「正確には、六人組がそれを決定して、別の人間が手を下した。一連の儀式としておこなわれるそれを、おれたちは〈埋《うず》め痼《ご》〉と呼んでいる」

「どうして、そんな――」

恭一がたどたどしくたずねた。

「沾水康之助が、忌み継ぎだとわかったからだ。沾水ネンは、自分の血に三つの呪いを混ぜてから死んだ。ネンが血に混ぜた呪いは、ネンの血を引く人間に受け継がれながら、忌み継ぎというかたちでこの世に現れる。忌み継ぎは人を殺し、惑わし、皆を不幸にする。だから、今世から追い出さないといけない。おれの爺《じい》様の世代から、ずっと――ずっと、おこなわれてきたことだ。これは沢母児の伝統だ」

「伝統って」

思わず芽衣はつぶやいた。小山田史彦が、軽蔑《けいべつ》するような眼差《まなざ》しを芽衣に向ける。

「だって、ずっと人を殺してきたってことですよね」芽衣は挑むように睨《にら》み返した。

「沢母児の人たちはみんなそうと知っていて、見過ごしているんですか」

「いま話したことは、六人組になってから聞いたんだ。それまでは俺だって、〈埋め痼〉なんてことがおこなわれてるとは知らなかった」

「でも」と、今度は恭一が口をひらいた。「沾水の人間は、沢母児の外に住んではいけないと聞きました。そういう風習があるって。それって、つまり——」

忌み継ぎだと判明した時点で、すぐに殺せるように。

言葉にこそしなかったが、恭一の言いたいことは芽衣にもわかった。小山田史彦が、違う、違う、と、苛立《いらだ》たしげにくり返す。

「子どものころからそう聞かされてきたから、わけも知らずにそういうもんだと思っていただけだ。まさか、そんな理由とは知らなかった。当の沾水家の人間にしたって、同じはずだ。それに、その戒めの真意は沾水ネンの呪いを沢母児の外に出さないことにある」

「ちょっと待ってください」

恭一が自分の髪をぐしゃりとつかむ。動揺しているのが見てとれた。

「まさか、沾水ネンも殺されたんですか？」

小山田史彦はうなずいた。

「そう聞いている。六人組が場を整え、沾水ネンの娘が手を下した。それが〈埋め癇〉の走りだ」

「娘に、母親を殺させたんですか？　そんな、なんで——どうしてそんなことを」

「沾水ネンから、沢母児を救うためだ」

小山田史彦はいいわけをするように早口でつづけた。

「きみたちは、沾水ネンがどんな人間だったのかを知らない。沾水ネンの霊能は、人を狂わせることができた。沾水ネンは、沢母児の王だった。町中の人間が彼女を愛し、崇拝していた。でもそれは、沾水ネンがそれに値する人間だったからじゃない。あの女は、人間の心を操れたんだ」

「あなたが見たわけじゃない」

当時をあたかも見知っているかのような物言いに、たまらず芽衣は口を挟んだ。

「これは鮮度の高い伝聞だ。ほんの二十年前まで、当時の沢母児を直接に知る人間が六人組を務めてた。その人の話だというんだから、まちがいない」

物言いからして、その人物から小山田史彦が直接話を聞いたわけでもなさそうだった。

芽衣はあきれて首をふった。

「それに、沾水ネンが死んだ年に生まれた人間が、六人組で現役だ。彼は沾水ネンの影響が、その死後にも沢母児に色濃く残っていたのを実際に見聞きして知ってる」

「影響というと？」

恭一がたずねた。

小山田史彦はまぶたの上から眼を揉《も》み、深く息を吸いこんだ。

「ある日、沢母児にひとりの女があらわれた」

そうして脈絡なく語りだしたのを聞いて、恭一と芽衣は戸惑って視線を交わした。

「その女は、沢母児のある家を訪ね、自分はそこの住人だと語った。自分はその家に住む子どもたちの母親であり、その家に住む男の妻だと言った。家には子どもが三人と、その父親、そして彼の母親である老女が五人で暮らしていたが、誰も女のことなど知らなかった」

「なんの話です？」

「沾水ネンの死後、沢母児に残った彼女の影響についての話だ」

「その女が、沾水ネンですか？」

「そうじゃない。この女は、ただの罪人だ。彼女は家から追い出され、逮捕された。ところが、すぐに釈放される。女が、ほんとうにその家の住人だったからだ。女の語ったことは、すべて事実だった」

芽衣と恭一が話を咀嚼《そしゃく》し、そして当然の疑問をいだくまでの十分な間をとってから、小山田史彦はつづけた。

「家の人間が、女のことを忘れていたんだ。夫は彼女が妻だとわからなかった。子どもたちでさえ、それが母親だとわからなかった」

芽衣も恭一も、なにも返答できずにただゆっくりと首をふった。

「罰だ。女は沾水ネンにより罰せられた。女は、沾水ネンの男をたぶらかそうとしたとも伝えられているし、別の話では、沾水ネンの屋敷から盗みを働いたとも、沾水ネンが気に入っていた金魚を死なせてしまったともいわれている。ほんとうのところ、その罪がなんだったのかはわからないが、どの話でも女が受けた罰の内容は一致してる。女は、親しい人間からその存在を忘れ去られた」

小山田史彦はきょろきょろとあたりをうかがった。それから、ふう、と息をついて話を再開した。

「当時の沢母児には、風牢《ふうろう》という刑罰があった。風の牢獄、と書く」

その言葉に聞き覚えがあって、あれ、とちいさくつぶやいた。

「沾水ネンについて、彼女が風牢を操った、という記述を読みました。それと同じものでしょうか」

恭一がそうたずねたのは、風牢という言葉の出どころを芽衣に示すためだろう。沾水ネンが六人組に選ばれた理由として、『現《うつつ》に属さぬ力を用いて人心を幻惑し、魑魅魍魎《ちみもうりょう》を蠱惑《こわく》し、風牢を操る』という記述があったのを思い出した。

「説明を聞くより見たほうが早いだろう」

小山田史彦は入院着のポケットからスマートフォンを取り出した。慣れたようすでそれを操る。写真アプリをひらいて、保存されている画像の一覧がずらりと表示されると、きゅう、と目を細めて眉根《まゆね》を寄せ、ディスプレイを顔に近づけた。小山田史彦の頭に邪魔をされて画面が見えなくなる。

「六人組に選ばれてすぐに、沾水ネンの霊能が本物である証拠としてある写真を見せられた」

指をすいとあやつりながら、しばらくして小山田史彦が言った。

「そのときはまだ信じきれていなくて、その写真も、伝わっているのとは別の光景を撮ったものじゃないかと疑っていた。だから、全国のどこかに同じような事例がないか調べようと、隠れて写真自体を撮影しておいたんだ――ほら、これだ」

小山田史彦が恭一に画像を向けた。

「彼女にも見せてください」

恭一にうながされて、小山田史彦はかかげたスマートフォンを芽衣に向けた。身を乗り出して、顔を近づける。

異様な写真だった。

少しピンクがかった灰色一色の濃淡で、風景を写し取った古い写真。

どうやら川岸らしい砂利の地面の上で、男たちが横並びに立っている。写真に全身が収まっているのは五人だが、それで全員ではないらしく、画面の端で見切れている者もある。

男たちはみな全裸で、陰部も剝《む》き出しのまま、両足をぴたりと閉じ、膝《ひざ》も腰もまっすぐで、ぴんと背筋を伸ばしていた。姿勢の良さだけをとってみれば、軍人の敬礼を彷彿《ほうふつ》とさせた。しかし、首から上は統一を欠いており、ある者は憤怒の形相でこちらを睨み、ある者は死体のように脱力し、ある者は泣き叫んでいるのか、いかにも悲痛な面持ちで口をおおきくあけていた。

さらに彼らを奇妙に見せていたのは、肩から先だ。みな肘《ひじ》を糸で吊られているように、あるいは、腋《わき》の下におおきなボールでもあてがわれているように、肩から先を体から離している。こちらをにらむ男は拳《こぶし》を握りこみ、そして脱力している者は手をゆるくひらいて、それを地面に向けて垂らし、ふたりともちょうど〝巾《はば》〟の字のようなシルエットだ。泣き顔の男は、自分の体を掻《か》きむしろうと手を伸ばしている最中、といったかたちで、肩から外に向かって伸びた腕を肘で折り、鉤爪《かぎづめ》のように指を立てて、その先端を自分の体に向けていた。

「沽水ネンの手により風牢に処された罪人は、まっすぐに立った姿勢で、野晒《のざら》しにされる。寝転がるどころか、腰を下ろすこともできない。腕と頭だけが自由を許されていて、棒きれのように野に突っ立った囚人は、唯一自由な腕でわらわらともがきながら、苦悶《くもん》の声をあげる。そのまま、何日も何日も、放置される」

その画像の生々しさに、芽衣は口をおさえた。

「これは、いったい何で拘束されてるんですか」

恭一が質問する。

「わからない。ただ沽水ネンがそうしろと命じたとおりに、罪人はその姿勢を取らされるらしい」

小山田史彦はポケットにスマートフォンをもどした。

「沽水ネンについて、その手の伝承をあげればキリがない。そんな異能を幾度も見せつけられて、その主が死んだからといってすぐにそれを忘れることができるはずもない。

彼女の死後も、沢母児の人々はネンの目や耳をそばに感じながら過ごした」

「沾水ネンは、沢母児を恐怖で支配していたんですか」と、恭一。

「いや、違う。そういう一面があったのはたしかだが、必ずしもそうじゃない。さっきも言ったろう。沢母児の人間は皆、沾水ネンを愛し、崇拝していた。沾水ネンの死がその娘と六人組の手によるものだと知らない町の人々は、みんな彼女の死をいつまでも嘆き悲しんだ。悲しむどころか、ある人間は、彼女といっしょに暮らしていた日々が忘れられないと塞《ふさ》ぎこんで病み、自殺した。別の人間は、彼女と一生を添い遂げるという誓いを守って、かたくなに独り身を貫いた。沾水ネンとのあいだに生まれた子どもを探して、沢母児を去った者もいた」

芽衣はあっけに取られた。恭一はといえば、どうにも話の意味がとらえきれないようすで、かすかに首をかしげている。恭一の代わりに、芽衣が質問した。

「つまり沾水ネンは、たくさんの人と、その、恋人だか、愛人だかっていう関係だったんですか？」

芽衣の言葉で恭一も理解が追いついたらしく、眉《まゆ》をひそめた。

「いいや。全員、沾水ネンとそういう関係があったと思いこんでいただけだ」

小山田史彦が、奇妙な声でちいさく笑った。自分でも信じきれていないことを口にして、その荒唐無稽《こうとうむけい》さに笑ったのだろうか。

「沾水ネンは心を操る」小山田史彦は断言した。「その力で、魑魅魍魎まで従えていたとも伝えられている。だからきっと、呪いとしてあんな――おぞましい、化け物を――」

そして、苦しげに言葉を詰まらせた。

「沾水ネンの呪いは、殺されたことに対する恨みですか」と、芽衣がたずねた。

「そうでなくちゃ、なんだっていうんだ？　だから沾水神社が建立された。それでも忌み継ぎは生まれつづけた。やがてあそこは、呪いとともに死んだ忌み継ぎたちを悼み、祀《まつ》るための場所になった」

芽衣は小山田史彦の言葉をさえぎって言った。

「あなたたちが殺したんでしょ、死んだんじゃない」

「俺じゃない！　俺は関係ない！」

狭い車内に響いた怒鳴り声に、芽衣は身を縮めた。

「沾水ネンの血を引く人間を全員殺さなかったのには、なにか理由があるんですか？」

恭一の質問に、たしかに、と芽衣は考えた。沢母児の中枢が、ひとりの女性を殺し、そのあと何人もの忌み継ぎを手にかけてきたことを思うと、沾水ネンの呪いを封じるという目的のために、その一族を沢母児から出ないよう監視し続けるという方法を取っているのは、いささか回りくどいようにも思えた。

「沾水ネンには、七人の子どもがいた」

苛《いら》立《だ》ちと疲れが色濃く滲《にじ》んだ声が答えた。

「彼女の子どもたちが母親の霊能を継いでいるかどうか、わからなかったんだろう。当然、沾水ネンが死んですぐには、三つの呪いの存在について、あきらかにはなっていなかった。危険かどうかわからない子どもが殺されなかったことは、そんなに不思議かね？　六人組とこの町は、呪いを抑えこむために最低限の犠牲だけを払ってきた。沾水ネンを死なせたのだって、よろこんでしたわけはない。ご先祖たちは家族や故郷を守るためと自分に言い聞かせ、苦渋の想いでそれをしたはずだ」

小山田史彦の肩が落ち、脱力した気配があった。ずる、ずる、と、椅子の背に体を滑らせると、彼の体がひと回りちいさくなったように感じた。

「じつのところ、蛞蝓女を見るまでは、呪いの存在を心の底から信じ切れてはいなかった」

小山田史彦はつぶやいて、ぶるりとその体を震わせた。

「呪いがどんな姿をしているのかも、どんなふうに人を苦しめるのかも、俺はまだ知らされてなかった。六人組として沢母児に貢献し、信頼を勝ち取っていくなかで、少しずつこの町の真の歴史を共有することになるだろうと聞かされていた。だから〈埋め痼〉について知らされたときにも、なにがどう危険なのかもわからないもののために人が死んでいるだなんて、実感がわかなかった。でも、いまは違う」

小山田史彦が、恐る恐る恭一と目を合わせた。怯《おび》えのために歪《ゆが》んだ表情のなかで、ぎょろりとおおきな目玉だけが、異様な率直さで恭一をとらえていた。

「忌み継ぎの呪いは――蛞蝓女は、この世にいちゃいけないものだ。この目で見たからこそわかる。あれは邪悪の権化だ。しかも、呪いは三つもあるんだぞ。もしもあんな化け物が、あと二匹もいるとしたら」

自分の言葉で慄《おのの》いたように、小山田史彦は声を震わせた。

「だれかが死ぬ必要なんてない。忌み継ぎの呪いだけを殺すことができる、その方法があるはずなんです」

恭一は威嚇するように小山田史彦の方へ体ごと向きなおった。

「なにか、呪いを殺す方法について手掛かりになりそうなことはありませんか。どんなにささいなことでも構いません」

小山田史彦は息をのんで身をのけぞらせ、その肩が助手席のドアに触れた。恭一の態度に気おされたのか、絞り出すように「そういえば！」と声をあげたが、次の言葉は出てこない。泡となってそこかしこに浮く過去の日々を探るかのように、ぎょろぎょろとあたりに目を走らせて、ああ、だの、うう、だのとちいさくうめきながら、最後にはぎゅっと目を閉じた。

「やっぱり、沾水神社だ」

いかにも恐る恐る、といったようすで言った。

「でも、あそこはもう調べました」

芽衣が唱えた異議に、しかし小山田史彦は恭一にだけ視線を置いて言葉を返した。

「隅々まで徹底的に調べてはいないはずだ。あそこには、事情を知らない人間がそれを見ても、決して目には留まらない秘密がある」

たしかに、徹底的どころか、ほんの触り程度にしか調査できていない。千璃にしても、今朝のやりとりで自殺騒動について知ったからこそそれについて調べてみると方針を変えたものの、元々は沾水神社をあらためて訪れるつもりでいたのだ。

「いこう、恭一」

芽衣がいうと、恭一はうなずいた。

「小山田史彦さん、あなたにはとことん付き合ってもらいますよ。呪いを殺す方法がわかるまで、他の人間におれの秘密を漏らされたくはない」

恭一は車を発進させた。小山田史彦が頭に浮いた汗を手で拭《ぬぐ》い、くそ、とちいさく漏らした。

「さっき、沾水康之助に手を下したのは六人組ではない別の人間だといいましたよね。実際殺人を犯したのはだれなんですか」

「やめろ！」

小山田史彦が鋭く恭一の言葉を遮った。

「彼らは殺人者じゃない。〈埋め痾〉の覡《かんなぎ》と呼んでる。神聖な務めだ」

「いまの沢母児で、だれがおれにとって明確に敵であり、避けるべき危険なのか、把握しておく必要があります。答えてください」

小山田史彦の激昂《げきこう》を無視して、淡々と恭一は質問をくり返した。小山田史彦はまるで強い痛みにさらされたように身を縮めて、「わかった、わかったよ」とまた独りごちた。

「十一年前に沽水康之助を〈埋め痼〉にかけたのは——」

小山田史彦が深々とため息をついた。

「戸川旅館のとこのせがれ、戸川縁太郎だ」

7

内臓がゆるゆると互いの結束を失っていくような浮遊感に襲われ、芽衣は必死に車のシートにしがみついていた。

ショーコから呪いについて明かされた夜のことを思い出していた。人払いをしたといっていたのに、縁太郎は部屋の外にいた。あのとき、急ぎの用事があってそこを訪れただけで、なにも聞いていないと縁太郎は話していた。

ほんとうに？

芽衣は身震いした。

「いまは任を降りて存命のご隠居がひとりいる。彼なら〈埋め痼〉について知っていてもおかしくはないが——でもあの人は、もうまともな話はできない」

「名前は？」

「石渡だ」

知っている名前を耳が拾って、我に帰った。

「現時点で石渡さんと現役の六人組以外に〈埋め痼〉に直接かかわったことがあるのは、縁太郎のやつをふくめて〈埋め痼〉の覡を務めてる四人だけだ。全員、町衆の若いやつで、俺以上に内情には疎い。なにか聞き出そうとしても無駄だぞ」

ほうけている場合じゃない。働かない頭をふって意識を集中し、ふたたび窓の外に目を凝らした。

車は町役場に向かっていた。千璃からそこを目指しているという報《しら》せを受けて、彼女のあとを追っているのだ。

縁太郎が殺人に手を染めたと聞かされた芽衣は、現実を受け入れられずにしばし茫然《ぼうぜん》自失《じしつ》となった。そんな芽衣を現実に引きもどしたのが、千璃からのメッセージだった。

『きのう彼氏さんが見つけたという、町役場の郷土資料室に向かっています。十一年前の出目祭りについて調べるつもりです。今回の連続自殺は、きのうリンドウさんから聞いた十一年前のそれと、あきらかな類似があります。どちらとも、六人組のふたりが出目祭り当日に命を絶っている。出目祭りそれ自体に、なにか手がかりがあるかもしれません』

千璃が縁太郎に接触したからといって、すぐさま差し迫った危険が生じる可能性は低い。あくまで彼女は部外者だ。とはいえ、まさしくいま千璃のおこなっている調査を、縁太郎をはじめとした〈埋め痼〉の関係者が快く思わないであろうこともたしかだった。一刻も早く警告する必要がある。

芽衣はあわてて千璃に電話をかけた。千璃が沢母児を訪れていることが恭一にバレてしまうが、そんなことに構っている場合ではない。しかし、千璃と電話がつながる前にスマートフォンのバッテリーが切れてしまった。今朝方、残量が少ないことを知らせるポップアップを見たのを思い出した。苛立つ気持ちを抑えてショルダーバッグをあさり、モバイルバッテリーを取り出す。

「ああ、もう、どうして！」

思わず声を荒らげた。

モバイルバッテリーの本体だけがあって、それとスマートフォンをつなげるためのケーブルがなかった。旅行かばんに入れた記憶は、たしかにある。しかし、かばんは旅館に置いたままだ。

もう旅館にもどることはできない。少なくとも、小山田史彦を連れてはいけないし、ひとりで向かうとしても安全だとは言い切れない。真実を知った今、縁太郎の前で自然に振る舞えるとは到底思えなかった。

「恭一、待って。町役場に向かって」

小山田史彦の前で事情をたずねても平気かどうか、判断がつかなかったのだろう。恭一がなにか言いたげに、肯定とも否定ともつかない相槌《あいづち》を打った。

「おねがい、必要なことなの」

察してほしいと、言外にこめる。小山田史彦についた嘘が破綻《はたん》しないよう気を遣いつつ、この場で千璃とのことを恭一に打ち明けるのは難しい。

恭一は了承してくれ、そうして車は進路を変えた。

「縁太郎は若いころ東京に住んでいて——たしか、二十年くらい前に実家へもどった。長いこと沢母児を離れていたから、地元の要職につけることを反対する声もあったとは聞いてる」

小山田史彦の話がつづいた。縁太郎が〈埋め痼〉の覡に選ばれた経緯についてたずねた、恭一の質問への答えだった。

「それなのにあいつが〈埋め痼〉の覡になったってことは——たとえば縁太郎の母親にあたる戸川旅館の女将《おかみ》あたりが、〈埋め痼〉についてすでに知っていたとか、そういう事情があったのかもしれない。町の秘密にかかわる人間はなるべく少ないほうがいいし、狭い身内で収まっているほうが、外に漏洩《ろうえい》しにくい。なんにせよ、俺が六人組になるよりも前のことだ。くわしいことはなにも」

ショーコは、〈埋め痼〉の慣習について知っていた。だから芽衣を沢母児から遠ざけ、〝アレ〟について他人に話すことを止めた。ショーコがどうやってその秘密を知ったのかはわからないが、小山田史彦の推測によれば、縁太郎が〈埋め痼〉の覡に選ばれた一因はそれらしい。

「なあ、きみの親はだれなんだ？」

どういう心持ちなのか、場違いになれなれしい笑いを漏らしながら、小山田史彦が恭一にたずねた。その軽々しい口調とは裏腹に、彼の顔は汗でびっしょり濡《ぬ》れていた。質問を無視する恭一に、さらに質問を重ねた。

「きみが十一年前に沢母児で出会ったという子どもだが、ただウルミ、と姓だけ名乗ったのか？　ほんとうにそいつは沾水家の人間なのか？　男？　それとも女か」

「わかりませんよ、話したこと以上のことは、覚えていません」

恭一がわずらわしそうに短く答えた。

車のナビが示す、町役場への到着予想時刻が近づいてきて、芽衣はさらに気を引き締めた。運転席と助手席のあいだから前方をのぞきこみ、千璃の姿を探す。

朝のメッセージには『自殺について調べる』としか書いていなかったから、どこから町役場を目指しているのかまではわからない。もし道中で見つけることができなかったら、どうすればいいだろう。

県道沿いの歩道はずっと先まで見通しがきいていて、そこに千璃の姿はない。芽衣は恭一になるべくゆるい速度で走るよう伝え、細い路地の奥に目を凝らした。

と、千璃のハデな上着を視界にとらえたような気がした。

「恭一、そこ入って」

少し進んだところにある路地を指差すと、車は右折して細い道に入った。先のほうで路地はすぐ別の道と交差していて、速度を落として進んでいくと、目の前の交差点を黒い自転車に乗った千璃が、すい、と横切った。

芽衣は運転席と助手席のあいだから身を乗り出し、腕をのばして、クラクションを鳴らした。

「あれ、芽衣さん」

少し先で止まった千璃は、車を降りた芽衣に笑顔を向けて手をあげた。それから、運転席の恭一に視線を投げた。表情は変わらない。

視界を横切ったときには自転車に見えたそれは、タイヤのおおきなキックボードだった。千璃はそれに乗って滑るように芽衣のところまでもどってきた。

「ああ、よかった！　スマホのバッテリーが切れちゃって」

安心感から、思わず千璃の腕をつかんだ。

「そんなに慌てて、どうしたんです」

「すぐに、沢母児を出て」

なぜかと問い返す千璃の声に、恭一の声が重なる。

「たしか、雪丸千璃さん――だよね。どうしてこんなところに」

恭一が芽衣の腕をとる。千璃から引き剝《は》がすつもりなのかと思ったが、ただ触れているだけで、力をこめることはしなかった。

かった。

「忘れていてくれたら都合がよかったのですが」

千璃は子どものように、ふい、と顔をそむけ、恭一のほうに目を向けることさえしなかった。

「恭一、ごめん。じつはきのう、ずっと千璃さんといっしょにいたの」

恭一は口を引き結び、鋭い視線を千璃に向けた。

「ごめん、いまは時間がない。すこし千璃さんとふたりで話をさせて」

「十分や十五分、話す時間くらいある」

恭一が食い下がる。剣呑《けんのん》な声音に、芽衣は気圧《けお》されてうつむいた。一瞬場は沈黙したが、すぐに恭一の短い嘆息がそれをやぶった。

「いい、わかったよ。先にそっちとの話をすませてくれ。でもそのあとで、全部説明してもらう」

芽衣はまず、小山田史彦から聞いた話を千璃に伝えた。忌み継ぎを殺す〈埋め癇〉の儀式。沽水ネンの異能と、それによる支配。父である戸川縁太郎が帯びた、〈埋め癇〉の覡と呼ばれる殺人者としての役割。

話を聞き終えた千璃は、空を見つめながらしきりとこめかみをさすっていた。

「ねえ、恭一」考えにふけっているようすの千璃に気をつかって、声を落として呼びかける。「小山田さん、ひとりにしておいて大丈夫?」

恭一はうなずいて、スマートフォンをかかげた。小山田史彦が風牢《ふうろう》の画像を見せるときに使っていたものだ。どこかに連絡するかもしれないと危惧《きぐ》して、取りあげたらしい。

「どうやって手にかけたのでしょう」千璃がだしぬけにつぶやいた。「沽水ネンは殺されたんですよね。しかし、小山田史彦氏が語っていたような異能を彼女が持っていたとして、そんなことが可能でしょうか」

「やりようはあるんじゃないかな」芽衣はためらいがちに答えた。「寝首をかくとか、毒殺とか？　それに、自分を殺そうとしている相手が実の娘だったら、反撃だってできなかったかもしれないし」

「小山田史彦氏は、沽水ネンが他人の心さえ操ると語っていたのでしょう？　だとすれば、そもそも殺害を目論《もくろ》むこと自体が困難なのではないでしょうか」

あ、と芽衣は声をもらした。たしかに、そうかもしれない。

「沽水ネンの異能が働かない条件があったのかもしれませんね。血のつながった相手には効かない、とか」

「ちょっとストップ」と、恭一が割りこんだ。「もっと差し迫ったことについて話し合うべきだろう。沽水ネンがどうやって死んだかなんて、いまは重要じゃない」

千璃はやはり恭一のほうは見ずに、肩をすくめてみせた。

「まあ、そうですね。呪いが三つあるという情報のほうが、いまは実際的でしょうか。沽水神社の霊璽の数を見れば、三というのは忌み継ぎの累計人数のことではありませんね。同時期に生まれ得る忌み継ぎの人数の上限？」

「小山田史彦さんは」恭一が、助手席に座ってこちらをじっとうかがっている老人を、それとなく視線で示した。「三つの呪いについて、くわしくは知らされていなかった。ただ、もしもあんな化け物があと二匹もいたら、と怯《おび》えてた」

千璃が、ふむ、とうなる。

「蛞蝓女が、三人いるかもしれないと？」

「あるいは、別種の怪異のことか」と、恭一。「とはいえ現状、なんとでも考えられる。手がかりが少なすぎる」

恭一はため息まじりに頭をかいた。

「ヘビと、カエル」と、芽衣がつぶやいた。

千璃と恭一が、同時に顔をあげて彼女にふりむいた。

「ほら、虫拳《むしけん》の手。ナメクジと、ヘビと、カエル」そう説明しながら、しかしすでに自信を失っている。「メノテメが虫拳からきた言葉だとして、ナメクジの怪異がいるなら、他のふたつもいるかなって。そしたらちょうど三つだし」

「なるほど。虫拳の手、それぞれに由来する三種の怪異というわけですね」

「そんなことより」

こじつけが過ぎると考えているのだろう。恭一は千璃の言葉をさえぎって話題を変えた。

「きのうのことについてまだ聞いてない」

恭一の言葉を聞くと、千璃はまた、ふい、とふてくされたように顔をそむけた。

きのう手に入れた手がかりのすべては、すでに自分ひとりでおこなった調査の結果として共有してあったから、その内容について訂正する部分はなかった。ただ、そこに至るまでの経緯に嘘があった。

芽衣は実際に沾水神社を訪れたわけではないし、リンドウばあちゃんの家で多くの手がかりを得ることができたのも、千璃の機転によるところがおおきい。千璃に対する恭一の不信を少しでも解消できればと、そのあたりの事情をことさら強調し、いささかおおげさなくらい千璃の能力を賞賛しつつ経緯を明かした。

「なんにせよ、次の行動は決まってる」恭一が自分の胸を手のひらで押さえた。「おれは、小山田さんを連れて沾水神社にいく。あの人の言っていることがほんとうなら、なにかしらの手がかりは得られるはずだ」

「あたしは予定通りにまず町役場へ向かいます」

千璃の言葉を聞いて、芽衣は思わず、え、と声をあげた。

「なんで？　千璃さんはすぐ東京に帰って」

「いいえ。この三人のうちではあたしがいちばん安全に沢母児を動きまわることができます。彼氏さんは、小山田史彦氏に忌み継ぎだと思われている。そして、実際に忌み継ぎであるかどうかはともかく、芽衣さんは事実〝アレ〟に取り憑《つ》かれている。三人のなかで、あたしだけが忌み継ぎとは無関係に見えるはずです」

「でも千璃さんだって、小山田史彦さんに顔を見られてるよね」

「たしかに。でも、小山田史彦氏の口からあたしたちについての情報が漏れない限り、差し迫った危険はありません。まあそういう意味では、彼氏さんとあたしは条件が同じということになりますが」

「おれもそう思う」恭一が同意を示した。「このなかでいちばん危険なのは、芽衣だ。蛞蝓女がいつまたあらわれるかもわからない。こっちでコントロールが効かないという意味じゃあ、小山田史彦より蛞蝓女に伴うリスクのほうがおおきい。それに、きのう沾水神社で起きたことを考えても、芽衣があそこに近づくのはやめたほうがいい」

思わぬかたちで二対一の構図になり、芽衣はうろたえた。このままではまた、留守番などということになりかねない。筋の通った反論も思いつかないうちに、とりあえず口をひらく。

「それなら、わたしも町役場に――」

「いや」と、千璃と恭一が同時に声をあげた。ふたりは顔を見合わせた。

「あたしも彼氏さん――いえ、青井恭一さんと、同じ意見です」千璃が少し恭一のほうへ頭を傾けて言った。「芽衣さんには、別の仕事をしてもらいたいと思います」

同じ意見としてまとめられてしまったものの、恭一の考えは違ったようだった。千璃の言葉に驚いた表情を見せている。

千璃は上着のポケットから車のキーを取り出した。

「ここから少し歩いた河川敷に、車を泊めています。キャメル色に黒いラインの入ったバンコンがあるので、芽衣さんはその車内で待機してください」

「バンコン？」

「なかがキャンピングカーになってるミニバンです。車内のノートパソコンに、今回の件に関する資料とデータが保存してあるので、目を通していただけるとうれしいです。当事者の視点から、なにか気づいたことがあれば教えてください」

千璃は地図アプリと手帳とを見比べながら、車を停めてある河原にいくまでの道順を詳細にメモし、そのページをやぶって芽衣に渡した。メモの下には、英数字の羅列も記されていた。パソコンをひらくためのパスコードだという。

「今日の二十時をリミットとしましょう。小山田史彦氏を拘束する時間が長くなるほど、〈埋め痼〉の関係者が事態に気づくリスクは高くなります。あたしは町役場で調査をおこなったあと、そこで得られた手がかりをもとに次の場所に向かいます。調査箇所がかぶって二度手間にならないよう、行き先はその都度共有しましょう。なので青井恭一さん、連絡先を交換してください」

恭一がなにか言いたげに口をひらくが、千璃は話すのをやめない。

「芽衣さん、自動車免許は？」

「え、うん、いちおう」

「では、二十時にあたしから芽衣さんに連絡を入れます。また、あたしか青井恭一さん、どちらかの調査続行が難しくなった場合にもすぐに連絡を。芽衣さんはそれを合図に、車であたしを迎えにきてください。芽衣さんがあたしをピックアップしたら青井恭一さんは小山田史彦氏を解放し、三人と車二台でただちに沢母児を出ます」

かまいませんね、と恭一にふり返る。

有無を言わさぬ調子ではあったが、勢いに押されるまま了承することはしないで、恭一はかなり長いあいだ考えこんだ。しかしけっきょくは首を縦に振って、千璃と連絡先を交換した。

「芽衣が待機することになる場所を共有しておいてくれますか。おれからの連絡を受けた時点で車を動かすことになるとは思いますが、どんなイレギュラーが起こるかわからない」

「ええ、わかりました」

千璃がスマートフォンを操作すると、恭一の端末がメッセージの受信音を鳴らした。

「車の位置を送りました。確認しておいてください」

そして千璃は、恭一と芽衣、ふたりの肩にそれぞれ手を置いた。

「いままでは芽衣さんを介してバラバラに調査していましたが、いまからは三人でひと組のチームです」

その言葉に、三人は視線を交わした。

「かならず、呪いを殺す方法を突き止めましょう」

うまく丸めこまれたような気がしないでもなかった。つまるところ、自分の役割はやはり、留守番に近い。そんなことを考えながら無言で歩いていたが、千璃は千璃で特に口をひらくこともなく、黙ってキックボードを押していた。

恭一と小山田史彦の乗った車を見送り、途中まで送ると申し出た千璃とともに、彼女が車を停めたという河原へ向かって歩いていた。

「千璃さんは、怖くないの」

「蛞蝓女のことが、ですか？」

とうとつな質問だったにもかかわらず、まるで質問を待っていたかのように、すばやい返答があった。

芽衣はちいさくうなずいた。

「それが取り憑いてるわたしとか、〈埋め痼〉の話もふくめて、全部。わたしのそばにいることで、今朝亡くなった六人組の人たちみたいに、自分も自殺に追いこまれるかもしれない。そんなふうに考えたりしないの？」

「たしかに、言われてみればちょっと怖くなってきました」

また冗談に違いないと思って表情をうかがえば、思いのほか真剣な面持ちだった。

「あたしは、自分の死に方を決めています。それが実現できなくなってしまっては困る」

「死に方？」

「死にます」

芽衣は重々しくうなずいた。

「一心不乱に生きて、生きて、生きて、腹八分目くらいになったら、死にます」

ここでも、冗談めかしているような空気はない。

「そんな都合よく」と、そこまで言ってからふと思い至る。人の命は必ずしも、ままならぬことばかりのために失われるわけではないということに。

はじめて千璃と言葉を交わした、あの日の光景が脳裏をよぎる。黄昏《たそがれ》の光に縁取られ、やわらかな闇の向こうから微笑む千璃。

あなたがあなた自身を守るお手伝いを、どうかあたしにさせてください。

その、迷いのない言葉を思い出す。

内臓が捻《ね》じくれるような痛みを覚えた。裏切られたような心持ちがした。

「いやいや、死にたいわけではありません」

弾《はじ》かれるようにして千璃が言って、猛然と首を振った。心のうちが、表情に漏れていたらしい。

「むしろ逆で、あたしは生にとても執着しています。ただ、死に方を決めているというだけです。人間ひとりをただ、灰にしたり、土に埋めたりするのって、もったいないなあって思うんです。移植にしろ学術研究にしろ、あるいは服飾品への加工にしろ、この髪から骨から臓器から、需要はいくらでもあるわけです。だからあたしは、この肉体を余さず物質的に役立てることのできるギリギリのラインまで歳を取ったら、あとは必要としているみなさんに届くよう手配して、バトンタッチするようにこの世を去りたいのです。リユースですね、肉体のリユース」

「そんなこと、可能なの？」

「技術的な意味でいえばもちろん可能です」

もちろん法律的な意味で言ったのだったが、訂正しなかった。

「気をつけなくちゃならないのは、あたしの死から生まれる利潤が、望まぬ世界に還元されないようにすることとです。それが難しい。すでに、可能な範囲であらゆる手筈《てはず》を整えてあります。あたしの家は代々医者一族で、そのなかにはあたしの信念に共感してくれている人間もいるのです」

芽衣は想像した。自分が死んで、灰になり、墓に納められるところ。そうはならずに、臓器が見ず知らずの命を永らえさせ、髪がカツラに変わり、眼球がだれかに光をもたらし、血液があらたな体を流れるところ。あるいはそれとも異なり、ただ自然のなかで死んで、野生の動物たちの腹に収まり、ちいさな虫たちの腹に収まり、もっとちいさな目に見えない命たちに還元され、最後には土になるところ。そして、〝アレ〟に頭から喰《く》われるところを想像した。この肉体を、この世を生きるどんなものの糧にも変えられず、遺《のこ》された人々をなぐさめるひと山の灰にすることもできずに、ただ消え去ってしまう、その最期。

死ぬことを、そんなふうに考えたことはなかった。思えば千璃のとなりでは、あのころにもいまと同じくらい、死に肉薄していたというのに。

「今日の二十時までに、呪いを殺す方法を突き止められるかな」

芽衣はなぐさめを求めてそうたずねた。素直に生きたいと思えた。

「信じましょう。仮にそれがむりだとして、沢母児を出たあとにもたくさん手立てはあります」

千璃の性格を考えれば、根拠のないことを言っているわけではないはずだった。

わたしがそれを知らないだけで、手は残されている。きっと、きっと――

8

しばらくいったところで千璃は足を止め、芽衣にキックボードを渡した。

「これ、使ってください。タクシーには乗らないように。こういう地域ですから、だれとだれがつながっていたとしても不思議ではありません」

千璃と別れ、貸してもらったキックボードに乗って先を急ぐ。時々メモを確認しながら五分ほど走ると、沢母児町の外に出た。目印を順に確認しながら、メモに記されているとおりの位置で県道をはずれる。舗装はされていないが幅の広い道を走り、ちいさな森を抜けると、石で覆われた川岸の広場に出た。おおきさも色もまちまちのテントが、互いに距離をあけてぽつりぽつりと設置されている。

キックボードを降りて川岸を歩いていくと、それらしい車を発見した。キャメル色に黒いラインのミニバン。鳥が片方の翼を広げるようなかたちで、車体のサイドからタープが張り出している。その下にはアウトドアチェアが一脚と、ちいさなテーブル。他に設置してある装備はなく、周囲に焚《た》き火《び》のあともなかった。

千璃から預かったキーでカギをあけ、スライドドアをひらくと、乗ってすぐのところにあるテーブルから、ばさばさとファイルの山が落ちた。あわてて拾い集め、なかに乗りこむ。

キャンピングカーというものに乗ったのははじめてだった。ソファがあり、テーブルがあり、冷蔵庫があり、調理台までついている。

しかし、どこもかしこも、ひどく雑然としていた。調理台も、テーブルも、ソファも、本と紙でいっぱいだ。リアゲートの側には、ノートパソコンとプリンターの載ったワークスペースがある。その足元には収納棚があって、ゴムバンドで固定された書籍がぎゅうぎゅうに詰めこまれていた。もともと扉がついていたらしく、蝶番《ちょうつがい》だけがあって、しかし扉自体は見当たらない。

ノートパソコンの陰にスマートフォンの充電器を見つけ、それで自分の端末を充電した。それから、ノートパソコンを起動させる。

千璃から渡されたメモのとおりにパスコードを入力すると、すぐなにかのアプリケーションの画面が表示された。日本地図だ。まるで包丁を突き立てたように、東京のあたりから鮮血がほとばしり、血痕《けっこん》がぱらぱらと散っている。

いや、違う。この画像は、戸川旅館で千璃に見せられた画像と、同じものだ。蛞蝓女に関するSNS上の投稿を、時間と場所にもとづいてマークしたもの。たしか、赤が鮮やかなほどあたらしい投稿で、暗い色になるほど古い投稿だ。

ながめているうちにも、全国各地でぽちり、ぽちり、と赤いドットが増えていく。

タッチパッドに指を走らせて、画面の下部にあるスライダーバーを動かしてみた。右に動かすと、ドット群がみるみるうちに赤黒く変色し、薄まって消えた。左に動かせば、今度は逆にドットがわらわらとあらわれ、花が咲くように明るくなっていき、日本全国が赤にまみれた。どうやら、地図上に反映する投稿の鮮度を調整するためのものらしい。右に動かせば、あたらしい情報だけが地図上に描画される。

芽衣はゆっくりポインターを右にもどしていった。右端に近づくほど、東京から西にパラパラとのびるドットの足跡が目立った。芽衣が沢母児に移動したのに合わせて、蛞蝓女の目撃情報も移動している。あらためて〝アレ〟が自分と共にあることを突きつけられたような気がして、芽衣はウインドウを閉じた。

すると、地図のうしろでひらいていたファイル管理アプリケーションのウインドウが最前面にあらわれた。『参考資料』という名称のフォルダだった。『参考資料 a-1』のかたちでナンバリングされたファイルが、『参考資料 f-9』まで、ずらりとならんでいる。それらを順番にひらいて、読んでいった。

『参考資料ｂ-11，××××大学在学生限定オンラインコミュニティでの会話』というファイルでは、男子学生が食堂のバルコニーから転落した例の事故について、彼の友人であり、事故を眼前で目撃したというアカウントが当時の状況を詳細に語っていた。**『参考資料ｅ-8，キーワード「蛞蝓女」をふくむソーシャル・ネットワーキング・サービス「××××」上の投稿の一部』**には、芽衣も使っているSNSサービスの投稿が羅列してあって、蛞蝓女に対する世間の反応があけすけな言葉でつづられていた。**『参考資料ｆ-1，月刊怪奇ジャーナル××月号掲載「都市伝説の新たなる息吹《いぶき》」より抜粋』**では、転落事故をはじめとして、同様の原因が疑われるその他の事故についても列挙しつつ、都市伝説という枠組みを通して蛞蝓女という存在を説明していた。

どの資料にも、人々の〝アレ〟に対する剝《む》き出しの好奇心があった。無数の熱っぽい視線が、ぎょろりと自分のほうに向けられたように錯覚した。

思わず画面から目を逸《そ》らすと、窓の外の景色が夕暮れのそれに変わっていた。夢中になって資料を読みふけっていたせいで、日が沈みはじめたことにも気づいていなかったらしい。

まずい。また、息ができなくなるかもしれない。芽衣は自分の首を絞めるように、喉《のど》元《もと》へ手をあてがった。〝アレ〟が蛞蝓女として人々の耳目を集めているとはじめて知ったときの感覚がよみがえる。あのとき、芽衣は過呼吸に陥った。

恐れていた兆候があらわれた。喉が締めつけられ、胸に石が詰まったように痛む。これから自分を待ち受ける苦痛がまざまざと思い浮かんで、涙がこぼれた。目を強くつぶり、自分で自分の体を抱きしめた。息ができない。苦しい。口をおおきくひらき、あたりの空気を貪《むさぼ》るように吸いこもうとした。

そのとき、芽衣は思いもよらない感情の熾《おこ》りを自覚した。

頭の芯《しん》が冷たく凍りついていき、反対に腹のまんなかでは、ドロドロに溶けた熱の塊が、震えながらふくらんでいく。

みんな、呪われろ。

息苦しさに身悶《みもだ》えし、徐々に痺《しび》れていく手足に恐怖しながら、芽衣は願っていた。

小学校時代、気持ちが悪いとわたしを罵《ののし》り、ランドセルを教室の窓から捨てたあいつも。

中学時代、友だち同士で笑い合うためだけに、わたしを指差して陰口を叩《たた》いていた連中も。

高校時代、わたしを虚言癖と決めつけ、そうと認めるまで延々説教しつづけた教師も。

そして、おもちゃを自慢するように嬉々《きき》として蛞蝓女の存在を流布しているやつも、なんの危険もない安全な場所から蛞蝓女について好き勝手まくしたてるやつも、蛞蝓女を見たと騙《かた》り注目を浴びようとするつまらないやつも、蛞蝓女を使ってわずかにでも金を儲《もう》けようとするやつも——

みんな、みんな、呪われろ。

朦朧《もうろう》とする意識の底で、憎々しい人間たちの空想上の顔が浮かんでは、消えていった。そのひとつひとつに、呪われろ、呪われろ、と呪詛《じゅそ》を吐けば、その一度ごとに喉の痙攣《けいれん》がやわらぎ、胸の強張《こわば》りがほどけるような心地だった。

気づけば、床に倒れていた。よだれと涙が流れるままになり、芽衣は落ち着きはじめた呼吸を慎重にくり返しながら、ほとんど意味のない記号として、呪われろ、呪われろ、と声に出していた。

ふと、恭一の顔が思い浮かんで、次の言葉をのみこんだ。そして、苦痛のためではなく後悔のために、芽衣は泣いた。

ヤケになるな、と自分を叱り、それからなぐさめた。これでいい。自分で自分を救えた。パニックで、少し我を忘れただけ。よくがんばった——

床からひとりがけソファの上に体を持ちあげ、そこに身を沈ませる。

どれだけの時間そうしていただろう。時計を見ると、十九時になったところだった。あたりはすっかり暗くなっている。室内灯をつけた。

タイムリミットは、あと一時間。そこから先はもう、あらためて資料に目を通したところでなにも頭に入ってこなかった。ただそわそわと文字の上で視線をさまよわせているうちに、二十時を十五分過ぎた。

恭一からの連絡はなかった。二十時ちょうどに送ったメッセージにも、返信はない。千璃にも電話をしてみるが、つながらない。

芽衣はスマホを握りしめた。まさか、なにかあったのだろうか。

いてもたってもいられず車を出ようとして、しかし、すぐ思い直す。移動手段もなく、いたずらに動きまわっても意味はない。とはいえ、連絡がこないうちから車を動かしてしまっては、千璃がここにもどってきたとき、すれ違うことになる。なんらかの理由で連絡手段を失っただけなのだとしたら、千璃がまず目指す場所はここなのだ。

そのとき、タイヤが河川敷の石を踏む音を聞いた。はっとして窓の外を見やると、恭一が借りたレンタカーがゆっくりとこちらに向かってくるのが見えた。

芽衣は車を飛び出し、恭一、とおおきく声をあげて手をふった。

もしかしたら、暗くてこちらに気づかないかもしれない。不安定な足場におっかなびっくり、芽衣からもレンタカーに向かって走っていった。

恭一が芽衣に気づき、進路を変えた。ヘッドライトがまっすぐに芽衣に向き、まぶしくて目を細める。石を踏む音が激しくなり、エンジン音が高くなった。

速度があがっている。

なにか、一刻の猶予もない状況に追いこまれて急いでいるのだと、芽衣は思った。しかし、すぐ違和感が取って代わり、さらに強烈な危機感で上塗りされた。

わけもわからず、芽衣は踵《きびす》を返し、キャンピングカーに走った。背後でエンジン音がさらに高くなる。石につまずき、足をくじいて、転びそうになる。なんとか体勢を立て直す。背後からのハイビームが、ガタガタと揺れながらバンコンのボディに反射する。

ふり返る。

あ、と声をあげた。すぐ目の前にレンタカーが迫っていて、フロントガラスの向こうに、恭一のものではない顔があった。

そして芽衣は、撥《は》ねられた。

ぞっとするような速度で視界が回転し、痛みの伴わない衝撃が全身を叩いた。体が転がり、鋭く突き刺すような感触がまた全身を襲って、回転が止まる。遅れて、痛みを自覚する。

立てない。激痛で動けない。

河原に倒れている。すぐそばに車のバンパー。川のせせらぎ。ドアの開閉音。助けを呼ばないと。遠くにキャンパーがいたはずだ。だめだ、声が出せない。息が吸えない。

「おい、殺してねえよな」

男の声が、頭上から降ってきた。

「ブレーキかけたし、大丈夫すよ、たぶん」

別の声が応《こた》える。

「轢《ひ》くことなかっただろ、死んだらどうすんだよ」

「〈埋め痼〉には必要ないんでしょ、こいつ。忌み継ぎじゃないんだったら、別にいいじゃないすか、いま死んでも」

「ばかやろう。ご老公の話、もう忘れたのか。〈埋め痼〉の前に使うんだよ、こいつも。

第一、ここで轢き殺したらどうやって警察に言い訳が立つんだよ、ああ?」

こちらを見下ろすふたつの顔。ひとりには、見覚えがあった。明るく染めた短い髪に、がっしりとした体型。ドベローだ。六人組のふたりが自殺していると、縁太郎に知らせに来た男。もうひとりは、顔の下半分を覆いつくすほどの黒い髭《ひげ》を生やしていて、はじめて見る顔だった。

四本の腕が芽衣の体をかかえあげて、千璃のバンコンに放りこんだ。手荒な扱いにうめくと、「ほら、ピンピンしてるじゃないすか」とドベローが笑った。

9

ドベローと髭の男は芽衣を後ろ手に縛りあげ、軍手を口に突っこみ、さらにガムテープで口を塞《ふさ》いだ。それから芽衣の体をまさぐり、車のキーを探し出した。

芽衣を床に転がしたまま、千璃のバンコンが急発進する。ぐわんぐわんと車体が揺れ、芽衣は壁に体が打ちつけられるのを、なんとかふんばって耐えた。やがて舗装された道路に出たのか、揺れは収まり、速度があがった。

体の方々が痛んだが、骨が折れたり、内臓を痛めたりはしていないようだった。極度の興奮状態にあって正確に体の状態を把握できているかというと怪しいものだったが、骨が折れているくらいのことを、いまは問題にしている場合ではなかった。

涙があふれた。殺されるかもしれない。いや、きっと殺すつもりだ。どうして、居場所が知られたんだろう。疑問に思ってすぐ、恐るべき可能性に思い当たった。

千璃と恭一が連絡先を交換した、あのとき。芽衣の待機場所を知らせるため、千璃が恭一のスマートフォンに、バンコンの位置情報を送っていた。恭一の端末に残っていたそのメッセージを見られたのだとしたら。

恭一も、捕まっている。

しばらくすると、また川の音が聞こえた。石だらけの地面を踏む感触もある。ほどなくして、車は止まった。

元の場所へ帰ってきたのかとも考えたが、男たちに車から降ろされてみると、そこはまた別の河原だった。沾水神社につづく橋が、少し先に見えた。

芽衣は悲鳴をあげたが、くぐもったうめき声にしかならなかった。男たちが低く笑った。

両脇から腕をかかえられて、ほとんど引きずられるようにして連れていかれる。川岸を歩き、橋を渡り、そして十一年ぶりに、山道を登っていった。

しっとりと湿った土の匂いが、踏み出す一歩一歩のたびに足元から立ちのぼった。夜空を遮る梢《こずえ》の葉の一枚一枚から、生ぬるい森の呼気が降り注ぎ、それがひたひたと肌を覆った。ふつ、ふつ、と鳥肌が立ち、ぽと、ぽと、と涙が落ちた。自分で歩こうが、歩くまいが、関係なく、男たちの腕力で芽衣は沾水神社へと近づいていった。

「かがめ」

髭の男が芽衣の頭を上から押さえつけた。

されるがまま身をかがめ、わずかに顔をあげると、黒々と闇に沈む沾水神社の横顔があった。芽衣たちはいつの間にか山道をはずれ、広場を少し森のほうに入った木立のなかにいた。

視線をめぐらせると、山道から社殿を挟んだ広場の反対側で森の木立が唐突に消え、空が見えていた。崖《がけ》だ。森のなかでぽっかりとひらけたこの広場は、中央に沾水神社が建ち、その正面が山道になっている。そして社殿の背中側の端は、崖になって途絶えているのだ。

山道とは社殿を挟んで逆の方向、崖と社殿とに挟まれた場所に、神主の格好をした男たちがならんで立っていた。

黒い立烏帽子《たてえぼし》を被《かぶ》った袴姿《はかますがた》。帽子以外は真っ白で、全員が同じ装いだった。それが全部で六人いて、社殿を背に、崖の方を向いて立っている。

六人と崖とのあいだに、腰くらいの高さの、白くてちいさなテントのようなものがあった。ピラミッドのような三角錐《さんかくすい》ではなく、三角柱を横倒しにしたかたちで、トンネルのように筒状になっている。

六人のさらに外側で鉄製の篝火《かがりび》が強い明かりを放ち、沾水神社と、その周囲にぽかんとひらけた殺風景な広場から、闇を払っていた。

芽衣の位置からでも顔が見えたのは三人。みな老人だった。そのうちのひとりだけが、胡床《こしょう》に腰掛けていた。横から見たときにバツの字になるよう組み合わせた木枠の、座面になる部分に布を張った、簡易な作りの折りたたみ椅子だ。胡床に腰掛けている老人は、膝《ひざ》の上に霊璽を乗せていた。遠くて、なんと書いてあるかまでは判別できない。

彼らが、六人組だろうか。

胡床のとなりに立ち、顔のうかがえなかったひとりが、ふと空を仰いで森を見渡した。

小山田史彦だった。

やっぱりそうだ。小山田史彦がひとりでこの輪に加わっているということは、恭一は捕まっている。

思わず腰を浮かせた芽衣に、髭の男が耳打ちした。

「おい、ぜったいに騒ぐなよ。殺すぞ」

それから髭の男は、ドベローと芽衣を残して沾水神社のほうに駆けていき、社殿の陰に消えた。芽衣がここにいるとわかっているのか、いないのか、男たちはこちらに視線を向けることはなかった。

しばらくして、社殿の裏から髭の男があらわれた。ほかの男たちと同じ装束に着替えている。

「いやあ、お待たせしました」

声にふりむいたのは、細いフレームのメガネをかけた男性だった。顔に見覚えはない。

髭の男がメガネの男のとなりに立つと、別のひとりが「おい」と低く声をあげた。

「おせえんだよ、たこ。着替えにどんだけ時間かけてんだよ」

「すんません、すんません」

髭の男の額を、その人物が拳《こぶし》ではたいた。拍子に、はたいた男の横顔がうかがえた。

父、縁太郎だ。

「何年ぶりかね。懐かしいなあ」

太ってゆるゆるとほほの垂れた老人が、わざとらしい陽気さでそう口にした。

「あんた、浄衣《じょうえ》がずいぶんきつそうだな」

そのとなりにいる、枝のように痩《や》せた老人が応えた。

「ふつう、じじいになったらほっそりなるもんじゃないんか」

「ほっとけ」

「それで」と、今度は胡床に腰掛けた老人が口をひらいた。とたんに空気が張り詰め、ふたりの老人もぴたりと黙った。

「ふたりの自殺は、こいつのせいか」

胡床の老人が白いテントを指した。となりに立つ小山田史彦がうなずく。

「蛞蝓女とかいう怪物も、こいつのせいか」

はい、とちいさな声でさらに答える。

芽衣が息をのんで、ぐ、と喉《のど》が鳴った。テントのなかに、恭一がいるのだ。

胡床の老人と小山田史彦のやりとりがつづく。

「いつどこで、沾水の血が漏れた」

「わかりません。父親が沢母児の出身とのことですが、くわしいことは聞き出せませんでした」

「十一年前の出目祭りで起きた自殺は？　こいつが関係しているのか」

「少なくとも本人は、その可能性があると考えていたようです」

「それでおまえは、どこまで知った？　この忌み継ぎから、沾水ネンの呪いについて、おまえ、なにを聞かされた」

「いや、俺はなにも」と、小山田史彦がそこまで口にしたところで、胡床の老人が軽く手をあげた。

「いや、いい。いまは話すな。覡《かんなぎ》の若いのに、聞かせるわけにはいかんしな」

縁太郎と髭《ひげ》の男、細メガネの男が、一斉に顔を伏せた。胡床の老人がゆっくりと頭をめぐらせて、小山田史彦を正面からとらえた。

「おまえはまだ、完全には沢母児の背骨じゃねえ。わかるな。知ることはいわば証《あかし》だ。六人組として一心に団結することの証。それなのに、まだ六人組に席を得たばかりのおまえが本来なら触れるべきでない証をいきなり手にしてしまったというのは、ある意味で裏切りだと思うんだが、どうかね」

「俺はなにも」と、小山田史彦が声をあげた。「裏切りだなんて、滅相もありません！」

「どうだろうな」

「誓います！　ただ、あの、呪いを殺す方法があるとか、そんなことを言ってはいましたが——それだけ、たったそれだけです。そのほかにはもう、俺が知らされていることしか、こいつは語りませんでした。信じてください」

「とすると、あとはもうおまえが話すばかりだったわけだな」

小山田史彦は、答えなかった。ただ、子どもがいやいやをするように、首をふっている。

「違うか？　おまえはこの忌み継ぎに——まあ、おそらくは脅されでもしたんだろう——そうして、なにを明かしたんだ？」

「いや、俺は」

小山田史彦は言葉を詰まらせ、助けを求めるように周囲の男たちを見やった。

「俺は忌み継ぎに、縛られてたんです！　病院にあらわれたそいつに、ガムテープで目も口も塞《ふさ》がれて、トランクに放りこまれた。話すなんて、無理でした」

「ほんとうか？」

胡床の老人が髭の男にたずねた。

「まあ、そうすね。忌み継ぎが小山田さんをトランクから降ろそうとしてるところを襲ったんで、少なくともその時点では話せなかったでしょうね」

「なら、どうやってメッセージをくれたんです？」メガネの男が口を挟んだ。「はじめから手を縛られ、目を塞がれ、その状態でどうやって、メッセージを送ったんですか？」

メガネの男はスマートフォンをかかげて、その画面に目を向けた。

「忌み継ぎが出た。沾水神社に連れてく。捕まえろ」

小山田史彦からのメッセージを読みあげたのだろう。メガネの男はスマートフォンをひらひらとふってみせた。

小山田史彦が半笑いになった。

「あの、風牢《ふうろう》の、写真を」途切れ途切れにそう言ってから、真顔にもどる。「風牢の写真を、見せたんです。それを口実に――画像を探すふりをして、そのあいだにメッセージを打って、それで」

胡床の老人が、縁太郎のほうを見てうなずいた。

縁太郎が、ふう、と深く息をつき、うなだれて首をふった。しかし、いかにも面倒そうな態度とは裏腹に、縁太郎は猫のような俊敏さで小山田史彦に近づいた。そのあとに、同じ速度で髭の男とメガネの男がつづく。

「おい、待て待て待て待て！」

小山田史彦は泡を食った様子でそうわめき、近づいてくる縁太郎に両手を向けた。

縁太郎は最後の数歩を飛び越すようにして彼に近づくと、街中で配られているポケットティッシュを受け取るような気やすさで、老人の横面を叩《たた》いた。

小山田史彦の体が、ぐらりとかたむいた。それを、髭の男とメガネの男が両脇からかかえて、崖《がけ》のほうへ引きずっていった。

縁太郎が、ちいさく腕を二度ふるった。あまりにも手早く、ためらいがなかったために、それが小山田史彦の腹を殴った動作だと、すぐには気づけなかった。さらに顔面を二度、三度と叩いた。

縁太郎が高く膝をあげて、草履の裏を小山田史彦の腹にあてがうと、そのままぐいと脚を伸ばして彼の体を押しやった。

両脇にいたふたりの男が手を離すと、縁太郎に蹴《け》り出された勢いで老人は背後に倒れこんだ。地面に頭を打ちつける鈍い音がした。烏帽子が頭から外れて少し転がり、崖の向こうに消えた。

縁太郎、髭の男、メガネの男は、三人がかりで小山田史彦をかかえあげた。そして、崖の向こうに彼を捨てた。

口に詰め込まれた軍手が、芽衣の悲鳴を吸い込んだ。

すでに朦朧《もうろう》としていたのか、小山田史彦は声をあげなかった。

篝火《かがりび》で、ち、ち、と薪が爆《は》ぜる。梢《こずえ》が風にゆれ、ぞう、ぞう、と闇を鳴らす。それらの合間を、隙間なくかすかな川のせせらぎが埋めている。

「ま、じゃあ、はじめますか。時間もないことだし」

何事もなかったように、太った老人が言った。

「薬打ってどれくらい経った？　追加でぶちこんどいたほうがいいんじゃないか」

痩せた老人の言葉に、メガネの男が首をふった。

「いやあ、自分で立って歩くってのが不自然にならない量に抑えとかないといけませんから。意識トんでるいまだって、かなりの量を打ってますからね。これ以上は、ハイになって飛び降りたって筋書きに無理が出ますし。まあ、目が覚めそうになったら、そんとき打ちゃあいいでしょう」

「早いとこ祭りにもどらんとなあ」

太った老人があくびを嚙《か》み殺した。

自分の父親が、人を殺した。そして、だれもそのことについておどろいたようすを見せない。

「〈埋め痼〉のまえに、もうひとつ。つけとかなきゃならん、けじめがある」

胡床の老人が声を張りあげた。

「おい、連れてこい」

それを合図に、ドベローが芽衣の腕を取って立たせた。広場に踏みこむと、その場にいた全員が芽衣たちにふりむいた。縁太郎の顔が、みるみるこわばる。

「ご老公、話がちげえだろ。うちの娘はほっとくって、あんたが言ったんですよ」

縁太郎が怒鳴って芽衣を指さした。胡床の老人は、縁太郎を嘲《あざけ》るでも恐れるでもなく、ただ淡々と言葉を返した。

「そうだな、ありゃ嘘だ。どうする、そいつはお前が人を殺すのを見たぞ」

縁太郎と目が合った。目はらんらんと異様な輝きを放ち、額から汗が垂れていた。口を塞がれている芽衣は、ただ視線で訴えた。

助けて。おねがい。殺さないで。

縁太郎は胡床の老人に頭を下げた。

「かんべんしてくださいよ、たのみます。娘にはおれからよく言っておくんで、見逃してください」

笑い声がした。笑ったのは痩《や》せた老人だった。それにつられて、髭の男とメガネの男も笑みを見せた。

「おまえでも自分の娘に情がわいたりするんだな」

縁太郎は頭をあげなかった。

「父親が選んでやれ」と膝《ひざ》の上の霊璽をなでながら胡床の老人が言った。「そこから飛べば、まちがいなく一瞬で片がつく。それが嫌なら生き埋めにする。どっちがいい」

メガネの男と髭の男が、縁太郎に対して身構えたのがわかった。ふたりとも、かすかに体をかたむけて腕を背後に隠している。さりげない風を装ってはいるが、死角になにか武器を握っているのはあきらかだった。

「縁太郎さん、やめましょうよ」と、ドベローが言った。「別れた女が連れてって、十年間、音沙汰《おとさた》のなかったガキでしょ。早く済ましちゃいましょうよ」

ドベローが芽衣の体を放し、背中を突き飛ばした。芽衣はたたらを踏んで縁太郎の胸に倒れかかった。縁太郎はすぐに口を塞ぐテープを剝《は》がして、詰めこまれた軍手を取り除いてくれた。

「縁太郎さん！」

ドベローの緊迫した声が響いた。そのまま手を縛るテープも切ってやり、逃がすつもりなのではと疑ったのだろう。

縁太郎の額を流れていた汗は、いつの間にかその顔面をびっしょりと濡《ぬ》らしていた。その目は血走り、怒りとも悲しみともつかない、奇妙な表情で周囲を取り囲む男たちを見やっていた。

髭《ひげ》の男。メガネの男。ドベロー。痩せた老人。太った老人。ご老公と呼ばれる胡床の老人。

そして、芽衣と視線を合わせる。

「お父さん」

芽衣はそう口にしたが、もしかしたら声は出ていなかったかもしれない。夢のなかにいるように体がふわふわと麻痺《まひ》していて、いま自分がそれを言ったのかどうかさえ、はっきりと確信することができなかった。

縁太郎はさらに顔を歪《ゆが》めて空を仰ぎ、ああ、と震える声でうめいた。いつの間にかその手に刀身の細い小ぶりの包丁が握られていて、芽衣はぎょっとした。縁太郎は腕にかかえる芽衣の体を反転させ、崖のふちに向かって押しやった。うながされるまま、ゆっくり歩を進める。

背後にあった白いテントが目に入った。近くで見ると、それが木で組んだ担架に布の屋根をつけたものだとわかった。四隅に持ち手がある。

そのわきを通り過ぎる瞬間、なかをのぞきこんだ芽衣は絶叫した。

「恭一！」

担架には、恭一が横たわっていた。

芽衣はさらに叫んだ。恭一はぴくりとも動かない。身をよじり、地面を蹴り、彼のそばにいこうとするが、縁太郎は手を離さなかった。

死んでる。恭一が死んでる。わたしのせいで死んだ。殺された。

「黙れ！」

縁太郎の怒号が響き、後頭部をなにかかたいもので殴られた。目の前が赤く発火して、衝撃に喉《のど》がふさがった。首筋に冷たい金属の感触がして、ぐいと体を起こされた。背中からまわされた太い腕が芽衣を抱き、鳩尾《みぞおち》のあたりを締めつけた。

「死んでない」

ささやかな声が、耳元でした。芽衣は凍りついた。思わず縁太郎をふり返ろうとすると、首に当たった刃に力がこもって、

恭一が、まだ生きている？

そういえばさっき男たちは、追加で薬を打ったほうがいいのでは、とか、目が覚めそうになったらすぐわかる、などと話していた。自分で飛び降りたって筋書きに無理が出るとも言っていた。自殺したように見せかけたいのだ。だから、痕跡《こんせき》が残るようなかたちであらかじめ死なせておくことができない。

「呪いだけを殺す方法があるって聞きました」

とっさに口をついて出た芽衣の言葉に、場の空気が変わった。

「呪いさえなければ、忌み継ぎだってふつうの人間です。そうですよね?」

体をよじって男たちのほうに訴えかけると、痩せた老人があきれたような顔で鼻をかき、太った老人が落ち着かないようすで胡床の老人に視線を投げた。しかし、胡床の老人は表情を変えない。

芽衣はさらに言葉を重ねた。

「沢母児で起きたことは、ぜったいに、だれにも言いません。全部忘れます。だから助けてください、殺さないでください」

「呪いだけを殺す方法はある」

胡床の老人がだしぬけに口をひらいた。その場にいた全員が、身をこわばらせた。

だったら、と、芽衣は食い下がるが、胡床の老人は首をふる。

「忌み継ぎ同士を、いっしょに住まわせる。それが呪いを殺すことになる」

痩せた老人が胡床の老人の肩をつかんだ。ご老公、と鋭い調子で口にしたが、胡床の老人はやんわりと手をあげて、口を挟むなと示した。

「忌み継ぎ同士は、互いの身に流れる呪いの影響を受けない。自分以外の忌み継ぎにとってだけ、その忌み継ぎは忌む必要のないふつうの人間になる」

芽衣は何度も、胡床の老人の言葉を頭のなかで反芻《はんすう》した。

つまり、ほかの忌み継ぎがそばにいてくれれば、〝アレ〟が出てこなくなるということだろうか。〝アレ〟はほかの忌み継ぎの前でだけ力をなくし、だれかに害をなすことも、起きながら見る悪夢の世界をつくることも、できなくなる？

沾水ネンが実の娘によって殺されたという話に、千璃が疑問を抱いていたことを思い出した。おそらく、その娘も忌み継ぎだったのだ。忌み継ぎ同士がそうであるように、沾水ネンの異能もまた、彼女自身の娘には影響を及ぼすことができなかったのではないか。

若い男たちは困惑したようすで顔を見合わせた。おそらく、いま胡床の老人が口にしているのは、彼らが聞くことを許されていない話なのだろう。六人組に籍を置く小山田史彦でさえ、呪いを殺す方法はもちろん、沾水ネンが残した〝三つの呪い〟がどういうものなのか知らされてはいなかった。

「そうしてひとつの家に住み、呪いの影響が家の外に漏れないよう、互いが互いを見張りながら一生を過ごすなら、呪いは死んだも同じだ」

石渡のじいちゃんの言葉を受けて、千璃が推理した仮説を思い出した。

——なにがしかの影響を受けずに『まともなままである』ということが、そのまま忌み継ぎであることの証左になる、ということでしょうか

石渡のじいちゃんは、十一年前の時点で六人組の一員だったとリンドウばあちゃんから聞いた。彼は呪いを殺す方法について知っていたのだ。

「実際そうやって静かに暮らし、死んでいった忌み継ぎもいた。忌み継ぎがふたりになりゃあ、〈埋め痼〉にかけなくて済む。だから、沾水家の人間は沢母児から出ちゃなんねえんだ」

胡床の老人はおだやかに語った。ひと言も聞き漏らすまいと真剣に耳を傾けているうちに、ふと、隠されているはずの秘密をなぜ、彼がこんなにもかんたんに明かすのかという理由に思い至り、芽衣は絶望した。

胡床の老人の視線も、その言葉も、芽衣に向いているものではなかった。縁太郎に語って聞かせているのだ。

もう、殺すしかない。それ以外に道はない。そう納得させるために、話しているのだ。

「だが、忌み継ぎはもういねえ。沾水の血もじき絶える。この若い男は〈埋め痼〉で供養するほかねえんだ。おまえの娘が〈埋め痼〉の内容を史彦から聞いてるとして——まあ、十中八九聞いてるだろうが——もし、忌み継ぎである自分の恋人が姿を消したら、

どう考える？　だから、死ぬ必要があるんだ、おまえの娘も、忌み継ぎといっしょに」

いまここで、忌み継ぎは恭一ではなく自分なのだと真実を明かしたとしても、恭一を助けることはできない。芽衣はそれを悟った。恭一と自分、どちらが忌み継ぎであっても関係ない。どうあっても彼らは、自分たちのことを殺すつもりなのだ。

「縁太郎！」

胡床の老人が怒鳴った。縁太郎さん、縁太郎さん、と、必死の響きをふくんだ若い声も、あとにつづく。

男たちは、縁太郎が芽衣を殺せば、それですべてが丸く収まると心から信じているようだった。そして、もしも縁太郎が自分たちを裏切ってしまったらと、そのことを恐れている。

縁太郎に呼びかける男たちの声が、頭蓋《ずがい》の内側でこだまする。縁太郎、縁太郎という音が重なり、響き合い、いつしかそれは、殺せ、殺せ、落とせ、落とせ、という、さらに多くの声に変わった。

気が遠くなっていく。風にゆられる森の梢《こずえ》にかき混ぜられたように、空の星がぐるぐるとめぐり、夜闇の濃淡が渦を巻く。

そのとき、はっきりとしたひとつの声が、無数の声をかき消した。

「ついてこい」

縁太郎がそう言ったのと同時に、芽衣の腕を縛っていたテープが切られた。

縁太郎が獣のように吠《ほ》えて、数歩突進した。目の前にいた三人の男が飛びすさって距離をあける。痩《や》せた老人が大慌てで胡床の老人の腕をとって立たせ、のろのろと社殿まであとずさった。太った老人もそれにつづく。

「自分の娘を殺すくらいなら、おまえらを皆殺しにしたほうがよっぽど寝覚めがいいんだよ」

縁太郎が叫んだ。眼前に刃をかかげ、油断のない目つきで男たちを睨《にら》みつけている。

一対三だというのに、男たちは縁太郎に近づくことさえできなかった。三人とも腰を落とし、直前まで隠し持っていた細長い和包丁を堂々と構え、いまにも縁太郎に刺しかかろうという気配を纏《まと》いながら、なかなかそれをしない。縁太郎がかぶっていた烏帽子《えぼし》を剝《は》ぎとって髭の男に投げつけると、ナイフでも投擲《とうてき》されたかのように、男は、うっ、とおどろきの声を漏らして、それを避《よ》けた。

「おら、こい！」

縁太郎が叫んだ。挑発にも聞こえたが、その言葉が自分に向けられたものだと遅れて気づいた。芽衣を守りながら男たちの包囲を抜け、山道まで連れていこうというつもりなのだ。

しかし芽衣は、無我夢中でテントに飛びついた。恭一を置いていけるはずがない。

「恭一、起きて。恭一！」

恭一に組みついて、担架の外に引っ張り出した。背後で、罵詈雑言《ばりぞうごん》が飛び交う。

芽衣はさらに声をおおきくして恭一の名を呼び、その頬をしたたか張った。ぐらん、と首が力なくゆれた。

ほんとうに、生きているのだろうか?

無力感で胸がいっぱいになったが、気力をふりしぼって疑いを捨て、死に物狂いで何度も名を呼んだ。今度は、ゆさぶってみる。まぶたの下でかすかに眼球が動き、恭一はため息まじりのうめき声をあげた。

「おーい」と、痩せた老人が男たちに呼びかけた。「もうしょうがねえからよお、先に殺しちまってもかまわねえよ。刺し傷くらいなら、俺たちでどうにか話つくっとくからよお」

うおお、と男たちの絶叫が響いた。土を蹴《け》る音や、うめき声や、低い悲鳴が聞こえた。

すると、ようやく恭一はうっすら目をあけた。芽衣は呼びかけつづけた。

ふり返って状況を確認する一瞬さえ惜しくて、ふ、ふ、とあわてたように浅くなり、ぶるりと身を震わせた。寝息のようにおだやかだった呼吸が、自分で上体を起こそうとして、しかしバランスを崩して芽衣の腕のなかに倒れた。

「恭一、立って! すぐ逃げなくちゃ。おねがいだから、しっかりして」

恭一が目をむき、ゆっくりと芽衣に視線を合わせた。

「ここ——どこだ?」

悠長な疑問をもそもそと口にしている恭一の腕をとって、なんとか立ちあがらせようと引っ張った。

しかし、背中をどんと押されて、恭一の上に倒れこむ。

追い詰められて後退してきた縁太郎の背中とぶつかったらしい。おおお、おおお、と、猛獣の声を喉《のど》から絞り出す縁太郎が、こちらを背にかばってすぐ目の前に立っていた。握る刃を篝火《かがりび》の灯にぎらぎらときらめかせ、その切先をあっちへ、こっちへと、せわしなく向けている。

縁太郎はさらに数歩下がり、その踵《かかと》が芽衣に当たった。芽衣は恭一を引きずって、あわてて崖《がけ》のほうにしりぞいた。わけもわからずにあたりをまさぐる恭一の手が、地面の石をはじき、それが崖の向こうに転がっていった。思わずそれを目で追い、崖下を見た。

岩を洗う水の音に満たされた、闇。小山田史彦の死体はおろか、そこにあるはずの川の流れさえ、そのなかにとらえることはできなかった。

「もしかして、おれたち――」

ここで、死ぬのか？

状況を把握しきれていない恭一の、ぼんやりとしたその表情を見て、芽衣は彼を抱きしめた。

「ごめんなさい、わたしのせいで。まきこんで、ごめんなさい」

芽衣は嗚咽《おえつ》をあげ、恭一の髪の感触を頰に感じながら、力の限り彼を抱いた。

いかにも死の間際らしく、みずからの生涯を映した数々の光景が、芽衣の脳裏に去来した。しかしそこには、恭一の姿も、母の姿もなく、ただ悔いと怒りにまつわる顔だけがあった。

わたしをあざける顔、わたしを笑った顔、わたしにあきれる顔、わたしを傷つけてよろこぶ顔、わたしを憐《あわ》れむ顔、顔、顔、顔――

残された時間をたしかめるつもりで、恭一を抱きしめたまま縁太郎のほうを見た。その背中の向こうに見える、老人たちの顔を、そして、縁太郎に向き合う三人の男たちの顔を、目に焼きつける。

もう、呪われろ、とは願わなかった。この瞬間、呪いはたしかに自分の身のうちに流れるものとして、信じることを決めた。

呪われているのは、わたし。呪いは、わたしのもの。だから、代わりにこいつらには、呪いだなんて不確かなものじゃなく、もっと物理的な苦痛を。もっと現実的な死を。

蛞蝓女でもいい、ウルミでもいい、なんでもいい。いまこの瞬間こそ、わたしを呪え。そうしてすべてを巻き添えに、なにもかも壊してしまえ。

そう願った。

そして、篝火の炎がいっせいに消えた。

野太い悲鳴があがり、地面を蹴る音で男たちが互いに距離を取るのがわかった。視界が閉ざされ、星のある空よりほかに、目で見て区別することのできるものがなくなった。男たちは息をひそめた。老人たちもそうしている。静寂に強いられ、芽衣もそれに倣った。足音もない。衣擦《きぬず》れも聞こえない。だれもが耳をそばだて、身をかたくし、闇に目が慣れるのを待っている。

川の音が消えているのに気づいた。風の香りに、腐った魚の臭いが混じっている。胸と喉が圧迫されるような嘔吐《おうと》感におそわれ、それを落ち着かせるために、長く息を吐いた。

葉のざわめきが、音を変えた。

ぬろ、ぬろ、みちょ――

高揚があった。恐怖も怒りも、度が過ぎて麻痺《まひ》し、ただ、骨を軋《きし》ませ内臓を突きあげる強烈な高揚だけが、つづけざまに腹の底で爆《は》ぜた。

そして、篝火に炎がもどった。

〝アレ〟がいた。老人たちのうしろ、沾水神社に身を寄せるようにして、その巨体があった。

最初に縁太郎が絶叫して、ふり返った老人たちの悲鳴がそれにつづいた。残りの男たちは声におどろいて身を震わせたが、目の前の縁太郎を警戒して彼から視線をはずすことができずに、ただ老人たちの名前を呼んで無事をたしかめようとした。

老人たちは泡を食って〝アレ〟から逃げた。太った老人がドベローの腕にすがりつき、そこにきてようやく男たちも〝アレ〟の姿を認め、声をあげた。

うずたかく重なり合った、死肉の山。その頭頂から、濡《ぬ》れて束になった長い髪が、肉の凹凸に沿って流れている。関節の多い、節張った細い腕は眼窩《がんか》からだらりと垂れて、その指先が地面を掻《か》いている。

横薙《よこな》ぎに切りつけた傷口のような、唇のない口。そのすきまから、ぬめりをおびて重たくふるえる泡がふくらみ、はじけ、糸を引くしずくをとばした。

「なんすか、これ、どうすりゃいいんですか」

ドベローが声を震わせてたずねた。握った刃の切先は変わらず縁太郎に向いていたが、その体は〝アレ〟を正面にとらえていた。

〝アレ〟が、求めに応じた。わたしを呪い殺しにきた。

あは、と、芽衣は声をあげて笑った。髭《ひげ》の男と痩《や》せた老人が、目を剝《む》いて芽衣を見た。

「まさか、蛞蝓女がいるのか？」

耳元でたずねられた。抱きしめていた恭一の体がかたくなり、そのまんなかに芯《しん》が通ったのがわかった。芽衣がうなずくと、恭一はゆっくりと芽衣から体を離して、膝立《ひざだ》ちになった。

かなり意識がはっきりとしてきたらしい。状況を把握しようとしているらしく、周囲の男たちを順番に見やり、それから彼らの視線を追うようにして〝アレ〟のほうに顔を向けた。

〝アレ〟が少しだけ口をひらいた。わずかに上体をそらして空をあおぎ、それにあわせて腕が高くあがった。左右で異なる意思にあやつられているかのように、腕はそれぞれに空中をまさぐった。

「なんておぞましい」

太った老人がささやいた。

すると、その言葉に激昂《げきこう》したように、蛞蝓女が吠《ほ》えた。牛に無理やり大量の水を飲ませたら、そんな声を出すかもしれない。

もおぼ、おぼ、のおぼぼぼ――

わさ、わさ、と空をかく腕の動きが活発になり、口がおおきくひらかれた。前に倒れこむようにして巨体をかたむけると、雨粒が窓ガラスを落ちるような勢いで〝アレ〟が前に滑り、メガネの男の目の前に移動した。

メガネの男がのけぞって転び、叫びながらむちゃくちゃに包丁をふり回した。縁太郎はさらに後退すると、〝アレ〟から芽衣と恭一を隠すようにして腕を広げた。

「殺せ！　殺せ！」

痩せた老人が腕をふって叫ぶ。メガネの男が絶叫し、〝アレ〟に刃を刺そうとして腕を突き出すが、尻《しり》もちをついている体勢のままで、それが叶《かな》うはずもなかった。

「違う、ばかやろう」と、痩せた老人が芽衣たちを指差した。「忌み継ぎを殺すんだよ！〈埋め痼〉はどうする」

太った老人が怒鳴ると、ふざけるな、と痩せた老人が応じた。

「言ってる場合か」

「待て、落ち着け」胡床の老人が割って入る。「化け物はほっておけ！　頭を冷やせ」

しかしメガネの男はなにも耳に入ってこないようで、〝アレ〟を口汚く罵《のの》りながら、ついには包丁を投げつけた。まるで深い泥に投げ入れたように、ずぶりと包丁は〝アレ〟の肉のなかに沈んだ。〝アレ〟が男に両腕を伸ばし、口をひらききった。漆黒をふくんだ、巨大な口。篝火の明かりを受けてもそれは黒々とゆるぎなく、それを楕円《だえん》に囲んだ皮膚だけが、ぬろぬろと照り輝いている。

髭の男と、ドベローが同時に動いた。我に返った髭の男は、メガネの男を助けるつもりなのか、〝アレ〟に向かって疾走した。ドベローは、腰にまとわりついている太った老人を蹴《け》り飛ばすと、包丁を低く構えてこちらに突進してきた。その目は、まっすぐに恭一を見ていた。それを迎え撃とうと、縁太郎が芽衣たちとドベローとのあいだに割りこんだ。どけ、という言葉をふくんだ絶叫が響いた。

恭一をかばおうとしてその身を抱き寄せると、その腕をとられ、組み伏せられるようなかっこうで逆に抱きしめられた。彼の腕が肩と背を締めつけ、つよく胸に顔を押しつけられる。

息苦しさに顔を逸《そ》らすと、恭一の腕の隙間から森の闇が見えた。

そこに、ウルミが立っていた。

——離れない。ずっと。いまも。これからも。

橋で見たときと同じように、ウルミが笑いかけていた。

じゃあ、助けてよ。わたしをそうして、呪っていたいなら——

落とされないよう。刺されないよう。わたしを守って、救ってみせてよ。

自分でもおどろくほど冷めた心で、芽衣はそう考えた。すると、ウルミが崖《がけ》と反対のほうに顔を向けた。なにを見ているのか視線を追うが、恭一につよく抱きしめられていて、頭を動かせなかった。

ウルミとのあいだに、影が横切った。その姿が影にさえぎられた一瞬のうちに、ウルミは消えていた。

影の行方を見やると、それは縁太郎だった。頭をかかえ、歯を食いしばり、ひい、ひい、と、かすれた声で泣いている。

ドベローに刺されたのだと思った。お父さん、と呼びかけると、縁太郎が芽衣にふり向いた。そして無言のまま、こう口を動かした。

悪かった。

縁太郎は姿を消した。地面のない、死の約束された奈落《ならく》の向こうへ。

悲鳴が聞こえた。縁太郎の声ではなかった。女の声。自分の喉《のど》から出たものだと、遅れて気づく。

芽衣は恭一を押しのけて体を起こした。それと同時に、髭の男が、あああ、と声をあげながら崖の向こうに身を投げた。そのあとを追いかけて、太った老人が闇に飛んだ。メガネの男が芽衣たちのすぐ横を駆け抜けて、いやだ、いやだと絶叫しながら、飛び降りた。

芽衣は〝アレ〟に向き直った。

肉塊のような体の下半分を蠕動《ぜんどう》させ、ひくひくと腕の関節を震わせながら、〝アレ〟が近づいてきていた。

ぬずず、ぬずず、ぬずず、ぬずず——

胡床の老人と目が合った。〝アレ〟から逃れようと、地面に這《は》いつくばって、こちらに向かってくる。

おおきな粘液の塊が高い枝から滴って、のそり、と土を打つ。篝火《かがりび》の炎が、おだやかな波にあおられるイソギンチャクのような緩慢な動きで、不自然にゆれていた。

痩せた老人がトボトボと歩いてきて、芽衣とすれ違った。祈るように指を組んで、ぎゅっと目をつぶり、ごめんなさい、ごめんなさい、とささやいている。

痩せた老人は芽衣の視界の外に消えてすぐ、あっ、と声をあげた。ひああ、という情けない悲鳴がだんだん遠くなって、とうとつに途切れた。

〝アレ〟の足元に、ちいさく丸まって寝転がるドベローがいた。自分で自分の首に包丁を突き立てて、死んでいる。

芽衣はこちらに手を伸ばす〝アレ〟を見あげた。ぽっかりとひらいた口。崖から飛び降りるよりも、〝アレ〟に喰《く》われたほうが苦痛もおおきいだろうなと考える。

胡床の老人が、おい、とこちらに呼びかけた。

「おまえがみんなを殺した。そして俺のことも殺す。忘れるなよ」

忌み継ぎが。

胡床の老人が吐き捨てた。地面を這い、顔だけを恭一に向けている。彼は、ゆっくりと、ちいさな段差を降りるようにして、途切れた地面の向こうに姿を消した。

〝アレ〟の手が、芽衣の目の前に差し伸ばされた。

まるで、生まれたての赤ん坊にでも触れようとしているような手つきだった。待ちに待ったそれを手に取ろうとして、しかしためらいもあり、代わりに、それよりもひとまわりおおきい架空の輪郭をなぞるようなかたちで、空中を撫《な》でる。

この無力感が、皆を自殺に追い込んだのだと理解する。こんなにも醜く、おぞましく、得体の知れないものに生きながら喰われるくらいなら、やはり飛び降りて一瞬のうちに死ねたほうが、いくらかましだろう。

粘液と皺《しわ》に覆われた指を避《よ》けて、芽衣はうしろに下がった。ぽっかりと空いた口から吐き出される腐臭に体を押されたように感じて、さらに一歩。そこで壁にぶつかった。芽衣を押し返す恭一の体だった。恭一が、背中から芽衣を強く抱いた。

脳裏に、ふたりで崖を飛び、死ぬまでの数秒を抱きしめ合いながら過ごす光景が浮かんだ。同時に、ひとり生き延びた恭一の姿が浮かび、次に、男たちの死体に混じって河辺に横たわるふたりの死体が浮かんだ。

——人間ひとりをただ、灰にしたり、土に埋めたりするのって、もったいないなあって思うんです

なぜか千璃の言葉を思い出した。それに引っ張り上げられるようにして、意識の底から、別の未来が思い浮かぶ。その未来で、芽衣と恭一はふたりで生きている。ふたりとも大学にかよっている。ふたり肩を寄せ合って並木道を歩いている。向かい合わせに食堂でランチをしている。講義室の少し離れた席から、恭一のうなじに視線を置いている。ついこのあいだまで、あたりまえにくり返されていた毎日。

芽衣はまっすぐに〝アレ〟をにらんだ。

消えて。

芽衣が思うと、〝アレ〟が動きを止めて、それから少し膨らんだ。楕円にひらかれていた口の底部が、盛りあがるようにして歪《ゆが》む。指が鉤爪《かぎづめ》のように立てられ、憎々しげに空を掻《か》く。頭がぶるぶると細かく震えだし、髪がゆれ、粘液を撒《ま》き散らした。それから、ぶ、ぶ、ぶ、と、汚らしい音で、短く鳴いた。

消えて。恭一にかまわないで。わたしをほうっておいて。

〝アレ〟が絶叫した。溺《おぼ》れる牛の群れの断末魔、土塊でできた巨大な赤ん坊の癇癪《かんしゃく》、血と肉の詰まった風船の連鎖破裂、そしてあるいは、粘液の海の底から怨嗟《えんさ》を叫ぶ亡霊の声——

〝アレ〟が巨体をかたむけ、その声と息とを芽衣の頭上からぶちまける。目の前に〝アレ〟の口がせまり、粘液が飛んで顔中を濡《ぬ》らした。目に、口に、鼻にぬるりとした感触が侵入し、芽衣は目をつぶって顔を逸らした。

ぶおぼおおおあああ——

それからとうとつに、世界が変わる。その境界を、はっきりと五感でとらえた。

〝アレ〟の声が途切れ、代わりに、さっきまで失われていた音がもどる。弾《はじ》ける炎、風に揺れる森、岩を洗う川。水も、葉も、薪も、それらの立てる音は、からりと乾いていた。腐った魚の臭いは冷たい土の香りに変わり、頬や額からは濡れた感触が消えていた。

ゆっくりと目をあける。あかるくゆれる篝火。たおれた胡床。沾水神社。梢《こずえ》に縁取られた夜空。

なにもかもが夢だったかのように、静かな夜の森がある。

しかし、夢だなんてことはありえない。すぐそこに、ドベローの死体が転がっている。両手で握った包丁を、首に深々と突き刺している。

顔を汚していた粘液も消えたのかたしかめようとして、しかし腕があがらない。恭一がまだ、満身の力で芽衣を抱きしめていた。

恭一はふるえていた。その腕をそっとなでると、彼は腕の力を抜いて、顔をあげた。あたりを見渡し、ドベローの死体に目を留め、そして芽衣の瞳《ひとみ》をのぞきこむ。

「蛞蝓女は、どこにいる？」

芽衣はかぶりをふった。

恭一の腕を自分の肩にまわし、崖から離れようとして一歩踏み出すと、とたんに彼は嘔吐《おうと》した。背をさすり、落ち着くのを待ってから、山道に向かう。ドベローの死体を避けて、ぐるりと大回りに社殿に近づくと、たおれた胡床のすぐそばに、真あたらしい霊璽がひとつ、転がっていた。胡床の老人がかかえていたものだ。

『感』とだけ記されているそれに、恭一の足が当たって裏返った。

『青井京一大人命霊』

もう一方の面には、そう記されていた。「恭一」の「恭」の字がまちがっている。余計に腹が立って、芽衣はそれを、森の闇のさらに向こうへ蹴《け》り飛ばした。

10

芽衣は恭一をかかえたまま山を降りた。打たれた薬の影響がまだ残っているようで、大丈夫だからと意地を張ってはいたものの、ひとりではまっすぐ歩くこともむずかしいようだった。

「なんともないって、少し休んだら治るから」

「ばか言わないで、すぐ病院にいかなくちゃ」

闇に閉ざされた山道を明かりもなく、慎重に足元をたしかめながら歩を進める。

芽衣のスマホは千璃の車に置きっぱなしだったし、恭一のものは捕まったときに取りあげられたようで、どこにあるかもわからなかった。ひとりで歩いても危なっかしい状況で、男性の体を支えながらそれをするのは困難を極めた。おまけに芽衣は、車にはねられてもいる。

「いまなら、邪魔が入らずに沾水神社を調べられるじゃないか。おれたちには時間がない。そうだろ」

山を降りるのに抵抗こそしなかったが、それでも恭一は食い下がった。

「呪いを殺す方法だって、まだわかってないのに」

「それなら、わかったよ」

胸の奥からこみあげてきた塊を、ぐ、とこらえた。芽衣は悪路に意識を向けながら、胡床の老人の語った呪いを殺す方法について、恭一に話して聞かせた。

「それだけ?」

恭一は力の抜けた声で言った。

そう、そのとおり。忌み継ぎは、自分以外の忌み継ぎの身に流れる呪いの影響を受けない。だから、いっしょに住まわす。たった、それだけ。

「呪いを忌み継ぎのなかから消し去る方法は、つまり——存在しない」

恭一のつぶやきに芽衣は答えず、歩きつづけた。自分を待ち受ける呪いの結末について思いをめぐらせないよう、必死で思考を殺していた。一歩、一歩、ただ前へ、前へ——

どれだけ時間が経ったのかもわからなかったが、足元の闇に目を凝らし、愚直に進んでいくうちに、ようやく森を抜けた。橋を渡り、車道に出る。連れてこられたときと同じ位置に、千璃のバンコンが停めてあった。ドアにロックはかかっておらず、キーもドリンクホルダーに置きっぱなしだった。

助手席に恭一を座らせると、彼はぐったりとシートに身を沈め、ひと言謝ってから目をつぶった。

芽衣は充電しておいたスマートフォンから警察に電話した。なにをどう話したものかまったく思いつかなかったので、拉致《らち》されて怪しげな儀式に参加させられ、犯人たちが飛び降りて死んだと説明した。

「とにかく、来てください。わたしもわけがわからないんです。見てたしかめてください。何人も死んでるんです」

そう口にした瞬間、背中から落ちていった縁太郎の顔を思い出して、芽衣は身震いした。明るい車内に自分がいて、しっかりとかたい床の上に立っている。そのことを強烈に自覚し、めまいをおぼえた。

そうして生まれた意識の余白に、浮かぶ顔があった。

「千璃さん」

電話の向こうで警官が聞き返したのには答えず、「とにかく早く来てください」と言って電話を切った。


びっしょりと汗をかいた手のひらでハンドルを握り、芽衣はアクセルを踏みこんだ。

１１９番に電話をかけて、町役場の駐車場に救急車を呼んだ。そうして自分も、速度をあげて町役場に向かう。そこにまだ千璃がいるかはわからないが、そうでなくても救急隊に恭一を託すことはできる。

町役場はすでに閉庁し、庁舎に明かりはなかった。芽衣は駐車スペースへ斜めに侵入してそのまま停車し、スマートフォンだけを引っつかんで飛び出した。

通話アプリで千璃に発信しながら、庁舎の入り口に取りついてガラス戸を押し、そして引いた。扉は動かない。通話もつながらない。

町役場のほかに千璃の行方について思い当たる場所はなかった。どうしたらいいかわからず、芽衣は庁舎の壁に沿って歩きながら、電話をかけつづけた。

ふと、通話アプリの着信音を耳がとらえたように感じた。はっとしてスマートフォンを顔から離し、耳をそばだてる。

聞こえる。かすかに、しかし、たしかに聞こえる。庁舎のなかからだ。

呼び出しの切断アイコンをタップしてコールを切ると、着信音は消えた。通話アイコンをタップしてアプリが呼び出し画面に変わると、また遠くで着信音が聞こえた。庁舎内に、千璃がいる。芽衣は壁に手を当て、窓に耳を向け、右に左に早足で行き来しながら、音の出所を探った。

「千璃さん!」

ついにそう声をあげたが、返事はない。着信音がもっとも近くに聞こえた窓に手をかけた。やはり開かない。

そのとき、窓の向こうを人影が横切った。はなやかな色味を視界の隅にとらえたように思う。

「千璃さん? そうでしょ、返事して!」

どうして答えてくれないのか。手元にスマートフォンを持っているなら、どうして応答してくれないのか。

千璃のあらぬ姿が浮かんだ。恭一のようになにか得体の知れないものを打たれて朦朧《もうろう》とし、苦痛に悶《もだ》えながら、わけもわからず庁舎内を徘徊《はいかい》している。

ガラスを割るのに使えそうなものが落ちていないかとあたりを見渡すが、アスファルトの上はきれいなもので、めぼしいものはなにもない。

芽衣はバンコンにとって返し、調理台の上に放り出してあったスキレットをつかんだ。それから元の窓まで突進して、勢いそのまま窓に振り下ろした。町中に響いたのではないかと思われるほどおおきな音を立てて、窓ガラスが砕けた。

床に散らばったガラスに気をつけながら庁舎内に入り、スマホのライトをつけてあたりを照らした。そこは廊下で、突き当たりに部屋の入り口があった。中に入っていく人影を、一瞬だけライトが照らす。『郷土資料室』という案内が、入り口の上部にかかげられていた。

「わたしだよ、芽衣だよ！　ねえ、おねがい、待って」

人影を追って部屋に飛びこむ。入ってすぐのところにちいさなカウンターデスクと、簡単な壁で仕切られたふたつのブースがあり、さらに奥には、天井まで高さのある飾り気のない書棚がいくつも立っていた。

スマートフォンを顔の前にかかげて前方を照らしながら、同時にディスプレイをタップして千璃の端末に発信する。室内に、おおきな着信音が響いた。

千璃の名を呼びながら、着信音をたどって書棚に近づいた。しかし、音を追い越したことに気づく。少しもどってあたりをうかがうと、カウンターの前にあるブースから聞こえているらしいとわかった。ふたつのブースはどちらもモニターとビデオテープレコーダー、DVDプレーヤー、それからヘッドフォンが据えつけられている。視聴覚資料を閲覧するためのものらしい。ただ、そこに千璃の姿はなかった。

片方のブースをのぞきこむと、一人がけソファの陰からほのかに明かりが漏れていた。千璃のスマートフォンだった。芽衣の端末から発信を切ると、着信音が途絶え、あたりは静まり返った。

千璃の端末のディスプレイに、メッセージアプリからの通知があった。直前に受信したメッセージの書き出しが表示されている。

『到着しました。どこにいますか』

送信者の名前を確認して、悪い推理が的中したことを悟った。六人組に自分の居場所が知られたのは、恭一のスマートフォンに残されていた千璃とのやりとり、つまり、芽衣の居場所所を恭一と共有するために送られた、バンコンの位置についての情報を盗み見られたからだ。

六人組はやはり、恭一のスマートフォンを使っていた。千璃のスマートフォンに残されているそのメッセージの送信者は、恭一の名前だった。六人組、あるいは〈埋め痼〉の覡《かんなぎ》のだれかが、恭一のスマートフォンを使い、千璃と連絡を取った。そして彼女の居場所を突き止め、捕えた。

「千璃さん！」

呼んだ声に、今度は返事があった。すぐ耳元で、ごぼ、と水中で息を吐くような音がしてふり向くと、すぐ背後に千璃が立っていた。千璃の顔、その口から下が、血まみれだった。

芽衣は悲鳴をあげてブースのなかに倒れこんだ。DVDプレーヤーに後頭部をぶつけ、ひょうしに、ディスクトレイが芽衣のほほをかすめて飛び出てきた。

千璃が口をひらき、なにか言った。ごぼ、ごぼ、と大量の血がその口からあふれた。非常口誘導灯の緑色の明かりと、千璃の足元に落ちた芽衣のスマートフォンのライトが、その姿を照らしていた。

嫌な想像が、まるごと現実のものになってしまった。身体中から力が抜けていく。千璃の首に、包丁が突き刺さっていた。ドベローがしたのと同じように。その傷と、口から、滝のように血が流れている。ふらふらと頭をゆらし、いまにも倒れそうになりながら、千璃は見開いた目で芽衣を見下ろしていた。

千璃さん、千璃さん、と、涙を流しながら声にならない声でささやいた。千璃はやはり、ごぼごぼと血を吐いて返事をした。彼女を抱き止めたかったが、膝《ひざ》にも腰にも力が入らず、立ちあがることができなかった。

芽衣は、千璃がなにかを伝えようとしているのに気づいた。

「なに——なんて言ってるの？」

千璃は震える腕を芽衣に向かって伸ばした。そしてまた、ごぼ、ごぼ、と血を吐く。口をおおきくひらき、ひと文字ずつ、はっきりとくちびるを動かす。

おもいだして——

千璃は、そう言っていた。

「どういう意味？　なにを思い出すの？」

芽衣は千璃の手を取ろうとして自分も腕を伸ばしたが、千璃の意図と自分の意図が違うと気づいた。千璃は、芽衣を求めて手を出しているのではなかった。彼女は、伸びきらない指で、芽衣を指し示していた。

おもいだしておもいだしておもいだしておもいだして――

血がこぼれる。千璃の首が真あたらしい赤でぬらぬらと染まる。眼球が焦点を失ってぐるぐるとさまよい、頭ががくんと折れて、巨木が切り倒されるようにゆっくり姿勢をかたむけると、その体が芽衣に向かって倒れてきた。芽衣は腕を広げ、体を硬く緊張させて、彼女の体を抱き止めた。


ぜんぶ、あなたのせいだってこと――


耳元で発せられた声に総毛立った。しかし、たしかに腕のなかへ倒れてきたはずの千璃は、こつぜんとその姿を消していた。

自分で自分の体を抱きしめるような姿勢で、テレビ台に背中をあずけたまま、芽衣はしばらく呆然《ぼうぜん》としていた。

スマートフォンのライトが天井をぼんやりと照らしだし、頭蓋骨《ずがいこつ》の内側で鳴る自分の鼓動と、じー、という機械音だけがかすかに聞こえた。

また、白昼夢を見たのだろうか。あれは本物の千璃ではなく、現実で像を結んだ悪夢の断片だったのだろうか。それとも、千璃はほんとうに——

救急車のサイレンが聞こえて、我に返った。スマートフォンを手に取り、あたりを探って千璃の端末も拾いあげる。少なくともそれは、幻ではないようだった。

ソファをよじ登るようにして、なんとか立ちあがった。そこで、テレビの下で頭をのぞかせている、ディスクトレイの上のDVDに目がとまった。頭をぶつけたときに、プレーヤーの開閉スイッチを押してしまったのだ。

「え」

芽衣は思わず声をあげた。DVDを凝視したまま、あらゆる動作を止めた。表を向いているディスクのレーベル面、そこに印刷されているタイトルから目が離せなくなっていた。

救急車のサイレンが、近づいてくる。

知ってる。わたしはこれを知ってる。そして、忘れている。

芽衣は恐る恐る指を伸ばし、開閉スイッチをついと押した。プレーヤーにディスクトレイが吸いこまれていく。テレビをつけ、画面を見つめる。

そうして流れはじめた映像を見て、芽衣の息は荒くなっていった。そのうちにぽろぽろと涙が頬をつたい、口元がゆがんで笑みのかたちをとった。泣きながら、ほほ笑みながら、ときおり疑問符のついた、え、とか、あれ、とかいう意味のないつぶやきを発した。やがて芽衣は笑いだす。あは、と笑う。あはは、とさらに声をあげる。だれもいない町役場のなかに、芽衣の笑い声がある。

あは、あは、あははははは、あはははははは、あはははははは、あはははははははははははははは――

呪い

1

ついこのあいだまで、日差しから逃げるように日陰を渡り歩いていた。いまでは、肩をすぼめて日陰を避けている。

空が高い。青の色が日に日に透き通っていくように思う。ただそうである、ということだけを、恭一は思う。だから清々《すがすが》しいとか、心が浮き立つだとか、そういうふうには感じない。

そうであろうとすれば、そうあることはできる。ただ、そうした心持ちが果たして、この空の青さや、澄んだ空気によってもたらされたものなのかどうか、そこのところを恭一はまるきり信用することができない。

あの夜から、ひと月が経っていた。

沢母児での出来事は、カルト的なコミュニティによる集団自殺として報道された。

恭一自身の口から事件との関係を語ったことはなかったが、実家や病院へ取材にきた記者がいたから、恭一のプロフィールに一部触れるような記事が出たのだろう。大学を休んでいた理由に関して人にたずねられたとき、はっきりと答えなかったのもいけなかった。いつの間にか、まちがっているとも言いがたい噂が立ち、恭一が事件に巻きこまれた大学生だということが知れ渡っていた。

とはいえ、恭一に対する友人たちの態度がおおきく変わることはなかった。恭一がそれを望んでいたから、そうなった。

いつもと変わらない日々だ。しかし、そこに芽衣だけがいない。だからこそ、なにもかもが変わってしまった日々だ。

正しいことを、ただ正しいというだけで、正しくおこなうことのできる自分にふさわしい、偽物の日常。そのなかでただひとつ、芽衣だけが本物だった。

あの夜、芽衣に半分担がれるようなかたちで山を降りた。そこまでは覚えている。しかし、記憶にある山道の闇は、いつしか閉じた瞼《まぶた》の闇と混じりあい、気づけば、病院のベッドに横たわっていた。

しばらく入院することになり、警察の事情聴取も受けた。八人の死体が見つかったと知らされ、なにがあったのかたずねられた。

自分とその恋人である宮間芽衣は、東京で流行《はや》っている都市伝説『蛞蝓女』について調べていた。調査の結果、それが沢母児町の伝承に関連していると推測し、そこを訪れた。沢母児の歴史にくわしい六人組の存在を知り、取材のためにそのひとりである小山田史彦を訪ねた。小山田史彦の案内で伝承にまつわる神社に向かっていたところ、男たちに襲われ、意識を失った。

なにもかもを打ち明けるわけにはいかない。蛞蝓女や呪いの話について警察が信じるとは思えなかったが、仮に信じたとして、そのとき芽衣が罪に問われないとも限らない。とはいえ、口裏を合わせる時間のないままにそれぞれ嘘をつくよりも、ある程度は正直に話したほうが、ふたりの話に矛盾が生まれにくいだろうとも思えた。きっと、芽衣もそう考えているはずだ。

芽衣は別の病院に入院したと警察から聞いた。あの夜、駐車場で保護された恭一の近くに、芽衣はいなかったらしい。

あの夜から一度も、彼女の姿を見ていない。芽衣は大学も休んでいた。あたらしいスマートフォンを手に入れ、毎日のように連絡をしているが、電話にも出ないし、メッセージアプリにも返信はない。彼女のアパートにも何度か足を運んだが、いつも留守だった。

警察に教えてもらった病院に問い合わせたところ退院はしているようだし、送信したメッセージにも、それを閲覧したことを示すアイコンがついているので、無事ではあるようだった。

とはいえ、なにかが解決したわけではない。蛞蝓女は、どうなったのか？　そのことに決着がつかないかぎり、芽衣の安全は保証されない。とにかく、彼女と会う必要があった。


「おかえり。ずいぶん早かったね。夕飯食べたんでしょ？」

その日、大学の講義を終えて帰宅すると、恭一は母にどこか浮わついた調子でそうたずねられた。

「ううん、食べてないよ。てきとうに作って食べようと思ってたんだけど、外で済ませてきたほうがよかった？」

母は首をふった。

「てっきり、駅まで送るついでにすませてくると思ったから」

「送るって、だれを」

手を洗うため洗面所に向かいながら、声だけでたずねる。

「なに言ってんの」母は笑った。「芽衣さんに決まってるでしょ」

恭一は、はたと動きを止めた。蛇口から水が流れ、手を濡《ぬ》らしている。

「なんで、おれが芽衣と会ってるって思ったの？」

水気だけ払って洗面所から顔を出すと、母が怪訝《けげん》な表情で恭一を見返した。

「駅まで送ってくるからって、さっきふたりで出てったじゃない――ねえ、恭一あんた、大丈夫？」

問いには答えず、恭一は母と自分とのあいだにある空間をにらんだ。

母の表情がみるみるこわばっていった。恭一は慌てて「心配しないで、そういうんじゃないから」と笑顔をつくった。

事件の後遺症を疑っているのだ。恭一はまっすぐに母の目を見て、もう一度、心配いらないと伝えた。母の表情がおだやかに弛緩《しかん》し、その口からゆっくりと空気がもれた。

「ちょっと、コンビニいってくる」

恭一は家を飛び出した。駅までの道を走る。芽衣に電話をかけ、つながらず、メッセージを送り、もう一度電話をかける。最寄駅に着くと、改札に飛びこんで、階段を駆けあがり、ホームを見渡した。

芽衣の姿はなかった。

そのとき、スマートフォンが振動しているのに気づいた。はずむ息を抑えながらディスプレイを確認すると、芽衣からの着信だった。

「芽衣、いまどこ？」

通話ボタンをタップし、耳に当て、声を出すのを、ほとんど同時におこなった。

『ごめんね』

電話口から聞こえてきたそれはたしかに、芽衣の声だった。

『あしたって、たしか一時限からだよね』

「そうだけど」

『その前に会いたい』

芽衣は口早に時間と場所を告げた。芽衣も恭一も通学でいつも使っている、新宿《しんじゅく》駅のホームだった。

『待ってる』

返事も聞かずに、電話は切れた。掛け直しても芽衣は出なかった。嫌な予感が胸をいっぱいに満たす。息を止めているのに気づいて、深呼吸した。

家にもどると、なにも手に持っていない恭一を見て「コンビニいったんじゃないの？」と母が聞いた。

「芽衣のこと、どう見えた？」

恭一が質問を返すと、母はパッと表情を明るくして答えた。

「すごくかわいらしい子。でも、めずらしいよね。あんた、ハデな子好きでしょ。ほら、高校の時に付き合ってたあの――」

「おれは？　どうだった？」

言葉をさえぎって質問を重ねる。

「あんたが、なに？」

「おれ、変じゃなかったかな。こう、いつもと違う感じだったり」それから、いいわけをするように付け足す。「ちょっと、緊張してたから」

母は首をふった。

「別に。いつもどおりだったと思うけど」

「なに話したっけ？」

母の表情がまた一瞬不安げにゆれたが、すぐに緊張はゆるんで、眠たげにまぶたを重くした。

「どんだけ緊張してたのよ。別に、たいしたこと話さなかったでしょ。あんたたちがどこで出会ったとか、芽衣さんの家族のこととか、大学のこととか」

駅まで走ったせいで、喉《のど》が渇いていた。母が話すのを聞きながら、食器棚を開けてガラスコップをとり、キッチンの蛇口から水を注いだ。

シンクに、コーヒーカップが三つならんでいた。

2

朝の新宿駅は、人でごった返していた。右から左から早足で近づいてくる人たちのあいだを、泳ぐようにして歩く。

人を探してあたりに目を配りながら歩く恭一を、目的地へ迷いなく進む人々が追い抜いていく。その一部が、邪魔だと言いたげに視線を投げた。

ホームの端からスタートして、しかし五分もかからずに反対の端についてしまった。改札階へとつづく、ホームの幅いっぱいの階段が目の前にある。立ち止まった恭一を、人波が避《よ》けて流れた。通行を妨げないよう、線路側に設置されている柵《さく》のそばに寄った。

恭一を追い抜こうとした人と肩がぶつかって、よろめく。

スマートフォンで時刻を確認すると、待ち合わせに指定された時刻の二分前だった。見逃しただろうか。それとも、まだ到着していないのか。

「恭一」

呼びかけられて、顔をあげた。次から次へとあらわれる他人の頭に視界をさえぎられ、声の主は見えない。

ふたたび人混みのまんなかまで歩を進め、階段を見あげた。遠ざかる人々の背中ばかりがある。すぐそばで舌打ちが聞こえた。スマートフォンに視線を落とした人とぶつかった。

ふり返ってホームを見ると、わずかに密度の低くなった人の流れのその隙間で、恭一と同じように立ち止まる人物がいた。

「芽衣」

彼女は笑顔を見せた。

「ひさしぶり」

ふたりのあいだには三メートルほどの距離がある。芽衣の背後から次々に人が歩いてきて、彼女を避けたあと、ふたりのあいだに空いたそのスペースに体を差し入れた。そのたび、人影に隠れて芽衣の姿が視界から消えた。近くにいこうとすると、芽衣が手のひらをこちらに向けた。

「だめだよ、こないで。そこでいいよ」

するとし、人々の動きがおおきく変化した。ゆるやかに流れる川のまんなかにとつぜん巨大な岩があらわれたようなかたちで、人の流れがばっくりと割れたのだ。

芽衣の背後から歩いてくる人々はおおきく彼女を迂回《うかい》する進路をとって、ホームの端のほうを窮屈そうに歩き、恭一の背後でやっと合流すると、階段を登っていく。だれも、ふたりのあいだを通り抜けようとはしない。とつぜんふたりが目に見えないドームに包まれてしまったかのようで、人々はそれを避けて歩いていた。先ほどのように、邪魔そうに視線を向けてくることさえしない。

「恭一は東京にもどってから、どうしてた？」

人の流れの異様な変化に目を奪われていた恭一は、芽衣に問われて我に返った。

「こっちのセリフだよ。あの夜、なにがあった？　どうして連絡くれなかったんだ」

人波がまばらになってきた。直前に停車していた車両から降りた人々が、改札階への移動を終えたのだろう。さっきとは逆に、階段から降りて歩いていく人の姿も目につくようになった。しかし彼らもまた、芽衣と恭一をおおきく避けて進む。

「わたし、沢母児にいってたの」

「あの夜のあとに、ってこと？」

芽衣はうなずいた。

「わたし、根本的なかん違いをしてたんだ。だから、はじめから調べ直してた」

芽衣が深く胸に息を吸い込んだ。そうして、かすかな笑みを口の端に浮かべる。

「喰らいでか」

耳馴染《みみなじ》みのない言葉に、すぐには字面が思い浮かばない。いくつかの候補が脳裏に浮かんでは消え、やがて〝喰らう〟という漢字とひらがなの組み合わせがしっくりと腰を落ち着ける。

「映画のタイトルだよ。といっても、劇場公開されたわけじゃない。映像制作系専門学校の学生グループが撮った作品」

恭一は、いよいよわからなくなっていた。いったい、話がどこに飛んだ？

「わたしは、『喰らいでか』を観た。十一年前の出目祭りでね。沢母児恐怖映画祭。あの年の出目祭りで開催された、映画作品の公募企画。沢母児に向かう車のなかでも話したよね。『喰らいでか』は、そこに出展された作品だよ」

芽衣は話しながらスマートフォンを取り出した。

「とはいっても、内容なんて全部忘れてた。大筋だって思い出せないし、どんなシーンがあったのかもわからない」

スマートフォンがポケットのなかで振動した。確認すると、動画データの添付された芽衣からのメッセージを受信していた。

「再生して。映像資料として、沢母児の町役場に所蔵されてたもの」

うながされるままファイルをタップした。動画が再生される。

太いヒールのサンダルが映る。女性の足元を撮った映像だ。恭一は音量をあげたが、音は聞こえないままだった。音声は入っていない。どうやら、映像を流しているモニターを直接カメラで撮影したものらしい。

画面が切り替わる。髪をふりみだす女性、その肩から上を、うしろから撮っている。どこかの建物の廊下だ。薄暗く、しかし不潔な印象はない。病院だろうか。窓の外は夜だ。まっすぐにつづく廊下。

女性がふり返る。恐怖に見ひらかれた目。腕をふり、走りつづける。口をひらいて、なにか言葉を発した。

女性が転倒した。しかめた顔のアップ。それが驚愕《きょうがく》の表情に変わる。小指に細いリングをはめた左手が、画面の中央に映った。指と指のあいだに、気泡の浮いた膜が張っている。ぬるりと、透明な塊が小指の根本から糸を引いて落ちた。

ぺたんと座りこんでいる女性。自分の体を見下ろし、周囲に視線をめぐらせる。てらてらと、床が光を反射していた。

がば、と女性が顔をあげた。それから、不自然なほどゆっくり、ゆっくり、背後をふり返る。

つづいてあらわれた映像を見て、恭一はうめいた。それを目にしたのははじめてだったが、たしかにそうだとわかる。まちがえるはずがない。

ぬるぬると濡《ぬ》れて、たるんだ皮膚。束になって体を流れる、長い髪。切り傷のように、まっすぐ引き結ばれた口。そして、顔面から生える二本の長い腕。ネットで語られ、描かれ、そして、芽衣から聞かされていたとおりの姿で、蛞蝓女はそこにいた。

「あの夜、行方のわからなくなった千璃さんを探して町役場に行って、わたしはその映像を見つけた。それの名前は『レディ・ペイン』。『喰らいでか』に登場する、人喰《ひとく》いの怨霊《おんりょう》」

ふは、と吹き出して笑う。

「〃アレ〃は、映画のキャラクターなの。〃アレ〃なんて、存在しない」芽衣はくつくつと肩を震わせて、なおも笑っている。「〃アレ〃は沾水ネンの呪いの本質じゃない。沾水ネンの呪いと、〃アレ〃自体は無関係だった」

恭一は、芽衣の話を必死に頭のなかで組み立てた。いまわかっていることと、わかっていないこと。確かなことと、仮説でしかないこと。起きたことと、起きるかもしれないこと。

「メノテメの由来について話したのを覚えてる?」

もちろん覚えていた。手のひらに目がある妖怪《ようかい》『手の目』をもじって、目が手の女と書く『目の手女』。蛞蝓女は目にあたる部分から腕を生やしていて、『手の目』とは逆だからというシャレだ。

あるいは、いろは歌で『め』の字の手前にある『ゆ』の字を示した、『めの手前』が訛《なま》ったもの。『ゆ』とは、ナメクジの方言呼称『蝓《ゆ》の虫』のことを指している。芽衣はそう話していた。

「目の手女にしろ、めの手前にしろ、ともかく〝アレ〟の外見が由来になってる。それがまちがいだった。けっきょく、こじつけでしかなかったの。メノテメって言葉と〝アレ〟とは、なんの関係もなかった」

ホームに電車が来ることを知らせるアナウンスが流れた。芽衣が首をそらして上方を仰いだが、アナウンスに注意を向けたわけではなさそうだった。

「千璃さんの言ったとおりだった。言葉は、パワーを持つって。もしメノテメと〝アレ〟とが結びついていなければ、〝アレ〟が古くから知られている存在だなんて思いこまなかった。そうしたら、『喰らいでか』の内容も思い出せていたかもしれない。呪いの本質にも、もっと早く辿《たど》り着けていたかもしれない」

電車がホームにすべりこんでくる。甲高い警笛の音がした。ゆっくりと車両が止まり、勢いよく空気のもれる音がして、扉がひらいた。人混みがホームになだれこんでくる。しかし、やはり恭一と芽衣の周囲にはだれも近づかない。脂っぽい汗が額に浮くのを感じた。

「独自品種の開発に成功して、沢母児は金魚養殖の町として有名になった」往来が少し落ち着いたところで、芽衣はふたたび口をひらいた。「その品種は宝石のような色模様を持っていて、全国の愛好家たちのあいだでブームになった」

それは、恭一から芽衣に伝えた情報だ。沢母児を訪ねて二日目、町役場の郷土資料室で見つけた当時の新聞記事に、同じ記述があった。

「わたしひとりであらためて沢母児を訪ねたとき、リンドウばあちゃんにその金魚について きいたの。ほんとうならそれは、ランチュウっていう金魚の品種、特に中国産の個体に見られる珍しい色模様なんだって。そういうランチュウは、宝石の名前からとって『瑪瑙《めのう》ランチュウ』って呼ばれてる。でも沢母児の独自品種は、出目金だった」

恭一に話しているというよりは、まるで独り言のようだった。芽衣の視線は恭一を通り越して、はるか遠くを見つめていた。

「瑪瑙ランチュウと似た色模様の出目金。沾水ネンはそれに、『瑪瑙出目金』って名前をつけた」

芽衣の目の焦点が、ひたと恭一に合う。

「沢母児の養殖業を取り仕切って、独自品種開発の旗頭として町に貢献した沾水ネンは、町のみんなから尊敬と愛情をこめて、こうあだ名されてた」

瑪瑙出目さん――

「メノテメは、『めの手前』でも、『目の手女』でもない。瑪瑙出目がなまった言葉。つまりただ、沾水ネンのことを指す愛称だったの」

芽衣は恭一の顔をのぞきこむように頭を下げ、微笑んでみせた。

「メノテメは、蛞蝓女じゃない。蛞蝓女は、呪いの本来の姿じゃない。じゃあ、いったいわたしにかかってる忌み継ぎの呪いって、なに？　沾水ネンが残した三つの呪いって、なんのこと？」

恭一はただちいさく首をふることしかできなかった。

「リンドウばあちゃんのとこを訪ねる前に、沾水神社にもいった。壁に設置された棚に、霊璽がずらっとならんでて、それを、端から順にたしかめていったの。そうしたら、全部の霊璽の裏面に、三つの漢字のどれかひとつだけが書かれてた。感じるの『感』、記憶の『憶』、それから『心』、のどれか一文字。でも、一番端に安置されてた沾水ネンの霊璽だけは、『感憶心』って三つの文字が全部刻まれてた」

芽衣は指を三本立てた。

「沾水ネンの霊能について、わかってることを思い出して」

目には見えないなにかで拘束され、野晒《のざら》しにされるという刑罰。

沾水ネンの怒りに触れ、家族からさえもその存在を忘れられた女。

沾水ネンについての、ありもしない思い出を語る沢母児の人々。

そして、彼女に従う魑魅魍魎《ちみもうりよう》。

「石渡のじいちゃんは、沾水康之助には子どもがいたと言ってた。そして、自分だけが〝影響〟を受けなかったとも。〝影響〟っていうのを受けた結果として、沢母児中の人間が沾水康之助の子どもについて忘れているのだとしたら——それって、家族からも忘れられたっていう、女性の話に似てると思わない?」

恭一は慎重にうなずいた。それを確認してから、芽衣は話をつづけた。

「沾水康之助の名前が書かれている霊璽には、『憶』の字があった」

沾水康之助。沾水イサオの息子。忌み継ぎであり、〈埋め痼〉による最後の犠牲者。

そして——

「それから、わたし」

「芽衣?」

芽衣は自分の胸に手を当てて、心臓の鼓動を嚙《か》み締めてでもいるように目を閉じた。

「〝アレ〟は、幼いころに観た映画のキャラクターだった。映像と、それからわたしの頭のなかにしかないものが、わたしの近くでだけ、まるで現実のもののように姿を見せた。それだけじゃない。わたしは現実とまったく区別できない、悪夢みたいな世界に閉じこめられもした。目に見えるだけじゃなく、それは触れられるし、匂いもあるし、音もある世界だった」

「なあ芽衣、なにが言いたいのかぜんぜん——」

「きっと」芽衣はやにわに語気を強めて、恭一を遮った。「きっとわたしは、怪物を操ることができる。その人にとっては現実のものでしかありえないものを使って、その人を縛りあげることもできる。沾水ネンがしたのと、まったく同じように」

芽衣の言わんとしていることをとうとつに理解して、あ、と思わず声を漏らした。

「忌み継ぎの呪いは」恭一は自分の髪をくしゃりと握った。「沽水ネンの、霊能の一部」

同意を求めて芽衣を見れば、値踏みするようにこちらをにらむ視線と目が合った。

「そうなの。三つの呪いの三つっていうのは、霊能の種類のこと。『感』『憶』『心』の文字それぞれが、その忌み継ぎがどんな霊能を継いだのかを表してる」

またアナウンスがあった。線路を挟んだ向かいのホームのものだ。

「〈埋め痼〉で殺されそうになったあの夜、わたしのために作られた霊璽も見た。〈埋め痼〉で使う予定だったのかな、沽水神社の近くに落ちてた」

そんなものを見た覚えはなかった。芽衣にかかえられて沽水神社のそばを通ったという記憶すらあいまいなのだ。

「もちろん、六人組は忌み継ぎを恭一だと思いこんでいたから、霊璽にある名前は恭一のものだったけどね。その裏には『感』の字があった。つまり、蛞蝓女があらわれた原因としての忌み継ぎに、『感』の字があてがわれてた」

「『感』の文字は、そこにはないものをあると感じさせる力」

恭一はつぶやき、芽衣がうなずく。

「沽水康之助の子どもについての記憶を沢母児の人から消した忌み継ぎが、沽水康之助なのか、それとも人知れず同時期に存在したほかの忌み継ぎかわからないけど、少なくとも沽水康之助を〈埋め痼〉にかけた当時の六人組は、彼がそういう種類の呪いを継いでいると考えた。だから、沾水康之助の霊璽には、『憶』の字があった。それはきっと、人の憶《おぼ》えていることを書き換える霊能。『心』の字に関しては、沾水ネンの伝承と、その文字それ自体の意味を合わせて考えると、人の心や感情を操る力、とかかな。それを使って、沾水ネンは町の人の愛情と尊敬を得ていた」

「なあ、芽衣」

「またこじつけだって、そう言いたいんでしょ。メノテメの由来みたいに、それらしく見える情報をツギハギしてでっちあげた、妄想だって」

思わずといったふうで、芽衣はくつくつ、と低い笑いを漏らした。

「わたしだってはじめはそう思った。根拠も何もない、ただの思いつきだって。だけどいまは、疑いようもないんだ。経験して言ってる。実証して言ってる。確信して言ってる」

舞台の上で役者が喝采《かっさい》を浴びるように両手を広げて、芽衣は、ほら、と表情を明るくした。まわりを歩くだれも、そんな芽衣を見ない。ほんの一瞬、視線をよこすことさえしない。

「〝アレ〟はやっぱり、わたしの頭のなかにしかいない存在だった。わたしが、〝アレ〟を呼んだ。わたしが、〝アレ〟に体を与えた。わたしが、〝アレ〟を操った。

〝アレ〟はわたしが、『そうだったらどうしよう』『そうかもしれない』『そうしてほしい』って思い描いたことしか、しない。いままでも、きっとそうだった」

恭一は、懸念がひとつ溶けて消えたことを理解した。

これで、芽衣が蛞蝓女に傷つけられることはなくなったのだ。もう、彼女は怪異に怯《おび》えないですむ。それは得体の知れない存在ではない。芽衣自身が作り出す、彼女自身の一部だ。

ただ、そのせいで芽衣は——

「だから〝アレ〟が起こした混乱の責任は、やっぱりわたしにある。〝アレ〟が原因で、いろんな人が嫌な思いをした。怖い思いをした。事故も起きた。怪我をした人もいる。それはみんな、わたしのせい。でもね、恭一」

芽衣の声が、にわかに冷たくなる。

「六人組が死んだのも、お父さんがあそこから飛び降りたのも、千璃さんの行方がわからないのも、それからたぶん、おばあちゃんが消えたのも——それは全部、わたしのせいなんかじゃない」

芽衣は腕をあげ、まっすぐに恭一を指差した。

「ねえ、恭一。あなたが、ウルミなんでしょ」

「——は？」と、喉《のど》から裏返った声がもれた。

「十一年前の出目祭りで、わたしと出会った子ども。沽水康之助の息子。沽水恭一、それがあなたでしょ」

「ちょっと待ってくれよ。なんだよそれ」

「わたしがあの日、町役場で手に入れたものはふたつある。ひとつは、『喰らいでか』の映像。もうひとつは、これ」

芽衣がまたスマートフォンを取り出した。しかし、それは恭一が見慣れている彼女のものとは違っていた。

「千璃さんのスマホ。パンコンで資料に目を通すよう頼まれたときに、パソコンをひらくためのパスコードを教わったの。スマホのパスコードもそれと同じだった。なかに、恭一とやりとりしたメッセージが残ってたよ。恭一はあの日、千璃さんを追って町役場にいった」

「おれじゃないよ、あの人にメッセージなんて送ってない」恭一はきっぱりと言い切った。「たぶん小山田史彦か、〈埋め癇〉の覡《かんなぎ》のだれかだ。おれが捕まったあとに、おれの端末でメッセージを送ったんだ」

「わたしもそう思ったよ。でも、恭一が自分で千璃さんにメッセージを送って彼女と接触した、って可能性も考えてみたの。だから、ひとりで沢母児を訪ねた。だれも信じられなかったから」

恭一は呆然《ぼうぜん》とした表情で肩を落とした。しかし、芽衣は気にするそぶりもない。

「ウルミはきっと、忌み継ぎだった。十一年前の出目祭り、沽水神社で男女がいきなり取っ組み合いをはじめたのは、ウルミが自分の継いだ呪いを——沽水ネンの霊能を、使ったから」

　そのとき、またアナウンスがあった。線路から離れるように、駆けこみ乗車はしないように、自動音声が淡々と告げる。

「忌み継ぎの霊能は、別の忌み継ぎにだけは影響をおよぼさない。そして〈埋め痼〉のとき、あの夜、恭一だけが〝アレ〟を見てなかった。みんなが〝アレ〟を見て大騒ぎしているのに、そんななかで恭一だけは、わたしに〝アレ〟がそこにいるのかどうかたずねた」

「薬で朦朧《もうろう》としてたから――それに、蛞蝓女は必ずしもその場にいる全員に見えるわけじゃないだろ？　大学で起きた転落事故のときだって、バルコニーから落ちた彼だけが蛞蝓女を見ていて、ほかの人間はそれを見てなかった」

「そうだね、恭一のいうとおり。でも、可能性に思い当たった以上はたしかめようと思った。恭一も忌み継ぎなんじゃないかって、荒唐無稽《こうとうむけい》な可能性さえも」

「そのためにおれの家にいったの？」

「うん。でも、なにもわからなかった。恭一のお母さんはむかし住んでた土地の話とか、恭一が子どものころの話題とか、あきらかに避けてた。だから、別の方法を試した」

　電車がホームに停車した。車両から、人、人、人。おびただしい数の人が、吐き出される。芽衣はまた、抱擁を求めるように両手を広げた。

「どうしてみんな、こんなふうにわたしたちを避《よ》けて歩いてるかわかる？」

　だれも、恭一たちに近づかない。だれも、恭一たちを見ない。恭一は口をひらこうとして、また閉じた。

「ね？」と、芽衣は小首をかしげた。「これは恭一にだけ、見えてない。わたしはこれを、恭一にも見せようとしてるのに」

恭一はうなだれた。どんな表情が必要だろう。

しばらく考えてから、思い切って顔をあげる。自分がどんな答えを出して、どんな表情を作ったのか、自分ではわからない。そして、口をひらいた。

「蛞蝓女が、十一年前に芽衣と観た映画のキャラクターだったなんて、まさか、想像もしなかったよ」

その言葉を聞いても、芽衣は表情を変えなかった。

「かつて沾水ネンが操ったっていう怪物のうちのどれかが、蛞蝓女なんだとばかり思ってた。それを、芽衣が継いだんだって」

恭一は腹をくくった。いつかかならず知られることだと、備えてはいたのだ。いまであってほしくは、なかったものの。

「あなたのこと教えて、恭一。それとも、ウルミって呼んだほうがいい？」

恭一は肩をすくめてみせた。

「わたし、恭一のことをどう考えていいのか、まだ決めかねてる。だから、知ってることを全部話して」

「いちばん古い記憶は、金魚だ」

全部、と求められて、いちばんはじめに思いついた光景を、そのまま口に出した。

「さわもに魚園の店先にある水槽で、出目金がじっと水中に浮いてる。瑪瑙《めのう》出目金じゃない。全身真っ黒の、黒出目金。まるい目で前を見つめたまま動かなかったから、死んでるんじゃないかと思ってガラスを叩《たた》いた。そしたら、父さんに——沾水康之助に殴られた」

3

「店のもんに、なにを、この——」

怒りのあまり言葉を失っているのか、父さんはそうして言葉を尻切《しりき》れにさせると、その代わりにまた二発、三発と拳《こぶし》をおれの頬に見舞った。

父親である沾水康之助について考えると、おれはいつもいっしょに痛みを思い出す。顔を打つ父さんの拳。腹を蹴《け》る父さんの脚。髪をつかむ父さんの指。

父さんは母さんのことも殴った。息子を殴る夫に飛びかかり、殴られ、しかし声を張りあげて食ってかかり、また殴られ、息子を背にかばい、さらに殴られた。母さんの気力が完全に折れるか、父さんの体力が尽きるまで、それがくり返される。

父さんは自分が家族を殴ったということを、ぜったいに認めなかった。あとになって母さんから責められても、知らない、覚えていないと言い張る。目に見える部分に怪我があるときは、なにか別のもののせいにするか、じろりと傷をにらむだけだ。

「俺は殴ってねえ。覚えてねえ。覚えてねえもんは、あったことじゃねえ」

父さんがくり返していたそんな言葉を、鮮明に記憶している。

それから、父さんが酒を飲むたびに何度となく聞かされていた、このセリフも。

「お前も、俺も、沢母児からは一生出ねえ。俺は爺《じい》さんから、ここでの生き方しか教えられなかった。俺は沢母児で歳を取り、沢母児で死ぬ。お前もそうだ、恭一。俺と、それから爺さんといっしょに、一生金魚の世話をするんだ」

沢母児について父さんが語ると、必ず最後は死に触れる。沢母児で歳をとって死ぬ。沢母児に骨を埋《うず》める。沢母児のために命を使う――

父さんの語る沢母児という言葉は、いつも町そのものを指していて、そこに住むだれかのことを言ってはいなかった。

父さんの機嫌が悪いとき、父さんが酒を飲みすぎたとき、両親が言い争いをしているとき、それらを合わせればほとんど毎日のことではあったけれど、そんなときおれは、イサオじいさまのところにいった。じいさまはさわもに魚園の社長だ。

イサオじいさまのところでは、戸川旅館の縁太郎おじとよく顔を合わせた。縁太郎おじはイサオじいさまのことを「おやじ」と呼んでいたから、父さんの兄なのだと思っていた。

「あいつは東京に娘と妻を置き去りにして逃げ帰ってきた、薄情もんだ」

父さんは縁太郎おじについてそう語った。ふたりは、どうやら子どもの時分からずっと仲が悪いらしい。でも、おれは縁太郎おじのことが好きだった。

父さんは、イサオじいさまのことも嫌っていた。

「これは秘密だけどな、恭一。おまえのじじいが戸川んとこの女将《おかみ》をはらませて産ませたのが、戸川縁太郎なんだよ。おれと戸川縁太郎は、秘密の兄弟なんだ」

秘密の兄弟と聞いておれははじめて、父さんと縁太郎おじは、少なくとも公には兄弟ではなかったのだと知った。

「えぇ？　もしそうなら、いとこができるじゃねえか！　出目祭りのころにいつも、戸川旅館にガキがくるだろ。あれが東京に置いてきた、あいつの娘だ」

父さんは家族を嫌っている。息子を殴り、妻を殴り、父親を嫌い、そして、縁太郎おじがほんとうに父さんの兄弟なのだとすれば、それも蔑《さげす》んでいる。

そんなふうにして自分の生まれた環境を憎んでいたのに、故郷である沢母児という町や、そして沾水という姓に関しては、奇妙な愛着をいだいていた。

「沢母児にはな、メノテメさんっつう神様がついてる。もとは不思議な力を持った巫女《みこ》様で、怪物を従えて敵を殺したり、風をあやつって悪人を縛りあげたりしたらしい。沢母児を金魚の町にしたのも、メノテメさんだ。そうだよ、実在した御人なんだ。メノテメさんは、俺たち沾水のご先祖なんだ。だから、沾水は特別なんだ。メノテメさんは死んだあとにも神様になって、俺たちを見守ってくださってる――いつか、おまえも連れていってやる。沾水神社っつってな、メノテメさんが祀《まつ》られてる秘密の神社があんだよ」

おれはその場所を知っていた。社殿をラブホテル代わりに使っている高校生がいるらしい。その現場をこっそりのぞき見したのだという話を、クラスメートが自慢げに語っていた。もちろん、父さんには話さなかった。


ある日、引っ越しをすることになった。突然だった。父さんが強引に決めたことのようで、母さんにとっても寝耳に水だったらしい。

「あとで説明してやるから。いまはとにかく、おまえらだけ先にいけ」

時刻は深夜の二時。バンの荷台に一部の家財道具だけを詰めこんで、おれと母さんは沾水母児を発《た》った。出発の直前、父さんが泣きながらおれたちを抱きしめ、しきりに謝っていたのを、強烈に記憶している。

高速道路を走る。背後へ流れていく山並みをスクリーンにして、そこに直前の光景をくり返し思い描く。

運転席の母さんにたずねた。

「父さん、なんで泣いてたの」

母さんは前を向いたままで、首をかしげた。

「だれのお父さん？」

「父さんは父さんだよ」

「夢の話？」

「違うよ、さっき」

やはり母さんは首をかしげて、説明を重ねるのがめんどうになったおれは、質問を変えた。

「父さんも、あとから来んの？」

「お父さんは、来ないよ。いちど天国にいった人は、もうこの世界には来ないの。いつかずーっと先の未来で、私たちがそこにいくだけ」

「父さん、死ぬの？」

母さんが視線を一瞬こちらに向けて、ひどくかたい笑みを口の端に張りつけた。

「そうね、いつかじゃなくて、もうね」

母さんがなにを言っているのか、理解できなかった。

「母さん、だれのこと話してんの？」

「だれって、そりゃ、あんたの父さんのことでしょ」

わけがわからない。いよいよ苛立《いらだ》ってきて、おれはまた質問を変えた。

「引っ越すんだから、どこか別の場所に住むんでしょ？　沾水は、沢母児の外に住んだらいけないんじゃないの？　父さんが言ってたよ。町が潰《つぶ》れるって」

「なにそれ」

母さんは笑った。

「さわもにって、なに？　うるみって？」

母さんは、忘れていた。

沾水の名を。沢母児の町を。そこに住む人々を。

会話していくなかで、母さんはどうやら忘れているだけではなく、まちがった記憶を持っているらしいということがわかった。自分たちがどこからきたのかきいてみると、母さんはまるで知らない町の名前を出した。

父さんはつい最近死んだことになっていたし、引っ越しも夫の死をきっかけにして母さん自身が決めたことになっていた。父さんの名前さえデタラメだった。

やっきになって、母さんに話をした。沢母児のこと。父さんのこと。金魚のこと。出目祭りのこと。でも、母さんは信じなかった。

とはいえ、いくら記憶違いをしているからといっても事実は記録に残っている。母さんにあらためてたずねたことはないから、きっかけはわからない。ともかく、しばらくしてから母さんは、役所で事実を知った。

おれの祖父母、母にとっての両親はそのころすでに他界していたが、存命の親戚《しんせき》筋に確認をとり、彼らの言葉もおれのほうが正しいと示した。

覚えていることのなにがほんとうで、なにが嘘なのか、母さんは混乱した。自分自身に対する怒りと不信で、打ちのめされていた。でも母さんは、父さんのようにおれを殴ることもしなければ、酒に溺《おぼ》れることもなかった。そうなる前に、必ず母さんは落ち着きをとりもどす。おれが触れれば、それだけでいい。

役所の手違いを疑っていた母さんが窓口で怒鳴り声をあげたときも、おれが手を握れば、とたんに声をおだやかにした。記憶がもどらないことに腹を立ててカウンセラーにつかみかかったときも、背中をさすってやれば、微笑んで席にもどった。

沢母児を出てから、おれは母さんの気持ちをなだめるのがうまくなった。もちろん、それはただなだめているのとはまったく意味が違ったのだけれど。


沾水という姓に覚えのない母さんは旧姓の「青井」を名乗っていて、おれにもそうするよう求めた。反発する気持ちはなかったが、慣れの問題で、どうしても氏名の記入欄には沾水恭一と書いてしまったし、名乗るときにもそうだった。

沢母児では、「沾水さんちの子」としてどこか距離を置かれていた。沾水だからなんだというのか。きっと、同級生のだれもその意味をわかっていなかったし、彼らに沾水は特別だと教えた大人たちでさえそうだったろう。

沢母児から出たらいけない、出たら町が潰れる。そんなことを信じている人間は少なかっただろうが、実際に沾水の人間が町の外に住むことを六人組は許さなかった。町が潰れるなんて話を信じているかどうかにかかわらず、現に沾水の人間は町から出ないという事実が、その名前が特別なのだと皆に信じさせていた。

あたらしい学校で沾水の名が意味を持たなくなると、同級生は積極的におれを嫌った。

おれは沾水の名に守られていたのだと気づいた。

背後から聞こえる忍び笑いにふりむくと、女子たちがはしゃいで逃げだす。持ち物がたびたび紛失し、それを探すおれにニヤニヤ笑いが向いている。机のなかからダンゴムシやカタツムリやカマキリの死骸《しがい》が出てきて、何人かが顔を見合わせ笑いを噛《か》み殺している。

その日も、机の上にえんぴつの削りカスが山盛りになっていた。くすくすいう声のほうを見ると、満面の笑みを浮かべたクラスメートのひとりが「ん、どした？」と裏返った声で言って、周囲の笑いを誘った。

後先のことを考えるのが面倒になった。どっちが先に手を出したとか、おとなへのいいわけとか、もうどうでもいい。

おれはそいつをぶちのめすつもりで、席を立った。相手を萎縮《いしゅく》させ、抵抗する気力を削《そ》ぐため、眼差《まなざ》しに強く敵意をこめる。

おれがおまえをいま、殺す。ぜったいに殺す。

睨《にら》みつけながら、一歩、一歩、近づいていくと、そのうちにそいつが「ふぁあ」とまぬけな声をあげて、腰を抜かした。周囲の机と椅子を巻きこんで倒れ、尻《しり》もちをつく。その騒々しい音で、クラス中がこちらを見た。

さらにおれが距離を詰めると、そいつは失禁した。ズボンの股間《こかん》部分の色が濃くなって、床に尿が広がっていく。ぎゃあ、とか、汚ねえ、とかいう悲鳴があがる。

それから先、同じように睨みつけるだけで、おれにちょっかいを出すやつらも、おれのことを笑うやつらも、だれもが泡を食って怯《おび》えるようになった。この学校のやつらがよほど臆病《おくびょう》なのか。おれのひと睨みに、よほど迫力があるのか。

おれは父さんから聞いたメノテメさんの話を思い出した。沾水の人間を特別に守る、不思議な霊能を持った神様。沢母児を豊かにし、だれからも愛されていた巫女。

もしやこれは、メノテメさんの霊能なんじゃないか？　沾水の人間を守っているって、こういうことなのか？

それなら、母さんのことについても説明がつくように思えた。母さんがどんなに我を失って怒り、悲しんでも、おれはいとも簡単にそれをなだめることができる。そんなことができるようになったのは、沢母児を出てからだ。

沢母児を出ていってしまったおれを心配して、メノテメさんが特別にご加護を授けてくれているのかもしれない。おれはそう信じた。

4

ふたたび沢母児の土を踏んだのは、その年の出目祭りだった。母さんの運転するバンの助手席に収まり、町を出たときに使った道を逆にたどる。母さんは、自分の過去を探るつもりでいた。

沢母児に着くと母さんは車で方々をまわったが、おれは車内で待たされていたので、どんな会話がされたのかはわからない。正直言ってつまらなかったし、おれがいるせいで行動が制限されるのをわずらわしく思っているのが伝わってきたので、宿で待っていると自分から提案した。

「ごめんね。なるべく早く帰るから、ゲームやって待っててね」

わかったと返事はしたが、おれはすぐに宿を抜け出した。

町は出目祭りでにぎわっていた。テレビで取り上げられたのをきっかけに、前年から人出が一気に増えていた。

この祭りが大好きだった。おれが、おれの家族が、沽水の名が、この体を作る血と肉が、沢母児のまんなかにいるとはっきり感じられる日だった。

それなのに、知らない人間ばかりがごちゃごちゃと行き合う出目祭りは、なんだか他所《よそ》の祭りみたいだった。

「縁太郎さん、遅いすよ」

馴《なじ》染みのある名前を耳がとらえて、おれは首を伸ばした。通りの端に、行事でよく見る白い屋根のテントがあった。人混みをぬって近づく。

「娘迎えにいってから向かうって伝えてあったろ」

縁太郎おじの声が答えた。

「東京の？　え、ほっといて大丈夫なんすか？」

「小遣いたんまり渡したから平気だよ」

「娘さん、いくつになったんでしたっけ」

「十一とか、十二とか、まあ、そんくらいだよ。少なくとも赤ん坊じゃない」

　おれは声を張って、縁太郎おじを呼んだ。テントの下では大人たちが鮨詰《すしづ》めになり、顔を赤くして酒を飲み交わしていた。

「おまえ、どこの坊主だ？」

　縁太郎おじが膝《ひざ》を曲げ、視線の高さをおれと同じにしてたずねた。ふざけているのだと思って、少し笑った。

　恭一だよ、と名乗る。縁太郎おじは、首をひねった。

　首から上が、燃えるように熱くなった。怒ったわけじゃない。おれはその場から逃げだして、さわもに魚園に走った。何度も人にぶつかって転んだ。

　ほんの少し沢母児を離れただけで、忘れられてしまった。そのことにひどく傷ついていた。

　今日は祭りだ。沾水が特別な日だ。おれがおれを誇れる日だ。そんなふうに考えていた自分のことが、殺したいほど恥ずかしかった。

　縁太郎おじでさえおれのことを忘れているなら、もうだれもおれのことなんて覚えてない。

　さわもに魚園に向かったのは、そうはいっても叔父《おじ》さん家族ならおれを懐かしみ、歓迎してくれると思ったからだった。しかし、そうはならなかった。

インターホンを押して顔を出した叔母《おば》さんが、おれを見て「どちらさま?」とたずねたので、おれは名乗ることもせずに立ち去った。叔父さんも、いとこも、きっとおれのことを忘れているだろう。

さわもに魚園の敷地にある、金魚の養殖池をながめながら父さんのことを想った。養殖池は暗く、そこを泳ぐのは闇のなかでさらに黒々と沈む、おぼろげな影だけだった。

もうおれは、沢母児の人間じゃなくなってしまったんだ。

「なに見てるの」

突然声をかけられた。ふりかえると、女の子がいた。どこかで見た覚えのある顔だが、すぐには思い出せない。

金魚以外になにを見られるというのだろう。バカなことを聞くものだと思った。

「なんでこんな暗い場所で溜池《ためいけ》の金魚見てるの、ってこと。お祭りいけばよくない?」

思い出した。毎年、出目祭りになると沢母児を訪ねてくる縁太郎おじの娘だ。

縁太郎おじがイサオじいさまと戸川旅館の女将《おかみ》のあいだに生まれた子どもだという父さんの話を信じれば、その少女は祖父を同じくするおれのいとこ、ということになる。

おまえは縁太郎おじの娘だろうと指摘すると、少女はわかりやすくぎくりとした。

「そっちは、だれなの」

警戒心むき出しでたずねられて、おれはただ、沾水とだけ名乗った。

5

浴衣《ゆかた》を着た高校生の男女が、殺し合っている。殴り、蹴《け》り、引っ掻《か》き、首を絞め、獣のように吠《ほ》える。それを、沾水神社の社殿の陰から、芽衣と眺めていた。

出目祭りから帰ろうとする芽衣の気を引くための、ほんのいたずらのつもりだった。だけどメノテメさんの霊能は、いままででいちばん劇的な効力を発揮していた。

この力は、いまこの瞬間まで好き合っていたふたりに、殺し合いをさせている。すごい。メノテメさんは、とんでもない神さまだ。好きも、嫌いも、怖いも、気持ちいいも、全部願ったとおりになるんだ。そいつがほんとはなにを考えていて、なにを感じてたかなんて、メノテメさんには関係ない。人間の頭のなかをしっちゃかめっちゃかにかき混ぜて、好きなように塗り替えちゃうんだ。

「そんな神様、いるわけない！」

芽衣がそう叫んだので、おれは地面でもみくちゃになっているふたりを指差した。

ほら、あれが証拠だよ。ほら、あれがメノテメさんの力なんだよ。なあ、すごいだろ、おもしろいだろ！

そのとき、背後からの光に気づいた。山道から、だれかが来る。

光がカップルを照らし、それからさっとおれに向いた。おれはとっさに、芽衣を社殿のほうへ突き飛ばした。

「そこでなにやってんだガキ！」

顔を照らされ、まぶしくて目を細めた。

「おまえ、さっきなんて言った」

目の前に、顔見知りの老人が立ちはだかっていた。六人組のひとりだ。ときおり、イサオじいさまを訪ねてさわもに魚園にやってくる、髪の真っ白な男だった。

「おまえ、どこのガキだ」

しかしというか、やはりというか、相手はおれのことを覚えていなかった。

その声はひどく怒っていた。冗談じゃない、と思った。ただ見物していただけで、おれはなにもしてないのに。

おれは白髪の男に霊能を向けた。怖がれ、と念じる。

男は息をのみ、表情を歪《ゆが》めた。そして自分の体を見下ろし、まっすぐにおれを見つめた。

「これって、おい、まさか――そんな」

男が泣きだしそうな表情になる。おれはほくそ笑んだ。しかし、白髪の男は意を決したように強く一歩を踏み出し、おれの腕をつかんだ。そして、その手に握る懐中電灯でおれの頬を殴った。

「ほんとうにこいつが忌み継ぎなら、どうすりゃいいんだよ、くそ」

「あんたでも知らないことを、俺が知らされてるわけないでしょうよ。ご老公に連絡しないと」

「おまえ携帯は」

「車んなかに置いてきた」

首から上が、じんじんと痺《しび》れている。何度殴られたのか。最初に懐中電灯で一度、山道に入るときに腕をふりほどこうとして二度、三度。それ以降は記憶があいまいだ。

おれは、ワンボックスカーのフルフラットにした後部座席に押しこまれた。

「おら、飲め」

缶を口に押しつけられ、鼻をつままれた。缶のパッケージを見ると、父さんが飲んでいたのと同じ銘柄のビールだった。口のなかに苦い液体が流れこんでくる。うしろから頭を強くつかまれていて、顔をそむけることもできない。ごぼごぼとむせながら、なんとか飲み下す。白髪の男が助手席のほうに手を伸ばし、二本目の缶を取った。片手でそれをあけ、さらに飲ませてきた。

「べろべろに酔わせりゃ、もう妙な力も使えんよな。これで大丈夫だよな？」

「だから、俺は知らねえですって」

頭のなかにある脈動がおおきくなる。脳みそが膨らんで頭蓋骨《ずがいこつ》をつき破り、漏れ出してきそうだった。体が背中のほうに向かって延々と倒れつづけていくようなおぞましい感覚があって、おれはうめきながらシートにしがみついた。

白髪の男と若いほうの男がならんであぐらをかき、体を起こそうと無様にもがくおれを見下ろしていた。

「おまえ、名前は」

白髪に問われて、ぐらんぐらんとかたむく首を苦心してまっすぐに保ちながら、沽水恭一、と名乗った。

「くそ！」

白髪が激昂《げきこう》して声をあげ、若いほうが諌《いさ》めるようにその肩を叩《たた》いた。

「知らねえぞ、おまえみたいなガキ」と、今度は若いほうがたずねた。「親の名前はなんだ」

母の名前を言って、それから、沽水康之助、とつづけた。

「ちくしょう」と白髪の男がまた怒鳴る。「康之助のやろう、やりやがった。おれの頭をいじりやがって」

「なんだって？」

若いほうの男が聞き返すと、白髪は頭をかかえた。

「康之助にはせがれがいた」

「いや、いねえよ」

「いたんだ。康之助がおれたちにそれを忘れさせた」

白髪の男が、手のなかにあったビールの缶をぐいとあおった。

「忘れられた女の話、知ってるか。沾水ネンに罰せられて、家族の記憶からさえ消された女。康之助がどんな呪いを継いだのかは知らされてねえが、きっとそれと同じことが起きたんだ。町中の人間の頭をいじくって、自分のせがれと嫁についての記憶を消した」

「じゃあこいつは、ほんとに康之助のせがれか」

「だからそう言ってんだろ」

「でも、まだこんな」若いほうがおれをまじまじと見つめ、それから弾《はじ》かれるように視線を外す。「なにも、殺すこたないだろ」

「おまえ、いまさらおよび腰になってんじゃねえぞ」

白髪の男がまた怒鳴って、若い男の胸ぐらをつかんだ。

「誓いを立てて覡《かんなぎ》の務めについたんじゃねえのか」

「相手がガキとなったら話は別だろうがよ」

若いほうの男が、負けじと白髪頭の胸ぐらをつかみ返す。

おれは半身を起こした。頭が割れるように痛いのは、酒のせいか、殴られたせいか。ともかくその痛みが、こいつらならやりかねない、とおれに信じさせた。こいつらはほんとに、おれを殺すつもりだ。

おれはメノテメさんの霊能を男たちに向けた。

男たちは言い争いをぴたりと止め、目を白黒させておれを見た。

「ふざけるな！　それを、いますぐやめろ」

白髪の男になにか硬いもので顔面をしたたか殴られ、突っ伏した。

目の前にある手の甲に、ぼたぼたと血が垂れる。顔をぬぐうと、手のひらがまっ赤に染まった。鼻から血が吹き出しているようだった。

おれは腹に渾身《こんしん》の力をこめて、殺さないで、と声を絞り出した。一方で、霊能もゆるめなかった。

くそ、とちいさく毒づく若い男の声が聞こえた。

「おまえは死ぬ。そうでなくちゃいけないんだ」白髪の男がふるえる声で言った。「おまえは呪いを継いだ。しかたないんだ、沽水の血を恨め」

おれはさらに集中して、霊能を強めた。

白髪の男が毒づくうしろで、ひい、ひい、とかん高く情けない声があがった。若いほうの男が、自分の肩を抱いて泣いていた。

「しっかりしろ、早く殺せ！　康之助のときとは状況が違う」

その名前を聞いた瞬間、手を濡《ぬ》らす血が、その赤を失ったように見えた。色が溶け出して、目に見える世界が灰色に沈んでいく。

白髪の男が息苦しそうにあえぎながら、若いほうに詰め寄った。

「もう、いまこの場でだ――おまえが、やるんだ」

若いほうは歯をカタカタと鳴らしているだけで、応《こた》えなかった。

おれがふり返ると、男ふたりがぴたりと動きを止めた。目を剝《む》き、すがるような視線でおれを見つめた。口を半開きにして、疲れた犬のように短い息を吐いている。

沾水康之助を殺したのかとたずねた。ふたりはうなずいた。

だれが殺したんだ。おれは質問を重ねた。ふたりはもそもそとなにか言って、互いを指さした。

おれは念じた。

――死ね

6

「そのふたりはどうなったの？」

「沢母児で聞いたろ。十一年前の出目祭りのときに、六人組をふくむふたりの人間が自殺した。それからおれは霊能を使って母さんを説き伏せて、そのまま沢母児を出た。母さんはそれ以降、沢母児について話すのをやめた。おれがずっと、母さんのなかにある沢母児への執着を抑えてたから」

恭一は手足にだるさをおぼえた。こんなにも長く、一方的に自分のことばかりを話したのは、はじめてだった。

「父さんもおれと同じようにメノテメさんの霊能を継いでた。父さんの場合は、人の記憶をいじくることができた。それで、沢母児中の人間からおれと母さんにまつわる記憶を消した。それから、沢母児にまつわる母さんの記憶を書き換えた。町の外に出ることを許されないおれたちを、逃すために」

「沽水康之助は、恭一の記憶も改ざんしたつもりだった」

芽衣がそう補足して、恭一はうなずいた。

「ところが、おれも忌み継ぎだった。メノテメさんの霊能は、おれに効かない」

「あなたたちを沢母児から逃したってことは、沽水康之助は〈埋め痼〉のことを知っていたんでしょ。どうして、自分もいっしょに逃げなかったの」

「自分が呪いを継いでいると自覚したころには、きっともう父さんは、骨の髄から沢母児の人間だった。忌み継ぎである自分は死ぬべきだって考えに囚《とら》われてたんだ。でも、もちろん死にたくはない。父さんはきっと、自分が忌み継ぎだってことがバレそうになるたび、他人の記憶を書き換えてきた。父さんは、自分が家族を殴ったことをぜったいに認めなかったけど、それもたぶん、自分で自分の記憶を消してたからだ。無意識のことか、意図してのことかはわからないけど——だけど父さんは、沢母児からおれたちを逃したあのとき以外で、母さんやおれの記憶をいじったことはなかった。もしそうでないなら、自分が忘れるだけじゃなくて、おれたちにだって殴られたことを忘れさせようとしてたはず。でも、家族にだけはそれをしなかった」

　だから、息子が忌み継ぎだとわからなかった。もし記憶を消そうと試みていれば、それが息子には通用しないことにもすぐ気づいたはずだ。

「覚えていたくない過去は忘れる。都合の悪い他人の記憶は書き換える。きっと何度もそれをしているうちに、なにがほんとうに起きたことで、なにが自分の作った偽の記憶か、わからなくなったんだ」

「同じなの？　恭一も」

　恭一はホームの天井を仰いだ。ああ、と短く返答した。

「いまではもう、おれが意識してそれをするかしないかに関係なく、メノテメさんの霊能はおれ自身と周囲に働きかけつづけてる。おれはもう、自分の心のなにがほんとうで、なにが嘘なのかわからない。なにかを悲しいと感じたとき、なにかを愛《いと》おしいと感じたとき、それがたしかにこの胸で感じたものなのか、それとも、そうであるほうが望ましいからそうなっただけなのか、わからない。他人がおれを愛してくれたとき、おれのために悲しんでくれたとき、それがほんとうにその人自身が感じたものなのか、それともおれがそうしてほしいからそうなっているだけなのか、わからない」

　わからない、と、恭一はもう一度くりかえした。

「母さんと沢母児を訪ねてから先、おれはもうメノテメさんの霊能をつまらないことに使うのはやめた。人から好かれるためにそれを使った。人と人とを結びつけるためにそれを使った。自分の目の届く範囲で、みんながいつも笑っていられるように——そうしてたしかにそうなった。おれと出会った人間同士のあいだじゃあ、ささいな軋轢《あつれき》さえ生まれない。で、あるとき気づいた。それは、おれが脚本を書いて、皆がそのとおりに演じているだけの舞台だ。それがおれの生きる世界だ。そんなのって、たったひとりで生きているのと同じだろ」

「そうだね」

鋭い調子で、芽衣が同意した。恭一は、「発作があるんだ」と、先をつづけた。

「ときどき、おれ自身の心を操っている霊能の影響が消える。そんな瞬間がある。抑えこんできた本物の感情が、その一瞬に流れこんでくる——いろんな感情が、まぜこぜになってるはずだ。そうであるはずなんだ。でも、ひとつの感情があまりにも強くて、おおきくて、感情の濁流がそれ一色に染まってる」

芽衣がただ首をわずかにかしげて、先をうながした。

「おれは、さみしい」

芽衣はただ、「そう」とだけ言って嘆息した。

「恭一は、わたしを追ったの？　十一年前のあの夜から、ずっとわたしを探していた？それで、同じ大学に入った」

「いや、そうじゃない。芽衣とまた出会えたのは、運命だよ。大学に入ってからもおれは、それまでと同じようにメノテメさんの霊能に頼ってた。発作の間隔はどんどん短くなってたし、そのたびにおれを苦しめるさみしさの痛みも、強くなっていった。かといって霊能に頼ることをやめて、だれの気持ちも自分の思いどおりにはならない世界で生きることなんて、いまさらできなかった。そんなとき、おれは芽衣と再会した」

芽衣は目を逸《そ》らしたが、恭一はほほ笑んだ。

「はじめはそうとわからなかったんだ。十一年前の出目祭りで出会ったメイと、同じ大学の同級生、宮間芽衣とが同一人物だって気づいたのは——」

「わたしが、呪いの力の影響を受けなかったから？」

恭一は、そうなんだ、と吐息のようにささやいた。

「芽衣だけは、おれがつくるみんなの輪のなかに入らなかった。いくら霊能を向けてみても、芽衣は変わらなかった。十一年前にも、同じように霊能の影響を受けない女の子がいたのを思い出した。その子の名前も、メイだった」

はじめは身の危険を感じたんだ、と恭一は言った。

「芽衣は沢母児に父親がいる。そこを経由して、おれのことが六人組に伝わるかも知れない。存在しないはずの子ども、沾水康之助の息子が東京にいると知ったら、沢母児の連中はおれや母さんを追ってくるかもしれない。芽衣に、おれの出自を知られるわけにはいかなかった」

「それなら、わたしを避けることだってできたはずでしょ。恭一はあのころとはぜんぜん違う、わたしは気づかなかった」

「わかってる。でも、できなかった。霊能の影響を受けない芽衣だけが、この世界のなにが本物で、なにが嘘なのかを、おれに示してくれる。芽衣はおれにとって世界でたったひとりの、本物の心を持った、本物の感情をいだく、本物の人間なんだ。無視するなんて、できるわけない」

「だから、わたしと恋人になった」

「打算じゃない。おれは芽衣のことが好きだ。愛してる。嘘で口にしたことなんて、一度もない」

「その言葉がほんとうだったとして、恭一自身は、自分のその気持ちがどうして本物だって信じられるの？」

恭一はほんの一瞬言葉を詰まらせてから、答えた。

「おれにとって芽衣が、どんな意味においても唯一だからだよ」

芽衣が顔を歪《ゆが》めた。笑顔にも見えたし、怒っているようにも見えた。

「父さんの話によれば、芽衣はおれのいとこで、沾水の血を引いてる。父さんがおれの記憶をいじれなかったように、おれが芽衣の心を操れないのは、芽衣もメノテメさんの霊能を受け継いでいるからなのかもしれない、そう思った。そのあと、芽衣が〝アレ〟のことを打ち明けてくれて、確信した。蛞蝓女こそ、芽衣がメノテメさんから継いだ霊能なんだ。メノテメさんがかつてそうしていたのと同じように、芽衣は怪異を従え、操ることができるんだって」

「どうして、わたしが沾水ネンの霊能を継いでるって確信したときに、自分がウルミだと告白しなかったの？　わたしは恭一と同じように命を狙われる立場でしょ。六人組の味方ではないってことはわかったはず」

「芽衣には、芽衣自身の力について知ってほしくなかった。蛞蝓女を呼び寄せるその霊能が正確にはどんな力なのかおれは知らなかったけど、もしそれを自覚してしまえば、芽衣もきっとおれや父さんと同じように、いつかその力に苦しめられるようになる。それだけは、ぜったいに避けたかった。おれがウルミだと知られれば、沢母児の呪いについて知っていることを、芽衣に隠しておけなくなる」

　芽衣が拳《こぶし》を握りこんだ。恭一は、気づかないふりをした。

「メノテメさんの霊能を、沢母児の人間は呪いと呼んだ。それを継いで生まれた人間を、忌むべきものとして扱った。正直、それは正しい。忌み継ぎ自身にとってさえ、やっぱりこれは呪いなんだ。この力を自覚した人間は、遠からず地獄を生きることになる。だから、芽衣に自分の力を自覚させないまま、蛞蝓女を消したかった。そのためには、少なくともおれだけは芽衣の力の詳細を知っておかなくちゃならない。沢母児で、それを解き明かす必要があった」

「わたしのためだったみたいに言うね。復讐《ふくしゅう》のためでしょ？　だから、六人組のふたりを自殺させた」

「違うよ。おれはもう、憎しみなんて感じない。あれも芽衣のためだ。メノテメさんの力を継いだ人間が命を狙われる、そんな状況を変えたかった」

「〈埋め痼〉をやめさせるためだった？」

　恭一はうなずいた。

「〈埋め痼〉にかかわった人間が全員、いなくなればいいって考えた。沢母児に到着した次の日の朝、呪いについて調べるためにおれは六人組のふたりを訪ねた。当時の六人組は全員、顔も自宅も知ってたから。呪いについてはなにも聞き出せなかったけど——」

「でも、自殺させることはできた」

　芽衣が恭一の言葉を継いだ。

「あのときも」芽衣が、心臓の痛みを抑えるように胸をつかむ。「わたしのお父さんを——沽水神社にいた全員を殺したのも、恭一？」

「小山田史彦にはめられて、薬を打たれて、目が覚めたらあの状況だ。とにかく芽衣を助けたい一心で、辺り一帯に霊能を向けた。希死念慮を注いだんだ」

「それで、恭一は目的をひとつ達成した」

「いや、まだ石渡のじいさんがいる。まあ話を聞くかぎり、あの人が生き残っていたところでどうなるものでもないとは思うけど」

「おばあちゃんは、わたしを生かそうとしてくれてた！」

　芽衣が叫んだ。ふたりを避《よ》けて歩く人々のうちの幾人かが、はっとして顔をあげ、あたりを見渡した。

「おばあちゃんも〈埋め癌〉を知っていたけど、でも、わたしを助けてくれた。忌み継ぎが死ぬべきだなんて、おばあちゃんは考えてなかったのに」

「十一年前の話を聞く限り、あの人がなにか核心的な秘密を知っているのはわかってた。だからなんとしても話を聞きたかったけど――同時に、知ってほしくないことを芽衣に明かす可能性を、はじめから心配してたんだ。思ったとおり、芽衣の出自を明かそうとしただろ」

それに、と恭一はつづける。

「あの人は芽衣に、呪いを殺す方法を教えるとも約束した。そんなものがあるなんて知らなかったから、ほんとうにおどろいたんだ。それがただ、忌み継ぎ同士には互いの力の影響がおよばないってことを指してるだけだなんて、あのときは知らなかったし。もし、ほんとうに呪いだけを殺すことができるなら、芽衣が忌み継ぎじゃなくなってしまうかもしれない」

「それがどうしていけないの？　そもそも〝アレ〟を消すために沢母児を――」

芽衣はとうとつに言葉を切ると、呆然《ぼうぜん》と恭一を見つめた。

「わたしから霊能が失われたら、恭一の力の影響を受けるようになってしまうかもしれない。そういうこと？」

もしそうなれば、芽衣の心を本物だと信じることができなくなる。だから、呪いを殺す方法なんてものがあるなら、それを芽衣に知られるわけにはいかない――

「そんな方法じゃだめなんだ。もっと別の、芽衣自身はあるがままに、それでいて〝アレ〟だけを消し去る方法が――」

「おばあちゃんは、どこにいるの」

恭一の言葉を無視して、芽衣が冷たくたずねた。

「わからないよ。あのときふたりは、窓際に座ってただろ。スマホから聞こえてくる芽衣とおばあちゃんの会話を聞きながら、おれは遠くからふたりを見てた。おれは外にいたんだ。そうしたら、呪いを殺す方法があるなんて話になって、しかも、芽衣が沾水の血を引いてることを明かそうともした。おれはあわてて、おばあちゃんの心に希死念慮と羞恥心《しゅうちしん》を注いだ。いまごろはもう、本人が考え得るかぎりもっとも人目につかないやり方で、自殺してる」

「おばあちゃんは、わたしのせいだと思ってた」

――あんたのせいじゃない。ぜったいに、そうじゃないから

希死念慮に頭が満たされたあとで、戸川ショーコが芽衣にそう言うのを、恭一もスマートフォン越しに聞いていた。

「わたしが継いだ呪いのせいで自分は死ぬんだって、おばあちゃんはそう、思いこんでた」

恭一はただ、うん、と相槌《あいづち》を打った。

「千璃さんにも？」

恭一は顔を伏せ、うなずいた。

「ああ、同じ方法をとった。雪丸千璃なら、呪いを殺す方法にたどり着くかもしれない。そう思った」

千璃が沢母児を訪れていたと知ったあと、ふたりと別れて車で出発した恭一は、しかし沽水神社には向かわなかった。進路を外れ、沢母児町内の金物店に寄ってガムテープを購入すると、小山田史彦をそれで拘束し、トランクに放りこむ。それから来た道を引き返し、道中で千璃にメッセージを送った。

『あたらしい情報を得ました。そのことについて、雪丸さんに確認したいことがあります』『芽衣にはまだ内密でお願いします。彼女がこのことを知ると、危険かもしれない』『まだ町役場にいるようなら、そこで待っていてください。すぐに向かいます』『到着しました。どこにいますか』

恭一が千璃と落ち合ったとき、彼女は郷土資料室の視聴覚ブースでいそいそと荷物をまとめている最中だった。恭一はその背中に、希死念慮を注ぎこんだ。

「どうしてわたしを連れていったの」芽衣はたずねた。「わたしの呪いについて調べる。〈埋め痼〉の関係者を殺す。どっちも、恭一ひとりでできたことでしょ。でも恭一は、わたしが沢母児を訪れるようにうながした。沽水ネンの呪いについてわたしに隠しておきたかったなら、そんなことするべきじゃないのに」

芽衣は答えを待ったが、恭一は無言だった。

広く距離をあけてふたりを取り囲む人の群れが、またその密度を増してきた。電車の到着を告げる自動音声が鳴る。

「当ててあげる」芽衣が先に口をひらいた。「小山田史彦は〝アレ〟を見て取り乱したから、病院に運ばれた。六人組は〝アレ〟を生み出している忌み継ぎのせいで、自殺者が出たって考えてた。あのとき沢母児にはたしかに〝アレ〟がいて、同時に人が死んでた。わたしも、〝アレ〟の霊障が人を死に追いやってるんだって信じてた——それが、わたしを沢母児に連れていった目的。恭一はわたしに、〝アレ〟のせいで人が死んだと思わせたかった。殺人を、わたしの罪にしたかった」

恭一は弱々しくかぶりを振った。

「芽衣が自分自身の力のせいで命を脅かされることもなくなって、〈埋め癇〉の慣習が完全に途絶して——そうやって全てが解決したあとになっても、おれは芽衣を失うわけにはいかなかった。いつかおれがウルミだということが知られれば、出自を明かさなかったことを責めて、芽衣はおれへの信頼を捨てるかもしれない」

「わたしの気持ちがどんなふうに変わったとしても、罪悪感が、わたしをあなたに縛りつけるはずだった。わたしのせいで、みんな死んだ。わたし自身の呪いを解くために、たくさんの人を死に追いやった。その罪を、恭一、あなただけが知っている。そういう状況を望んでた」

「でも芽衣は、自分の継いだメノテメさんの霊能を自覚してしまった。芽衣には、父さんやおれと同じ地獄が待ってる。想定していたうちで、最悪の状況だ」

「だけど、想定はしてた」

恭一はうなずいた。頭上からアナウンス。線路から離れるように。駆けこみ乗車はしないように。

「これでもう、芽衣を罪の意識で苦しめないで済む。そんな必要はなくなった」

「もう、わたしを繋《つな》ぎ止めておくことはしないってこと？」

「違う。メノテメさんの霊能を自覚した以上、どうあっても芽衣にはおれが必要になるってことだ」

「そうかな？」

「そうだよ。おれや、父さんと同じように、芽衣も遠からず信じられなくなるはずだ。自分の見るもの、聞くもの、感じるもの、その全部が、霊能で生み出したものなのか、ほんとうにそこにあるものなのか、わからなくなる。そんな世界のなかで、おれだけが唯一、本物を区別することができる芽衣の目や耳になれる」

「わたしは恭一といっしょにいるしかないってことね。苦痛に満ちた人生から、救われたければ」

ああ、と恭一は強く答えた。

芽衣がゆっくりほほ笑んだ。は、と渇いた声で笑った。

「わたしは呪われてる」

芽衣は皮肉めいた笑みを浮かべたままで、自分の両手を見つめた。

電車がホームに止まった。人の列が車両のドアに向かって短くなり、その密度が増した。

「でも、わたしをほんとうに呪ったのは沾水ネンじゃない」

車両のドアがひらき、ホームにどっと人がなだれこんできた。

芽衣が恭一を、まっすぐに睨《にら》みつけた。

「わたしを呪ったのは、恭一だよ」

人波が芽衣をのみこんだ。恭一のすぐそばを人々が通り過ぎていく。すれ違いざまに肩がぶつかった。

壁が消えている。恭一にだけ見えていなかった障壁が、だれの目からも見えなくなっている。

「芽衣、たのむ、待って。話を聞いてくれ」

首を伸ばして芽衣の姿を探し、足を踏み出すと、小走りに迫ってきたスーツ姿の男性とした たかぶつかり、恭一はよろめいた。芽衣を呼ぶ声が腹の内側で潰《つぶ》れ、代わりに短いうめき声が漏れた。

スーツ姿の男の背後から、おおきなキャリーケースを引いた女性があらわれた。こちらを避《よ》けるつもりがまったくないとその視線からわかったので、恭一はとっさに身をかわした。しかし、キャリーケースが膝《ひざ》を強打し、恭一は体勢をくずした。

「わたしはどこにもいかない」

顔をあげると、人々のあいだに一瞬だけ、こちらを見つめる芽衣のまなざしをとらえた。しかし、すぐにスーツのダークグレーが視界を覆い隠し、そのまま恭一と正面衝突した初老の男性は、尻《しり》もちをついた。

男性は目を白黒させながら立ちあがると、恭一に肩をぶつけて去っていった。

おかしい。そう思ったのと同時に、すぐわきをすり抜けていった女性のカバンが恭一の股間《こかん》を打ちつけた。う、とうめいて、身をかがめた。内臓がよじれるような痛みにそのまま膝をついてしまいそうになるが、足を止めるわけにはいかなかった。

避けつづけなければ。かわしつづけなければ。

芽衣の継いだ霊能が、周囲の人間すべての目から、耳から、恭一を隠していた。だれも、気づけない。知覚できない。恭一は透明人間になっていた。いや、その声さえ届かないという意味で、それ以上の透明な存在に。

「芽衣！　やめてくれ！」

懇願だ。それが適切だ。

そう考えたとたんに、恭一の胸に自動で悲しみが膨らんだ。恋人から敵意を向けられていることがあまりに惨めで、手が震えた。

「お願いだ、話を聞いて！」

人の体が、荷物が、靴が、傘が、恭一を何度も何度も打ち据えた。

人々は、恭一とぶつかった瞬間、はっとおどろいてあたりをうかがった。しかし、そんな動作さえ、すぐに見られなくなった。

人々は、目に見えないなにかとぶつかったことにさえ、気づかなくなっていく。恭一を押し、打ち、突き飛ばし、しかし人々は、その瞬間だけ体が麻痺《まひ》し、その感触や振動さえわからなかったかのように、平然と歩き去った。

ほんの数十秒のうちに見せつけられた芽衣の力のその洗練に、恭一は懇願が適切でないことを悟った。その段階はとうに過ぎている。

ついに恭一は転倒した。指を踏みつけられて、悲鳴をのみこんだ。

いったいどんなものとして認識されているのか、黒々と輝く革靴が恐々《こわごわ》とバランスをとりながら、倒れた恭一の脚を踏んだ。成人男性の全体重が脛《すね》に乗り、骨が軋《きし》んで、恭一は今度こそ痛みに声をあげた。

恭一は自分の周囲へ、無差別に力を向けた。

身のすくむ、不安と恐怖。それを、できるかぎり広くばらまいた。

雑踏のざわめきが、目に見えない統制を得てざわりといっせいに膨らみ、それから、ちいさく縮んでいった。

人々はゆっくりと足を止めた。

ある者はしゃがみこみ頭をかかえ、ある者はいつでも走りだせるよう中腰で周囲に視線をめぐらせていた。ともあれ全員が頭を低くしていたので、恭一が痛みに耐えてなんとか立ちあがると、同じくまっすぐに立つ芽衣だけが、群衆の背と頭の密集したまんなかで、ぽつんと姿をさらしているのが見えた。

あちらこちらで、すすり泣く声があがった。囁《ささや》くような罵倒《ばとう》が聞こえた。だれにともなく疑問を投げかける、震える声がした。

芽衣が値踏みするような眼差《まなざ》しで、ホームを見渡す。

人々はだれも、その場から動かない。避けるべきものの所在がわからないからだ。なにかが恐ろしく、なにかが危険で、しかしそれがどこからもたらされているのかわからない。逃げるべき方向を見失い、人々は一歩も進むことができないまま、ただ身を震わせていた。

「事実は変わらない」恭一はなかば叫ぶようにして言った。「芽衣が正気を保って生きるためには、ぜったいにおれが必要なんだ」

「そうは思わない」

「いいや、そうなんだ。いまはまだ、信じられなくてもかまわない。ただ、いっしょにいてくれるだけでいい。そのうちに、きっと理解できるから」

恭一は芽衣に両手を差し出した。

「たのむよ、芽衣。ほら、おいで」

芽衣が、ああ、と苛立《いらだ》たしげに声をあげて、天井を仰いだ。

「ねえ――なにさま?」

芽衣は差し出された両手を一瞥《いちべつ》して、顔をしかめた。

「信じられないままで、それを選ぶなんてしない。いつか理解できるなんて言葉を、鵜《う》呑《の》みにもしない。それに――なに? おいで?」

「芽衣、違うよ。そんなつもりじゃない」

「わたしはあなたの犬じゃない」

恭一がさらに口にしかけた弁明は、ホームに轟《とどろ》いた大勢の悲鳴でかき消えた。いく人かが立ちあがり、周囲の人間を押しのけ、かきわけて走りだした。伝染するように、彼らの触れた人々がそのあとを追った。それを見てさらに多くの人が体を起こし、悲鳴をあげて、進路を定めた。

静かな群衆は一瞬で、半狂乱の暴徒と化した。恭一には、なにが起こったのかわからない。人間の濁流にのまれて、その場に踏みとどまるのはいよいよ不可能だと判断した恭一は、転ばないように必死で流れと同じ方向に進んだ。

「蛞蝓女だ!」

だれかが、叫んだ。

化け物だ。蛞蝓女がいる。怪物。あそこに蛞蝓女が。あっちにもいるぞ。

似たような絶叫が、あちらこちらからあがった。うしろをふり返る人の視線を追ってみるが、恭一の目にはやはり、彼らと同じものは見えなかった。

恭一は、周囲へ無差別に注ぎこんでいた力の奔流を止めた。しかし、群衆は走りつづける。またもや鳴りだした電車の到着を告げるアナウンスが、ひどく場違いに響いた。

恐怖の代わりになにか、別の感情を。人々を満たす恐怖を塗りつぶす、強い感情を。

怠惰と無関心の強烈なカクテルを一帯にぶちまけた。しかし、同時に足を踏まれてつんのめり、はね飛ばされ、ホームの床に突っ伏した。

無数の足が恭一を踏みつけた。何本ものバットでめった打ちにされるような痛みが全身を貫いて、恭一は絶叫した。

指の骨が折れた。肋骨《ろっこつ》が折れた。鼻の骨が折れた。腹のなかに爆《は》ぜるような痛みがあって、血と折れた歯の混ざったものが口から流れ出た。手や顔、剝《む》き出しになった皮膚と肉とが、徐々に削《そ》げていくのがわかった。

起きあがろうとしても、肩を、胸を、頭を踏まれて、倒された。靴底でめった打ちにされた。

恭一は力をふり絞り、霊能を強めた。それでも、人々は止まらない。肉体が傷つき力が弱まっているのか。意識が朦朧《もうろう》として集中できないせいか。

自分の頭をしたたか蹴《け》りつけてきたスニーカーをとっさに摑《つか》み、その上に続く、デニムに包まれた脚をよじ登るようにして立ちあがった。まさぐりあてた目の前の背中にしがみつき、引きずられるように足を運ぶ。ぼたぼたと、濡《ぬ》れた塊が口から漏れる。

そのとき、蛞蝓女の姿を確認しようとしたのか、しがみついていた相手ががばとふり返り、その拍子に彼の頭が恭一の顔面を打った。

一瞬目が見えなくなり、思わず体をのけぞらせた。我先に逃げようと人混みをかき分けるだれかの腕が、支えにしていた男の背中から恭一の体を引き剝《は》がした。

あとからあとから押し寄せる暴徒に押しつぶされ、抵抗する力をほとんど失っていた恭一の体は、ほんのわずかにでも圧力の低いほうに向かって、ただ流されていった。

死ぬかもしれない。怖がるべきだろうか。うろたえるのが正しいだろうか。

いまだかろうじて覚めている意識も、激痛でかすんでいる。その半分を使って、恭一は死に直面した際の正しい感情を模索していた。そしてもう半分では、芽衣のために祈っていた。

どうか、おれや父さんと同じ苦しみが、芽衣にだけは訪れませんように。メノテメさん、おねがいします、どうか、どうか――

そのとき、電車の鋭い警笛が耳を突いた。同時に、足元から地面が消えた。

ホームに入ってきた電車の先頭車両が、バランスを崩して線路上に倒れ込んできた恭一の半身を撥《は》ね飛ばした。

取り落とした卵のように頭蓋骨《ずがいこつ》が潰《つぶ》れ、その破片が脳に突き刺さった瞬間、沾水ネンから継いだ力の一切が消えた。

あらゆる干渉が失われ、あらゆる嘘が失われた。恭一は、生まれたままの心を取りもどした。

どうして、おれの話がわからないんだ。

恭一は、その本物のもどかしさを感じた。

なんてバカな女だ。なんて傲慢《ごうまん》な女だ。

恭一は、そのほんとうの怒りを感じた。

あんなやつのために、おれは死ぬのか？　あんな、つまらない女のために。あんな、くだらない女のために。そんなこと、あっていいはずない。

ぜったいに、後悔させてやる。痛めつけて、辱めて、ボロクズのように捨ててやる。眠りにつくとき、いつも次の朝が来ないことを祈る人生にしてやる。

恭一の語彙《ごい》に存在する、ありとあらゆる呪詛《じゅそ》と罵詈《ばり》雑言《ぞうごん》がその一瞬に思い浮かんだ。体が車両に弾《はじ》かれてホームに叩《たた》きつけられ、いまだ逃げ惑う群衆に踏みしだかれた。そして沽水恭一は死んでいた。

7

しばらくして、周囲からひと気が消えた。改札階へとつづく階段の手前に、服を着た血溜《ちだ》まりがある。芽衣はじっと、それを見つめていた。

どれくらいのあいだ、そうして立っていただろう。五分とも、五時間とも、思われた。

目に血の赤が焼き付いてしまったかもしれない。視線をあげて、しかし世界が赤く染まっているようなことはなく、芽衣は息をつき、目を閉じた。

「芽衣さん」

背後から千璃の声がして、芽衣はふりむいた。

口から下を血まみれにして、千璃がほほ笑んでいた。その首には、深々と包丁が突き立っている。芽衣は息をのみ、かろうじて悲鳴をこらえた。

また、硬く目を閉じた。じっとりと汗ばんだ手で反対の腕をつかみ、強く爪を立てた。頭のなかに、千璃のあるべき姿を思い浮かべる。

すると、無傷の千璃が立っていた。カラフルなウインドブレーカーには、血のしみひとつない。

「青井恭一さんは、どこです？」

「アレだよ」

芽衣はホームの先にある血溜まりを指さした。

千璃が首を伸ばして芽衣の背後をのぞきこみ、ふむ、と納得するように鼻を鳴らした。

「これで、芽衣さんは救われましたか？」

「そうだね、うん。いろいろありがとう」

「礼にはおよびません。あくまであたしは、個人的な調査活動の一環として今回のことにかかわってきました。芽衣さんはあたしになにも頼んでいないし、助けを求めてもいない」

笑みを浮かべようとして、しかしうまくいかずに、芽衣はただうなずいた。

「なんですか？」

千璃が首をかしげる。

「だって、すごくそれっぽいから。本物の、千璃さんみたい」

「あたしは本物ですよ」

「違うよ。あなたは、わたしが生み出しただけの幻。本物の千璃さんは、もう死んでる。死にたいって気持ちを恭一に植え付けられて、自殺した」

千璃はまったく他人事《ひとごと》のように、なるほど、とつぶやいた。

「でも、あたしは死にませんでした。沢母児の町役場で、青井恭一さんの得体の知れない力に働きかけられて、たしかにあたしは、死の強迫観念に取り憑《つ》かれました。青井恭一さんの異能を目の当たりにして、彼もまた忌み継ぎなのだと気づき――さらには、彼こそがウルミ少年なのではと疑いました。しかしそれ以降はまともに物事を考えることができず、とにかく死ななくてはならないと、全てを放り出して東京に帰ったんです。ほんとうに、ごめんなさい」

「帰った？」

「はい。あたしは自分の死に方を明確に定めています。そのための準備もしてきました。だから一刻も早く、規定の手順にのっとってこの体を再利用してもらわなくては、と考えたんです」

——人間ひとりをただ、灰にしたり、土に埋めたりするのって、もったいないなあって思うんです

千璃が沢母児で語っていた言葉を思い出した。

「あたしの家が代々医者一族で、あたしの信念に共感してくれている親戚《しんせき》がいると話したのを覚えていますか？　話を通してあったその人に会いにいったんです。ところが、死なせてもらうどころかあたしは拘束され、入院という名目で手厳しく監禁されました」

「その人に助けてもらったから——死なずに済んだってこと？」

「助けてもらったというか、準備が整うまで待たされていただけです。死にたいと思ったその瞬間に都合よく先方の準備が整っているわけがないだろうと呆《あき》れられてしまいました。本来はまだ、数十年あとになってから実行されるはずの予定を前倒ししようとしたわけですから、無理もありません。待ちきれなくなったあたしが本来的な手順を飛ばして自殺することを防ぐために、必要な処置を講じたわけです」

なんて残酷な幻だろうと、芽衣は戦慄《せんりつ》した。

千璃はもう死んだのだと、心の底から諦《あきら》めているつもりだった。しかし、もし沾水ネンから継いだこの力が、意識していない願いさえすくいとって、描き出してしまうのだ

としたら？　不自然に都合の良すぎる展開を避け、もっともらしいと信じることのできる理屈だけを用いて、幻が組み立てられていたら？　いったいどうやって、それを嘘と知ることができるだろう。決して嘘とは思いたくない事柄が、決して嘘とはわからない方法で差し出されたら、どうやってそれに抗《あらが》うことができるだろう。

「まあ、拘束されていたからこそ死なずに済んだわけで、そういう意味ではやはり、助けてもらったと言ってもいいかもしれません。あたしが正気にもどったのはついさっきです。青井恭一さんが死亡したことで、彼から受けた影響が失われたのでしょう。青井恭一さんが忌み継ぎだったこと。そして、町役場で発見した映画『喰らいでか』の映像資料。その他、芽衣さんと共有した諸情報から推理したところ――」

千璃はふと芽衣と視線を合わせて、言葉を切った。

「いえ、やめましょう。現状を鑑《かんが》みるに、芽衣さんも同じ結論に至っているようですから。改札階でうろついている蛞蝓女は、芽衣さんが自分の意思で操っているのでしょう？」

千璃が頭上を指さした。芽衣は千璃から視線を外さないように気をつけながら、そっと首肯した。千璃は、やはり、とちいさくつぶやいてから、芽衣を真似るようにゆっくりとうなずいた。

「それにしても、幸運でした。十一年前、沾水康之助によってほどこされた記憶の改ざんは、いまもそのまま残りつづけている。それを考えれば、あたしが正気にもどらないことだってあり得ました。人の心や脳には、干渉した瞬間に不可逆的に変化する部分と、変化を持続するためには、干渉も維持しなければならない部分とがあるのでしょう。感情というのはその瞬間その瞬間、与えられる刺激により流動的な変化を見せるものです。一方で記憶は、その時々の状況に応じていちいち変化するものではありません——まあ、少なくとも感情ほどには。波打ち際の砂に絵を描くのと、岩肌に刻みこんでそれをするのとが違うようなものです。改竄《かいざん》された記憶は干渉が消えても変化を失わないけれど、感情の場合はそうではない——」

　どんなに目を凝らしてみても、目の前の千璃は、幻とも、現実とも、判断ができなかった。考えを巡らせると同時に浮かんだことをそのまま言葉に変えるような話し方も、恐怖や危機感のたぐいがすっかり欠落してしまったような冷めた態度も、それが幻であるために目についた不自然さとも思えたし、まさしく千璃であることを示す証拠のようにも見えた。

「どうやって、ここにいるってわかったの？」

「あたしのスマートフォン、芽衣さんか青井恭一さんが持っているんでしょう？　その位置情報を追ったんです」

　千璃が芽衣に向かって手をのばした。スマートフォンを返すよう求めているのだと思ってそれを取り出すが、千璃はかぶりをふった。

「ほら、いきましょう」

「どこに？」

「青井恭一さんのそばでなければ、どこへでも。改札階はひどく混乱しています。このままでは、怪我人も増える一方です。人払いをするために蛞蝓女を徘徊《はいかい》させているんですよね？　もうその必要はありません、物思いに沈むなら別の場所にしましょう。芽衣さんは、ここにいないほうがいい。早く彼から離れたほうがいい」

千璃が芽衣の手首をつかんだ。

「離して」

その手を振り払おうとしたが、千璃は指の力をゆるめなかった。

「手伝わせてくれませんか」

床が柔らかく溶けだしたようなめまいを覚えて、芽衣はよろめいた。強烈な既視感のせいだと、遅れて理解した。

「もう、手伝ってもらうことなんてなにもないよ」

はね除《の》けるようにして言葉をぶつけ、今度こそ千璃の手をふりほどいた。

「〝アレ〟の正体はわかった。わたしを傷つける可能性のある人間もみんな死んだ。これ以上、なにを手伝うっていうの」

「芽衣さんが、芽衣さん自身を守るためのお手伝いです」

千璃の全身が柔らかな影のなかに沈み、黄金の光がその背後からまばゆく差し込んだ。

違う、幻だ。今度こそ、まちがいなくこれは現実じゃない。

それでもあまりに千璃がまぶしくて、芽衣は目を細め、後ずさった。うしろに滑らせた足が、支えを失った。芽衣は息を呑《の》み、とっさに目の前のフェンスをつかむ。振り返れば眼下に、土のグラウンドと高等部の部活棟があった。おおきな風のかたまりが、芽衣の制服をおおげさにはためかせた。頭上ではまだかすかに青みを残している空も、東の方角に目を向ければ、はるかに臨むビル群の上では、夜の色に変わっていた。

千璃と初めて出会った、あの日の光景だ。中等部校舎の西棟と東棟をつなぐ、渡り廊下の屋上部。そのフェンスの向こう、死まであとほんの一歩という位置から踏み出せず、呆然《ぼうぜん》と空を見つめていた、あの日。今日で生きるのをやめようという決意を、最後の最後で千璃にくじかれた、あの日。

——あなたがあなた自身を守るお手伝いを、どうかあたしにさせてください

「うるさい」

声をあげると、フェンスがたち消え、芽衣は倒れた。空が消え、風が消え、沈みかけた陽光が消えた。そこは新宿駅の構内だった。

「いい加減にして！　興味本位で付きまとうのは、もうやめて！」

「芽衣さんの身に起きた事柄に対する興味関心を否定する気はさらさらありませんが、

そのことのためにあたしはここにいるわけではありません」

「じゃあ、なんのため？　なんの得があって千璃さんは、わたしの手伝いなんてしたいわけ」

体を起こすと、腹の底の怒りまでいっしょに立ちあがるようだった。下から睨《にら》みつけるその視線に、千璃は悲しげな目で応《こた》えた。彼女らしくないその色濃い感情の発露に、芽衣はたじろいだ。

「あなたが屋上のフェンスの向こうから振り向いたあの瞬間、あたしは、ただあなたを死なせたくなかった。そのあとの日々であなたと一緒にいようと努めていたのは、友達になりたかったから。あたしたちは実に運命的で劇的な出会い方をしましたし、だから、友達にならなければ嘘だと思いました。まあ、あたしが一方的に付きまとっていただけですが」

千璃は口の端にちいさな笑みを浮かべて、頭をかいた。

「片思いでしょうが、芽衣さんはあたしにとって大切な友人です。だから、芽衣さんが救われるために、あたしはここにいます。ただそれだけです」

そんなのは嘘だと口に出そうとして、ふと気づいた。初めて手を差し伸べてくれたあの日、あの瞬間、千璃は〝アレ〟のことなんて、なにも知らなかった。

〝アレ〟について彼女が知ったのは、それよりもあとのことだ。千璃は〝アレ〟に対する興味のために自分を救ったわけではなかったし、その後の日々で自分を気にかけていたのも、〝アレ〟とは無関係だった。少なくとも、〝アレ〟に関する噂を知るまでのあいだは、そうだったはずだ。

〝アレ〟から守るつもりじゃなかったのだとしたら、それなら、いったい――

「――いったい、わたしをなにから守るっていうの？」

「芽衣さん自身からです」

「わたし自身？」

「あなたを惑わせる、あなた自身の言葉から。あなたを追い詰める、あなた自身の常識から。そしてあなたを傷つける、あなた自身の呪いから」

「千璃さんなら、それを変えられるっていうの？　わたしを救ってくれるの？」

「あたしは救いません。あたしはただ、全身全霊でお手伝いをするだけです。芽衣さんを救うのは、芽衣さん自身です。芽衣さんが救われたいと願わなければ、それは叶《かな》いません。芽衣さんが戦う覚悟を持たなければ、それは叶いません。だから、救われたいと願ってください。そして、あたしの手を取ってください」

今度は後ずさることはしなかった。手を伸ばせばつかめるところに、千璃の手が差し出されていた。

「もし芽衣さんが助けてほしいと、ほんのひとこと、でもはっきりとそう言ってくれたなら、芽衣さんは必ず救われます」

「どうして、言い切れるの」

「芽衣さんに力を貸すのが、他の誰でもない、このあたしだからです」

千璃の眼差《まなざ》しが、真っ直ぐに芽衣の瞳《ひとみ》を貫いた。気圧《けお》されて芽衣は一瞬手を伸ばし、しかしすぐ引いた。千璃の皮膚に触れた瞬間、彼女の姿はやはり幻で、煙のように立ち消えてしまうのではないか。

考えてしまってから、慌ててそのイメージを頭から追い出した。あまりにも強くひとつの光景を思い浮かべれば、それが望ましいか否かにかかわらず、ネンの霊能は実際にそうした光景を目の前に描き出すだろう。

しかし、なにかを考えないようにしようという試みの常として、想像はより鮮明に色づいてしまう。

千璃の姿がゆらめく。頬の白が、髪の黒が、ウインドブレーカーの赤や緑が、空気に溶けるようにジワリとその境界を曖昧《あいまい》にして、ゆるゆると風に流れた。

芽衣はとっさに千璃の手を取った。そうすることで、風に吹き消されようとしている彼女の姿を、繋《つな》ぎ止めることができるとでもいうように。千璃の指が芽衣の手に絡み、固く、握り返してくる。溶け出した色は元にもどっていた。

千璃の皮膚のなめらかな感触も、河辺の石のようなひんやりとした温度も、少し痛いくらいに強く手を握るその圧力も、たしかに自分の手のなかにある。芽衣はそれを、現実だと信じたかった。

あれ、と思ったときには頬が濡《ぬ》れていた。とっさに口をついて出ようとした言い訳めいたひとことは、喉《のど》の震えにかき消された。

「おねがい――」

そう、やっと声を絞り出す。

いつも少しだけ乱れている、短く切りそろえられた黒髪。不敵にも、卑屈にも見える、かすかな笑みをたたえた薄い唇。目にうるさい、カラフルなウィンドブレーカー。

雪丸千璃が、そこにいた。

「おねがい、助けて千璃ちゃん」

千璃は、深くうなずいた。

【参考資料8-1，月刊怪奇ジャーナルWEB
「蛞蝓女は始まりに過ぎない？　ひとつの怪異が結ぶ未解決事件たち」】

××月××日、新宿駅のホーム。時刻は通勤ラッシュの真《ま》っ只中《ただなか》だ。先を急ぐ人々が焦《じ》れながら肩を寄せ合っているそこに、悲鳴が響いた。次々と、絶叫が重なる。

「なにが起きてるのか、まったくわかりませんでした。とにかく、みんな叫んで、走っていました」

通学のために毎朝、現場となったホームを使っているミホさん（仮名）は語った。

「人から押されているというより、まるで、おおきな波にのまれて、流されているような感じでした。とにかく、流れに逆らわず走りました。今転んだら死ぬ。はっきりとそう感じました」

ミホさんは群衆にのまれて階段を登り、改札から押し出され、新宿駅の構内からも放り出されたところで、なんとか混乱を抜けることができた。

「生還した、と思いました」

ミホさんは生き残ることができたが、それが叶わなかった人間もいる。警察発表によると、今回の事故でひとりの犠牲者が出た。その男性は、まだ二十歳だった。

流出した監視カメラ映像には、ホーム上の群衆が突如としてパニックを起こし、それに巻きこまれた男性が転倒して、人波にのみこまれる様子が映っていた。しかし、誰も彼を助け起こそうとはしない。それどころか、足元に視線を落とすことさえない。やがてなんとか立ち上がった男性は、群衆から弾《はじ》き出されて、ホームに入ってきた電車と衝突する。

ネットに出回っているその映像は、人混みが次第にまばらになり、ホームに横たわる男性の死体が一瞬うかがえたところで途切れている。

生きた人間を足蹴《あしげ》にし、それを顧みることさえしないほどの精神状態に人々を追いこんだこの恐慌状態は、いったいどうして引き起こされたのか?

「蛞蝓女だ、という悲鳴を聞きました」

新宿の漫画喫茶でアルバイトをしている幸洋《ゆきひろ》さん（仮名）は、夜勤から帰る途中で事故に巻きこまれた。

「それも、ひとりの声ではありません。あちらこちらで、同じことを叫ぶ声が聞こえたんです。いろいろな方向からです」

幸洋さんは、何度も言葉を途切れさせせながら語ってくれた。

「それが起きる少し前から、何か異様な気配があったのを覚えています。急に体調が悪くなって、その場にうずくまりました。そうしたら、蛞蝓女だっていう声が聞こえてきたんです。その声があんまり真に迫ったものだったから、逃げなくちゃ、走らなくちゃ、と思いました。とにかく、その場にはいたくなかったんです。とても怖くて、じっとしていられませんでした」

ネットでの流行も沈静化した今になって、ふたたびかの怪異の名前が人々の口から語られはじめたのには、どんな意味があるのだろう。筆者にはそれが、彼女の実存を示す何よりの証拠であると思えてならない。

新宿集団恐慌において、蛞蝓女は事件の原因ではなく、結果なのだと主張する向きもあるだろう。由来がわからない不安や恐怖に対して、せめてその得体の知れなさだけでも解消しようと無意識に理屈をこじつける人間の心理は、確かに珍しいものではない。

恐慌状態に陥った人々のうちに、現状を蛞蝓女の霊障だと考えたひとりがいた。あまつさえそれを信じるあまり、実際に蛞蝓女の姿を見たかもしれない。そして彼は自分の解釈を悲鳴に乗せて発した。それを聞いた周囲の人間に彼の解釈は感染し、さらに多くの人間が、蛞蝓女の霊障が原因だと信じるに至った。

なるほど、あり得そうな話ではある。しかしもちろん、筆者の考えは違う。

この新宿集団恐慌、実は一見何の関係もないとある事件と、思いも寄らない形で繋がっている。

そのとある事件とは、沢母児町カルト自殺事件だ。カルト集団と化した町の長老勢が大学生二名を巻き込んで呪術的儀式を行い、崖《がけ》から身を投げて自殺した。謎の多いこの事件の真相を希求する声は未《いま》だ熱冷めやらず、種々様々な憶測が飛び交っている。

本誌はふたつの事件について、驚くべき情報を得た。なんと、沢母児町カルト自殺事件に巻き込まれた大学生のうちのひとりが、新宿集団恐慌で犠牲となった二十歳男性と同一人物だったのだ。偶然と片付けるには、あまりに無理のある巡り合わせではないか。

さらに、沢母児町カルト自殺事件ではその前日から当日にかけて、現場付近で蛞蝓女と思《おぼ》しき存在が目撃されたとの情報もある。東京を中心に語られていた怪異が突如として遠く離れた土地に出没し、まさしくそのタイミングで凄惨《せいさん》な事件が起きたのだ。

蛞蝓女は、沢母児町で行われた儀式とどんな関係があるのか？　新宿の事件は、儀式の影響によるものなのだろうか？

話を新宿集団恐慌にもどそう。

被害者死亡の瞬間を捉《とら》えているということもあって、流出映像のホームが事件現場として広く認識されているが、実際にパニックの起点がどこであったのかは定かでない。ネットに投稿された証言を全て信用すれば、蛞蝓女はあきらかに複数存在し、映像内のホームだけではなく、改札周辺やその他路線のホームなど、様々な場所で目撃されている。

件《くだん》の映像以外にも、事件当日から複数の投稿者により繰り返しアップロードされている動画がある。新宿駅の地上出口を映したライブカメラ映像だ。

人々が波のように改札へ殺到し、地上出口から路上に飛び出していく様子が、固定された画面の中に収められている。事件発生から少し経つと人の流れは落ち着くが、あらたに新宿で降車した人々がやはり蛞蝓女に遭遇したのか、ひと塊になって散発的に路上に飛び出してくる。トラブルに気づいた鉄道会社が新宿駅への車両の出入りを停止した時刻になると、映像内に鉄道職員がなだれ込んでくる。彼らは改札の周囲を忙しく行き来しながら、何も知らずに構内に入場しようとする利用客や、常軌を逸した雰囲気に足を止めた野次馬たちを誘導し、騒然とした人混みを散らそうと努めている。程なくして手前に映る車道にパトカーと救急車が現れ、警官と救急隊が混乱の渦に加わる。

このタイミングで画面上方に目を凝らしてほしい。群衆から改札で隔てられた向こう側に、すっかりひと気のなくなった構内がわずかながら窺《うかが》える。警官が拡声器を使って何事か人々に呼びかけはじめたのと、ほとんど同時。改札の向こう側を、ひとりの女性がゆっくりと横切っていくのが映る。

明らかに不自然だ。すぐそばでこれだけの騒ぎが起きているのに、彼女はひどく悠長で、その動きにはまったく危機感がない。警官や駅職員、そして群衆の誰ひとり、彼女のことを気にかける様子がないのも不気味だ。

画質のせいで彼女の正確な年齢は判別できないが、その服装から若い人物であることはわかる。思い出してほしい。沢母児町カルト自殺事件に巻き込まれた大学生は、ふたりいた。

彼女は歩を進めながら、ときおり、カメラに後頭部を見せるようなかっこうで、駅構内奥側へと顔を向ける。なるほど、となりを歩く誰かと言葉を交わしているように見える。しかし、改札の上に設置された案内板が、カメラから構内への見通しを一部遮っており、ちょうどその陰になって彼女のとなりを歩く誰かは映っていない。あるいは、誰かではなく、それは何かであるかもしれないが。

沢母児町カルト自殺事件、新宿集団恐慌、そして、蛞蝓女。これらはもっと巨大なひとつの事件を形作る、小さなピースに過ぎないのではないか？　その全体像を把握するには、現時点では情報が足りない。

本誌では今後も、蛞蝓女とそれに関連する事件を追い続ける。そして遠からず、その真相を明らかにすると約束しよう。

続報を待たれよ。

本書は書き下ろしです。

わたしを呪《のろ》ったアレ殺《ごろ》し

堀《ほり》井《い》拓《たく》馬《ま》

角川ホラー文庫　24552

令和7年2月25日　初版発行

発行者――山下直久
発　行――株式会社KADOKAWA
〒102-8177　東京都千代田区富士見2-13-3
電話 0570-002-301（ナビダイヤル）
印刷所――株式会社暁印刷
製本所――本間製本株式会社
装幀者――田島照久

ISBN978-4-04-115649-0　C0193

◇◇◇

角川文庫発刊に際して

角　川　源　義

第二次世界大戦の敗北は、軍事力の敗北であった以上に、私たちの若い文化力の敗退であった。私たちの文化が戦争に対して如何に無力であり、単なるあだ花に過ぎなかったかを、私たちは身を以て体験し痛感した。西洋近代文化の摂取にとって、明治以後八十年の歳月は決して短かすぎたとは言えない。にもかかわらず、近代文化の伝統を確立し、自由な批判と柔軟な良識に富む文化層として自らを形成することに私たちは失敗して来た。そしてこれは、各層への文化の普及滲透を任務とする出版人の責任でもあった。

一九四五年以来、私たちは再び振出しに戻り、第一歩から踏み出すことを余儀なくされた。これは大きな不幸ではあるが、反面、これまでの混沌・未熟・歪曲の中にあった我が国の文化に秩序と確たる基礎を齎らすためには絶好の機会でもある。角川書店は、このような祖国の文化的危機にあたり、微力をも顧みず再建の礎石たるべき抱負と決意とをもって出発したが、ここに創立以来の念願を果すべく角川文庫を発刊する。これまで刊行されたあらゆる全集叢書文庫類の長所と短所とを検討し、古今東西の不朽の典籍を、良心的編集のもとに、廉価に、そして書架にふさわしい美本として、多くのひとびとに提供しようとする。しかし私たちは徒らに百科全書的な知識のジレッタントを作ることを目的とせず、あくまで祖国の文化に秩序と再建への道を示し、この文庫を角川書店の栄ある事業として、今後永久に継続発展せしめ、学芸と教養との殿堂として大成せんことを期したい。多くの読書子の愛情ある忠言と支持とによって、この希望と抱負とを完遂せしめられんことを願う。

一九四九年五月三日

ISBN 978-4-04-394493-4

夜波の鳴く夏

堀井拓馬

妖かしと財閥令嬢の異形系純愛劇

大正の世、名無しのぬっぺほふことおいらは財閥家の令嬢コバト姫に飼われ、純愛を捧げていた。だが、コバトが義理の兄・秋信と関係を持っていることを知ってしまい、おいらは観る人を不幸にする絵「夜波」を使って秋信を抹殺しようと決める。夜波の画家ナルセ紳互を妖怪たちが集う無得市に引き込み、ようやく絵を手に入れるが、なぜか想定外の人物にも渡ってしまい……。若き鬼才が奔放な想像力で描く衝撃×禁断の妖奇譚！

角川ホラー文庫

ISBN 978-4-04-100448-7

粘膜人間

飴村 行

物議を醸した衝撃の問題作

「弟を殺そう」——身長195cm、体重105kgという異形な巨体を持つ小学生の雷太。その暴力に脅える長兄の利一と次兄の祐二は、弟の殺害を計画した。圧倒的な体力差に為すすべもない二人は、父親までも蹂躙されるにいたり、村のはずれに棲むある男たちに依頼することにした。グロテスクな容貌を持つ彼らは何者なのか？　そして待ち受ける凄絶な運命とは……。
第15回日本ホラー小説大賞長編賞受賞作。

角川ホラー文庫

ISBN 978-4-04-391301-5

黒い家

貴志祐介

100万部突破の最恐ホラー

若槻慎二は、生命保険会社の京都支社で保険金の支払い査定に忙殺されていた。ある日、顧客の家に呼び出され、子供の首吊り死体の第一発見者になってしまう。ほどなく死亡保険金が請求されるが、顧客の不審な態度から他殺を確信していた若槻は、独自調査に乗り出す。信じられない悪夢が待ち受けていることも知らずに……。恐怖の連続、桁外れのサスペンス。読者を未だ曾てない戦慄の境地へと導く衝撃のノンストップ長編。

角川ホラー文庫

ISBN 978-4-04-197902-0

ISBN 978-4-04-106429-0

二階の王

名梁和泉

空前のスケールの現代ホラー！

30歳過ぎのひきこもりの兄を抱える妹の苦悩の日常と、世界の命運を握る〈悪因〉を探索する特殊能力者たちの大闘争が見事に融合する、空前のスケールのスペクタクル・ホラー！　二階の自室にひきこもる兄に悩む朋子。その頃、元警察官と6人の男女たちは、変死した考古学者の予言を元に〈悪因研〉を作り調査を続けていた。ある日、メンバーの一人が急死して……。第22回日本ホラー小説大賞優秀賞受賞作。文庫書き下ろし「屋根裏」も併録。

角川ホラー文庫

ISBN 978-4-04-106053-7